Pascal Mercier is de schrijversnaam van Peter Bieri (1944-2023), die hoogleraar filosofie aan de Vrije Universiteit van Berlijn was. Wereldbibliotheek publiceerde al zijn romans, *Perlmanns zwijgen*, *De pianostemmer*, de bestseller *Nachttrein naar Lissabon*, die in Nederland honderdduizenden lezers in verrukking bracht, *Lea* en *Het gewicht van de woorden*, zijn laatste roman.

Onder zijn eigen naam schreef hij de filosofische werken *Het handwerk van de vrijheid*, *Hoe willen wij leven* en *Een manier van leven*, alle drie door Wereldbibliotheek uitgegeven.

Met regelmaat geeft Wereldbibliotheek titels opnieuw uit uit haar 118 jaar oude fonds die de status van Wereldbibliotheekklassieker hebben verdiend vanwege hun literaire kwaliteit en lange verkoopgeschiedenis. Dit is het tiende deel. Tot nu zijn verschenen:

Dino Buzzati – *De woestijn van de Tartaren* (sinds 2006 in het fonds)
Arthur Schopenhauer – *Bespiegelingen over levenswijsheid* (sinds 1991)
Ernest Claes – *De Witte* (sinds 1920)
Arto Paasilinna – *De huilende molenaar* (sinds 2001)
Sándor Márai – *De nacht voor de scheiding* (sinds 2006)
Friedrich Nietzsche – *Aldus sprak Zarathoestra* (sinds 1941)
Alfred Döblin – *Berlijn Alexanderplatz* (sinds 2015)
Margaret Mazzantini – *Ga niet weg* (sinds 2003)
Karel Čapek – *Oorlog met de Salamanders* (sinds 2011)
Pascal Mercier – *Lea* (sinds 2009)

In voorbereiding:
Sigmund Freud – *Inleiding tot de psychoanalyse* (sinds 1918)

Pascal Mercier

Lea

Uit het Duits vertaald door
Hans Driessen en Marion Hardoar

Met een voorwoord van de auteur

WERELDBIBLIOTHEEK · AMSTERDAM

Eerste druk 2009
Zesde druk 2023

Oorspronkelijke titel *Lea*
© 2007 Carl Hanser Verlag München
© 2009 Nederlandse vertaling Hans Driessen en Marion Hardoar /
Uitgeverij Wereldbibliotheek
Omslagontwerp Rouwhorst + Van Roon
NUR 302
ISBN 978 90 284 5336 4
www.wereldbibliotheek.nl

ՄԵՔ ԱՐԿԱՆԵՄՔ ՇՍՏՈՒԵՐՍ ԶԳԱՑՄԱՆՑ ՄԵՐՈՑ Ի ՎԵՐԱՅ ԱՅԼՈՑ
ԵՒ ՆՈՔԱ ԻՒՐԵԱՆՑՆ Ի ՎԵՐԱՅ ՄԵՐ

ԵՐԲԵՄՆ ԹՈՒԻ ՄԵԶ ՋԻ ԿԱՐԵՄՔ ՀԵՂՁՆՈՒԼ Ի ՆԵՐՔՈՅ ԴՈՑԱ

ՍԱԿԱՅՆ ԵՒ ԱՌԱՆՑ ԱՅՆՈՑԻԿ ՈՉ ԲՆԱՒ ԼԻՆԵՐ
ԼՈՒՅՍ Ի ԿԵԱՆՍ ՄԵՐ

Wij werpen de schaduwen van onze gevoelens
Op de anderen en zij de hunne op ons

Soms dreigen we erdoor verstikt te worden

Maar zonder hen zou er geen licht zijn in ons leven

Oud-Armeens grafschrift

Voorwoord

Dit boek gaat over een ervaring die we het liefst zouden willen verdringen: dat zelfs mensen met wie we door grote intimiteit verbonden zijn, van ons kunnen vervreemden. Een onverwachte gebeurtenis, een ongemerkte verandering van de situatie, een verrassende opmerking – opeens lijkt een persoon met wie we ons nauw verbonden voelden, een vreemde, en we hebben het gevoel dat we hem verliezen. Hetzelfde kan met onszelf gebeuren: ook van onszelf kunnen we vervreemden. Bijvoorbeeld als we merken dat we niet ons eigen leven leiden, maar het leven dat anderen van ons verwachten. Of als we vaststellen dat we dingen denken, voelen en doen die niet bij het beeld passen dat we van onszelf hebben. Zowel in het geval van de anderen als in dat van onszelf is dat een schokkende ervaring, die met het gevoel van breekbaarheid gepaard gaat. Geen enkele menselijke relatie, geen enkel beeld van de anderen en van onszelf is ooit zeker, onveranderlijk en gevrijwaard van vervreemding.

Dit thema was steeds in mijn romans aanwezig, maar voornamelijk indirect. In dit boek echter wilde ik het zo rechtlijnig en onbevreesd mogelijk aan de orde stellen. De ervaring waar het hier om gaat, moest de lezer met haar volle gewicht treffen.

Hoe kon het thema het best georkestreerd worden? Ik nam twee belangrijke besluiten. Het eerste had met muziek te maken. Ik ben opgegroeid met klassieke muziek en ik heb haar altijd ervaren als een tegenbeweging tegen elk soort vervreemding. Mijn thema, zo meende ik, zou bijzonder indringend worden als de romanfiguren in en door de muziek van elkaar zouden vervreemden. Het tweede besluit: de intimiteit waarin de vervreemding zou toeslaan, moest de oorspronkelijke, natuurlijke intimiteit zijn tussen ouders en kind. Ook daardoor zou het thema een bijzondere scherpte krijgen. Zo ontstond een drama waarin een meisje, van wie de geest langzaam maar onstuitbaar verduistert, in het vioolspel vervreemdt van haar vader en van zichzelf.

Het lag voor de hand het verhaal de vorm van een tragedie te geven. Iemand handelt met de beste bedoelingen en veroorzaakt daarmee nu juist een catastrofe. Een dergelijke keuze vereist een narratieve strengheid: uit het verhaal zelf moest alles worden weggelaten wat niet zou bijdragen aan de logica van het tragische verloop.

Uit welk perspectief moest het verhaal worden verteld? Eerst probeerde ik het met de koele, analytische stem van een alwetende verteller. Dat werkte niet: op die manier kwam er niets terecht van de dwingende kracht die het drama moest hebben. Het moest een verhaal uit het perspectief van een ik-figuur worden. Kon dat het meisje zelf zijn? Het verhaal moest dan op herkenbare wijze worden verteld door iemand van wie de geest verduistert, zonder dat het zijn transparantie voor de lezer verliest. Dat was een te zware opgave. Dus besloot ik het door de vader te laten vertellen. Er gebeurde iets opmerkelijks: het verhaal kreeg een huilerige toon, er klonk zelfmedelijden in door, en dat wilde ik vermijden. Ik sleutelde aan het idioom en aan de melodie van de zinnen. Maar er was iets anders verantwoordelijk voor de valse klank: de vader zat de lezer te dicht op de huid, omdat hij rechtstreeks tot hem sprak.

Er moest dus een nieuw personage worden geïntroduceerd, iemand aan wie de vader zijn verhaal vertelde. Dat was een beslissende stap. Deze gesprekspartner namelijk, die op zijn beurt het verhaal van de vader vertelde, kreeg een eigen leven en ik begon mij voor hem als persoon te interesseren. Er kon iets ontstaan wat mij steeds meer boeide: ik kon zijn belevingswereld peilen door hem het drama van de vader mee te laten voelen. En daar kwam nog bij dat ik het verhaal van een onverwachte, onalledaagse intimiteit tussen twee mannen kon vertellen, die elkaar als vreemden hadden ontmoet. Intimiteit als resultaat van een verhaal over vervreemding. Op deze manier ontstond een boek dat op twee niveaus speelt: er is het relaas van de vader over de tragedie van zijn dochter, en daarnaast is er het relaas van de gesprekspartner, die vertelt over de verbazingwekkende intimiteit tussen twee mannen die het vertrouwen in zichzelf hebben verloren.

Beide mannen zijn natuurwetenschappers, die over zichzelf zeggen dat ze de taal van de gevoelens nooit hebben geleerd. Dat stelt hoge eisen aan de woordkeuze, aan de metaforen, aan de stijl. Ik wilde de lezer laten zien hoe de twee mannen met de woorden worstelen, nu ze over hun gevoelens proberen te praten. Ik wilde laten zien hoe woorden voor gevoelens kunnen klinken, wanneer ongeoefenden ze gebruiken om het geweld van hun gevoelens uit te drukken, en hoe verbale onzekerheid en stilistische schommelingen uitingen kunnen zijn van een nog diepere onzekerheid over de wereld en over zichzelf.

Pascal Mercier

1

We ontmoetten elkaar op een heldere, winderige ochtend in de Provence. Ik zat voor een café in Saint-Rémy naar de stammen van de kale platanen in het bleke licht te kijken. De kelner die mijn koffie had gebracht, stond in de deuropening. In zijn afgedragen rode vest zag hij eruit alsof hij zijn leven lang kelner was geweest. Hij nam af en toe een trekje van zijn sigaret. Hij zwaaide naar een meisje dat dwars op de duozit van een knetterende Vespa zat, als in een oude film uit mijn schooltijd. Nadat de Vespa verdwenen was, lag de glimlach nog een poosje op zijn gezicht. Ik dacht aan de kliniek, die nu al voor de derde week zonder mij draaide. Toen keek ik weer naar de kelner. Zijn gezicht was nu gesloten en zijn blik leeg. Ik vroeg me af hoe het geweest zou zijn om zijn leven te leven in plaats van het mijne.

Martijn van Vliet was aanvankelijk een grijze haardos in een rode Peugeot met een kenteken uit Bern. Hij probeerde in te parkeren en manoeuvreerde, hoewel er genoeg plaats was, onhandig tussen de rij auto's. De onzekerheid bij het inparkeren paste niet goed bij de grote man die nu uitstapte, zich met zekere pas een weg baande door het verkeer en op het café afliep. Zijn donkere ogen gleden met een sceptische blik langs me heen en hij liep naar binnen.

Tom Courtenay, dacht ik, Tom Courtenay in *The Loneliness of the Long Distance Runner*. Aan hem deed de man me denken. Terwijl hij helemaal niet op hem leek. Het was de manier van lopen, de blik, die beide mannen op elkaar deed lijken – de manier waarop ze in de wereld en bij zichzelf leken te zijn. De rector van het college haat Tom Courtenay, de slungelachtige jongen met de sluwe grijns, maar hij heeft hem nodig om te winnen van het andere college met zijn nieuwe sterloper. En dus mag hij tijdens de lesuren rennen. Hij rent en rent door de bonte herfstbladeren, de camera op zijn gezicht met de gelukkige glimlach. Dan komt de dag, Tom Courtenay loopt van iedereen weg, de rivaal lijkt wel verlamd, Courtenay buigt af naar het laatste rechte stuk, een close-up van de rector met het dikke gezicht dat al bij voorbaat straalt van triomf, nog honderd meter tot aan de finish, nog vijftig, dan begint Courtenay tergend langzaam te lopen, blijft staan, ongeloof op het gezicht van de rector, nu doorziet hij het plan, de jongen heeft hem in zijn macht, dit is zijn wraak voor alle pesterijen, hij gaat op de grond zitten, schudt zijn benen los die nog lang hadden kunnen doorlopen, de rivaal komt over de finish, Courtenay's gezicht vertrekt in een triomfantelijke grijns. Die grijns moest ik telkens opnieuw zien, tijdens de vroege en de late middagvoorstelling, 's avonds en op zaterdag tijdens de nachtvoorstelling.

Zo'n grijns zou ook op het gezicht van deze man kunnen liggen, dacht ik, toen Van Vliet naar buiten kwam en aan het tafeltje naast me ging zitten. Hij stak een sigaret tussen zijn lippen en beschermde met zijn grote hand de vlam van zijn aansteker tegen de wind. Hij hield de rook lang in zijn longen. Tijdens het uitblazen wierp hij me een blik toe, en het verbaasde me hoe zachtmoedig deze ogen konden kijken.

'Froid,' zei hij en deed zijn jas dicht. 'Le vent.' Hij zei het met hetzelfde accent als waarmee ook ik het zou zeggen.

'Ja,' zei ik met een Bernse tongval, 'dat had ik hier niet verwacht. Zelfs niet in januari.'

Er veranderde iets in zijn blik. Het was voor hem geen aangename verrassing hier een Zwitser tegen te komen. Ik voelde me opdringerig.

'Toch wel,' zei hij nu, ook met accent, 'zo is het vaak.' Hij liet zijn blik over de straat dwalen. 'Ik zie geen Zwitsers kenteken.'

'Ik ben hier met een huurauto,' zei ik. 'Ga morgen met de trein naar Bern terug.'

De kelner bracht hem een pernod. We zwegen een tijdlang. De knetterende Vespa met het meisje op de duozit reed voorbij. De kelner zwaaide.

Ik legde het geld voor de koffie op tafel en maakte aanstalten om weg te gaan.

'Ik rij morgen ook terug,' zei Van Vliet nu. 'We zouden samen kunnen gaan.'

Dat was wel het laatste wat ik verwacht had. Hij zag het.

'Het is maar een idee,' zei hij, en een merkwaardig treurig, om vergeving smekend glimlachje gleed over zijn gezicht; nu was hij weer de man die zo onhandig had ingeparkeerd. Voor het inslapen herinnerde ik me dat Tom Courtenay ook op die manier kon glimlachen, en in mijn droom deed hij dat inderdaad. Hij naderde met zijn lippen de mond van een meisje dat geschrokken terugdeinsde. 'Just an idea, you know,' zei Courtenay, 'and not much of an idea, either.'

'Ja, waarom niet,' zei ik nu.

Van Vliet riep de kelner en bestelde twee pernods. Ik maakte een afwijzend gebaar. Een chirurg drinkt 's morgens niet; ook niet nadat hij is gestopt. Ik ging aan zijn tafeltje zitten.

'Van Vliet,' zei hij, 'Martijn van Vliet.' Ik gaf hem een hand. 'Herzog, Adrian Herzog.'

Hij had hier een paar dagen gelogeerd, zei hij, en na een pauze waarin zijn gezicht ouder en donkerder leek te worden, voegde hij eraan toe: 'Ter herinnering aan... aan vroeger.'

Hij zou me op een bepaald moment tijdens onze reis zijn verhaal vertellen. Het zou een treurig verhaal zijn, een verhaal dat pijn deed. Ik had het gevoel het niet aan te kunnen. Ik had al genoeg met mezelf te stellen.

Ik keek naar de laan met platanen die het stadje uit liep, en bekeek de fletse, zachte kleuren van de winterse Provence. Ik was hierheen gereden om mijn dochter te bezoeken, die in Avignon in een kliniek werkte. Mijn dochter, die me niet meer nodig had, allang niet meer. 'Eerder gestopt? Jij?' had ze gezegd. Ik had gehoopt dat ze meer wilde weten. Maar toen was de jongen uit school gekomen, Leslie was geërgerd omdat het kindermeisje er nog niet was, want ze had nachtdienst, en daarna stonden we op straat als twee mensen die elkaar hadden gezien zonder elkaar te ontmoeten.

Ze zag dat ik teleurgesteld was. 'Ik kom binnenkort op bezoek,' zei ze, 'nu heb je tenminste tijd.' We wisten beiden dat ze het niet zou doen. Ze is al jaren niet meer in Bern geweest en weet niet hoe ik leef. We weten überhaupt weinig van elkaar, mijn dochter en ik.

Op het station van Avignon had ik een auto gehuurd en was op de bonnefooi weggereden, drie dagen over smalle weggetjes, overnachting in landelijke pensions, een halve dag aan de Golf van Aigues Mortes, steeds weer sandwich en koffie, 's avonds Somerset Maugham bij schemerig licht. Soms kon ik de jongen vergeten die destijds plotseling voor mijn auto was opgedoken, maar nooit langer dan een halve dag. Ik schrok wakker omdat het angstzweet in mijn ogen liep en ik achter het mondmasker dreigde te stikken.

'Doe jij het maar, Paul,' had ik tegen de chef-arts gezegd en hem het scalpel gegeven.

Als ik nu stapvoets door de dorpen reed en blij was als er weer een open stuk kwam, zag ik soms Paul's heldere ogen boven het mondmasker, zijn blik vol ongeloof, sprakeloos.

Ik wilde Martijn Van Vliet's verhaal niet horen.

'Ik wilde vandaag nog naar de Camargue, naar Saintes-Maries-de-la-Mer,' zei hij nu.

Ik keek hem aan. Als ik nog langer aarzelde, zou zijn blik even hard worden als die van Tom Courtenay toen hij voor de directeur stond.

'Ik rij mee,' zei ik.

Toen we wegreden, was de wind gaan liggen en achter het raam werd het warm. 'La Camargue, c'est le bout du monde,' zei Van Vliet, toen we voorbij Arles naar het zuiden afbogen. 'Dat zei Cécile altijd, mijn vrouw.'

2

De eerste keer zocht ik er niets achter. Toen Van Vliet de tweede keer zijn handen van het stuur haalde en ze er een paar centimeters bij vandaan hield, vond ik het merkwaardig, want hij deed het weer toen er een vrachtwagen aankwam. Maar pas bij de derde keer wist ik het zeker: het was een veilige afstand. Hij moest voorkomen dat zijn handen het verkeerde zouden doen.

Een tijdlang kwamen er geen vrachtwagens meer. Links en rechts rijstvelden en water waarin de overtrekkende wolken zich spiegelden. Het vlakke landschap liet een bevrijdend weids gevoel ontstaan, het deed me denken aan de tijd in Amerika, toen ik bij de beste chirurgen leerde opereren. Ze gaven me zelfvertrouwen en leerden me mijn angst de baas te worden die dreigde de kop op te steken als de eerste snede in de ongeschonden huid gemaakt moest worden. Toen ik eind dertig was en naar Zwitserland terugkeerde, had ik zeer riskante operaties op mijn naam staan, ik was voor anderen het toonbeeld van geneeskundige rust en vertrouwen, een man die nooit zijn zelfbeheersing verloor, ondenkbaar dat ik op een ochtend het scalpel niet meer aan mijn handen zou toevertrouwen.

In de verte dook een tegemoetkomende vrachtwagen op. Van Vliet trapte hard op de rem en reed van de weg af naar een terrein met een hotel en een weiland met witte paarden. PROMENADE À CHEVAL stond boven de ingang.

Hij bleef een poosje met gesloten ogen zitten. Zijn oogleden trilden en op zijn voorhoofd parelden fijne zweetdruppeltjes. Toen stapte hij zonder een woord te zeggen uit en liep langzaam naar het hek van het weiland. Ik kwam naast hem staan en wachtte.

'Zou het u iets uitmaken om het stuur over te nemen?' vroeg hij hees. 'Ik... voel me niet zo goed.'

Aan de bar van het hotel dronk hij twee pernods. 'Nu gaat het weer,' zei hij daarna. Het moest dapper klinken, maar het was een ongeloofwaardige dapperheid.

In plaats van naar de auto liep hij nog even naar het weiland. Een van de paarden stond bij het hek. Van Vliet aaide hem over het hoofd. Zijn hand trilde.

'Lea hield van dieren en dat voelden ze. Ze was gewoon niet bang voor ze. Zelfs de agressiefste honden werden rustig als zij er was. "Papa, kijk eens, hij vindt me lief!" riep ze dan. Alsof ze de genegenheid van dieren nodig had omdat ze die van niemand anders kreeg. En ze zei het tegen míj. Uitgerekend tegen mij. Ze aaide de dieren, liet ze haar handen likken. Wat was ik bang als ik dat zag! Haar kostbare, haar zo ontzettend kostbare handen. Later, op mijn heimelijke ritten naar Saint-Rémy, stond ik hier vaak en stelde me voor dat ze de paarden zou strelen. Het zou haar goed gedaan hebben. Dat weet ik heel zeker. Maar ik mocht haar niet meenemen. De Maghrebijn, die verdomde Maghrebijn verbood het, hij verbood het me gewoon.'

Ik was nog steeds bang voor het verhaal, nu zelfs nog meer; toch was ik er niet meer zeker van dat ik het niet wilde horen. Van Vliet's trillende hand op het paardenhoofd, die had een en ander veranderd. Ik overwoog of ik vragen moest stellen. Maar dat zou verkeerd zijn geweest. Een luisteraar moest ik zijn, niets anders dan een luisteraar die zich stil een weg baande door zijn gedachtenwereld.

Zwijgend gaf hij me de autosleutel. Zijn hand trilde nog steeds.

Ik reed langzaam. Als er een vrachtwagen voorbijkwam, keek Van Vliet rechts naar buiten. Aan het begin van de bebouwde kom dirigeerde hij me naar het strand. We stopten achter de duinen, liepen de helling op en kwamen uit op het zand. Het was hier winderig, de glinsterende golven braken, en even dacht ik aan Cape Cod en Susan, mijn toenmalige vriendin.

We liepen op enige afstand van elkaar. Ik wist niet wat hij hier wilde. Of toch: nu die Lea over wie hij in de verleden tijd had gesproken niet meer leefde, wilde hij nog een keer over het strand lopen waar hij destijds, toen de Maghrebijn hem de toegang tot zijn dochter had ontzegd, alleen had moeten lopen. Hij liep nu naar het water en even dacht ik dat hij er gewoon in zou lopen met zekere, vaste pas, door niets te stoppen, steeds verder, tot de golven zich boven zijn hoofd zouden sluiten.

Hij bleef op het natte zand staan en haalde een heupfles uit zijn jasje. Hij schroefde hem open en wierp me een blik toe. Hij aarzelde, gooide vervolgens het hoofd in de nek, hief zijn arm op en goot de jenever naar binnen. Ik haalde de camera tevoorschijn en schoot een paar foto's. Hij staat erop als een silhouet in het tegenlicht. Een van die foto's staat hier voor me, schuin tegen een lamp. Ik hou ervan. Een man die onder de ogen van een ander, die daarnet geen pernod wilde, uitdagend drinkt. *Je m'en fous*, spreekt uit de houding van deze grote, zware man met het warrige haar. Zoals Tom Courtenay, die, nadat hij geweigerd had zich te verontschuldigen, onder begeleiding afmarcheert.

Van Vliet liep nog even verder over het natte zand. Af en toe bleef hij staan, legde, net als zo-even bij het drinken, het hoofd in de nek en hield zijn gezicht in de zon. Een gebruinde man die eind vijftig kon zijn, sporen van de alcohol onder de ogen, maar verder met het uiterlijk van een gezonde, sterke man van wie je denkt dat hij aan sport doet. Daarachter verdriet en vertwijfeling die elk moment in woede en haat konden omslaan, haat ook tegen zichzelf, een man die zijn handen niet meer vertrouwde als hij het hoge, hem tegemoet denderende front van een vrachtwagen voor zich zag.

Hij kwam nu langzaam op me af en bleef voor me staan. De manier waarop het baan brak uit hem, bewees hoezeer hij door de herinnering werd overmand toen hij bij het water stond.

'Hij heet Meridjen, die Maghrebijn, doctor Meridjen. "Het gaat nu vooral om uw dochter; daar zult u aan moeten wennen." Stelt u zich voor, dat durfde die man tegen me te zeggen. Tegen mij! "C'est de votre fille qu'il s'agit." Alsof dat niet zevenentwintig jaar lang de stelregel van mijn leven was geweest! Die woorden achtervolgden me als een echo die maar niet wilde ophouden. Hij zei ze aan het einde van ons eerste gesprek, voordat hij achter zijn bureau opstond om me naar de deur van de spreekkamer te begeleiden. Hij had voornamelijk geluisterd, af en toe was zijn donkere hand met de zilveren pen over het papier gevlogen. Aan het plafond draaiden traag de reusachtige bladen van een ventilator, tijdens de stiltes in het gesprek hoorde ik het zachte zoemen van de motor. Ik voelde me uitgeput na mijn lange relaas, en toen hij me over de glazen van zijn halve bril één van zijn zwarte, Arabische blikken toewierp, had ik het gevoel alsof ik schuldig voor een rechter zat.

"U gaat niet in Saint-Rémy wonen," zei hij in de deuropening tegen me. Het was een vernietigende zin. Die paar woorden wekten de indruk dat mijn toewijding aan wat ik voor Lea's geluk hield, niet méér was geweest dan een orgie van vaderlijke eerzucht en de vertwijfelde poging haar aan me te binden. Alsof men mijn dochter vooral tegen mij moest beschermen. Terwijl ik toch alleen maar deze wens had voor Lea, deze ene, alles overschaduwende wens: dat het verdriet en de vertwijfeling over Cécile's dood voor altijd voorbij zouden zijn. Deze wens had natuurlijk ook met míj te maken. Natúúrlijk was dat zo. Maar wie zal me dat kwalijk nemen? Wíé?'

Er stonden tranen in zijn ogen. Ik had het liefst met mijn hand over zijn door de wind verwarde haren gestreken. Wat was er dan allemaal gebeurd, vroeg ik, nadat we op de glooiing in het zand waren gaan zitten.

3

'Ik kan tot op de dag, ja, tot op het uur precies zeggen wanneer het allemaal begon. Het was op een dinsdag achttien jaar geleden, de enige dag in de week waarop Lea ook 's middags school had. Een dag in mei, diepblauw, overal bloeiende bomen en struiken. Lea kwam uit school met Caroline naast zich, haar vriendin vanaf de eerste schooldagen. Het was pijnlijk om te zien hoe treurig en verstard Lea naast de huppelende Caroline de paar treden naar het schoolplein afliep. Het was dezelfde slepende gang als het jaar ervoor, toen we samen uit de kliniek waren gekomen waarin Cécile de strijd tegen de leukemie had verloren. Vanaf die dag, toen ze afscheid nam van het stille gezicht van haar moeder, had Lea niet meer gehuild. De tranen waren op. In de laatste weken ervoor sprak ze steeds minder, en elke dag, zo leek het, werden haar bewegingen langzamer en hoekiger. Niets had deze verstarring kunnen doorbreken, niets van wat ik samen met haar had ondernomen; geen van de vele cadeaus die ik had gekocht als ik dacht dat ik een wens van haar gezicht kon aflezen; geen van mijn verkrampte grappen die ik mijn eigen verstarring afdwong; ook niet de eerste schooldag met alle nieuwe indrukken; en evenmin de moeite die Caroline zich vanaf de eerste dag had getroost om haar aan het lachen te maken.

"Adieu," zei Caroline bij de poort tegen Lea en sloeg een arm om haar schouders. Het was een ongebruikelijk gebaar voor een achtjarig meisje, alsof ze de volwassen zus was die de jongere bescherming en troost meegaf. Lea hield haar blik zoals altijd op de grond gericht en antwoordde niet. Zwijgend legde ze haar hand in de mijne en liep met lood in de schoenen naast me voort.

We waren net hotel Schweizerhof gepasseerd en naderden de roltrap die naar beneden de stationshal in gaat, toen Lea midden in de stroom mensen bleef staan. In gedachten was ik al bij de zware vergadering die ik zo dadelijk moest voorzitten en trok ongeduldig aan haar hand. Plotseling rukte ze zich los, bleef nog even met gebogen hoofd staan en liep vervolgens richting roltrap. Ik zie haar nog lopen, het was een slalom door de gehaaste menigte, de brede schooltas op haar smalle rug raakte meer dan eens verstrikt in de kleren van de voorbijgangers. Toen ik haar had ingehaald, stond ze reikhalzend boven aan de roltrap zonder zich iets aan te trekken van de mensen die ze in de weg stond. "Écoute!" zei ze, toen ik naar haar toeliep. Ze zei het met dezelfde intonatie als Cécile, die dit verzoek ook altijd in het Frans had geuit, zelfs al spraken we voor de rest Duits. Voor iemand als ik, wiens keelgat niet voor de lichte Franse klanken is gemaakt, had het vinnige woord een gebiedende, dictatoriale klank die me intimideerde, zelfs als het om iets onschuldigs ging. En dus beteugelde ik mijn ongeduld en luisterde gehoorzaam naar de geluiden die van beneden uit de stationshal kwamen. Nu hoorde ook ik wat Lea daarnet had doen stilstaan: de klanken van een viool. Aarzelend liet ik me door haar de roltrap optrekken, en nu gleden we, eigenlijk tegen mijn wil, naar beneden, de stationshal van Bern in.

Hoe vaak heb ik me niet afgevraagd hoe het mijn dochter was vergaan als ik dat niet had gedaan! Als het toeval ons deze klanken niet had toegespeeld! Als ik aan mijn ongeduld en spanning voor de komende vergadering had toegegeven en Lea met me had meegetrokken. Was ze dan misschien bij een andere gelegenheid, in een andere vorm ten prooi gevallen aan de klank van een viool? Wat had haar anders uit haar verlammende verdriet kunnen verlossen? Was haar talent ook dan aan het licht gekomen? Of zou ze een heel gewoon schoolmeisje zijn geworden met heel gewone toekomstdromen? En ik? Waar zou ik nu staan als ik me niet voor de enorme uitdaging van Lea's talent geplaatst had gezien, waar ik op geen enkele manier tegen opgewassen was?

Ik was, toen we die middag op de roltrap stapten, een veertigjarige biocyberneticus, het jongste lid van de faculteit en een rijzende ster aan het firmament van deze nieuwe discipline, zoals de mensen zeiden. De ziekte van Cécile en haar vroege dood hadden me geschokt, meer dan ik wilde toegeven. Maar in de ogen van de buitenwereld had ik de schok opgevangen, en had ik het door uiterst nauwkeurige planning voor elkaar gekregen mijn beroep te combineren met mijn rol als nu enig verantwoordelijke ouder. 's Nachts, als ik achter mijn computer zat, hoorde ik hoe Lea lag te woelen in de kamer ernaast: zelf ben ik niet één keer gaan slapen voordat ze tot rust was gekomen, hoe laat het ook werd. De vermoeidheid, die groeide als een sluipend gif, bestreed ik met koffie, en soms stond ik op het punt weer met roken te beginnen. Maar Lea mocht niet met een verslaafde vader in een doorrookte kamer opgroeien.'

Van Vliet haalde zijn sigaretten uit zijn jasje en stak er een op. Evenals vanmorgen in het café beschermde hij met zijn grote hand de vlam tegen de wind. Nu, van kleinere afstand, zag ik de nicotinevlekken op zijn vingers.

'Al met al had ik de situatie onder controle, dacht ik; alleen de kringen onder mijn ogen werden groter en donkerder. Het had, denk ik, allemaal nog goed kunnen komen als we toen niet op die roltrap waren gestapt. Maar Lea stond al met een voet op het glijdende metaal terwijl ze eigenlijk heel bang was voor roltrappen – ze had die angst van Cécile overgenomen, er was zoveel van haar aanbeden moeder als door osmose bij haar binnengedrongen. De muziek was op dat moment sterker dan haar angst, daarom had ze de eerste stap gezet. Ik kon haar nu onmogelijk alleen laten en streelde haar geruststellend over het haar tot we beneden waren aangekomen en ons bij de talloze ademloos toehorende mensen voegden, die betoverd naar de violiste stonden te luisteren.'

Van Vliet gooide de half opgerookte sigaret in het zand en verborg zijn gezicht in zijn handen. Hij stond naast zijn dochtertje in het station. Er ging een steek door me heen. Ik dacht aan mijn bezoek aan Leslie in Avignon. Wat Lea voor Martijn van Vliet was geweest, was Leslie nooit voor mij geweest. Tussen ons was het afstandelijker toegegaan. Niet liefdeloos, maar stroever. Was dat omdat ik de jaren na haar geboorte bijna alleen maar had gewerkt en vaak dagenlang de kliniek in Boston niet uit was gekomen?

Joanne had het zo omschreven: *As a father you're a failure.*

We zijn geen enkele keer echt op vakantie geweest; als ik op reis ging, dan naar congressen waar nieuwe operatietechnieken werden gedemonstreerd. Leslie was negen toen we naar Zwitserland terugkeerden, ze sprak een mengelmoes van het Amerikaans van Joanne en mijn Bernse Duits, de spanning tussen haar ouders maakte haar gesloten, ze zocht voor zichzelf vrienden die wij niet kenden, en toen Joanne voorgoed naar Amerika terugkeerde, ging Leslie naar een internaat, weliswaar een goed internaat, maar toch: een internaat. Ze was niet ongelukkig, denk ik, maar ze ontglipte me steeds meer, en als ik haar zag was het meer een ontmoeting tussen twee goede bekenden dan tussen een vader en zijn dochter.

Van Vliet's verhaal zou een verhaal over ongeluk zijn, dat was duidelijk; maar dit ongeluk was uit een geluk geboren dat ik niet had gekend, om welke reden dan ook.

'Het was geen grote vrouw,' zei hij tegen me terwijl ik in gedachten was verzonken, 'maar ze stond op een verhoging en stak met haar bovenlichaam boven de menigte uit. En bij God, je kon ter plekke verliefd op haar worden! Zoals bijvoorbeeld iemand verliefd kan worden op een overweldigend standbeeld, alleen makkelijker, sneller en veel, veel heftiger. Het eerste waar mijn blik door werd getroffen was een golf van zwartglanzend haar die bij elke beweging van haar hoofd opnieuw onder een lichtgekleurde hoed met drie punten tevoorschijn kwam en zich over de opgevulde schouders van haar jas leek uit te storten. En wat een sprookjesachtig rokkostuum! Verbleekt lichtroze en verwassen geel, kleuren als van een vervallen palazzo. Daarop tekenden zich als op een gobelin grillig gevormde drakenfiguren af, roodgouden draden en rode glassplinters die schitterden als kostbare robijnen. Er zat veel oosterse geheimzinnigheid in deze jas, die tot bijna op haar knieën reikte. Ze droeg hem open, je zag een beige kniebroek die aan de bovenkant door een okerkleurige sjerp werd opgehouden en aan de onderkant in witte zijden kousen overging, die in zwarte lakschoenen staken. Boven de sjerp droeg ze een met ruches versierde blouse van wit satijn die de brede opstaande kraag van de jas met zijn eigen kraag opvulde. Ze had een stuk van de zachte witte stof over de opstaande kraag getrokken en daar klemde ze met haar wilskrachtige kin de viool op. En helemaal bovenaan: die brede steek van een soortgelijke stof als de jas, maar met een zwaarder effect want de randen waren afgezet met zwart fluweel. We hebben samen ontelbare tekeningen van haar gemaakt, Lea en ik, en over een paar details konden we het nooit eens worden.' Van Vliet slikte. 'Dat was in de keuken, aan de grote tafel die Cécile bij ons huwelijk had ingebracht.'

Hij stond zonder verklaring op en liep naar het water. Een golf spoelde over zijn schoenen, hij leek het niet te merken.

'Het klopt niet helemaal,' ging hij door toen hij weer naast me zat met wier aan zijn schoenen, 'dat 't het lange golvende haar was dat me als eerste fascineerde aan deze sprookjesachtige violiste. Het waren eerder de ogen, of eigenlijk niet de ogen, maar het witte oogmasker dat bijna naadloos in het witgepoederde gezicht overging. Hoe langer ik daar stond, des te meer hield het gemaskerde gezicht me in de ban. Eerst waren het de onbeweeglijkheid en de pure stoffelijkheid van het masker die me frappeerden omdat ze in schrille tegenstelling stonden met de bezielde muziek. Hoe kon zo'n star masker zoiets voortbrengen! Langzamerhand begon ik me een beeld te vormen van de ogen achter de spleten, daarna begon ik ze te zien. Meestal waren ze gesloten, dan maakte het gepoederde gezicht een verzegelde en doodse indruk. De klanken leken dan bijna uit een andere wereld te komen en zich van haar levenloze lichaam als van een medium te bedienen, vooral tijdens langzame, lyrische passages, als het instrument nauwelijks bewoog en de arm met de strijkstok slechts langzaam door de ruimte gleed. Het was een beetje alsof Gods woordeloze stem sprak tot de ademloos luisterende reizigers die hun koffers, rugzakken en tassen naast zich op de grond hadden gezet en de overweldigende muziek als een openbaring in zich opnamen. De overige geluiden van het station leken naast de muziek geen werkelijkheid te bezitten. Wat er aan klanken uit de donker glanzende viool kwam, bezat een eigen werkelijkheid, die, zo schoot het mij door het hoofd, zelfs niet door een explosie aan het wankelen gebracht had kunnen worden.

Af en toe opende de vrouw haar ogen. Dan moest ik aan filmbeelden van bankovervallen denken, die altijd de brandende vraag bij me oproepen hoe het gezicht dat bij de ogen hoort eruitziet. Al die tijd deed ik in gedachten de violiste het masker af en dichtte haar ogen en complete gezichten toe. Ik vroeg me af hoe het zou zijn om tijdens het eten of tijdens een gesprek tegenover zulke ogen en zo'n gezicht te zitten. Dat ze stom was, deze geheimzinnige vioolprinses, kwam ik pas uit de krant te weten. Ik verzweeg het voor Lea. Ook over het gerucht dat de vrouw een masker droeg omdat haar gezicht door verbranding was misvormd, kwam ze niets te weten. Ik verried haar alleen de vermoedelijke naam: Loyola de Colón. Vervolgens moest ik haar alles over Ignatius van Loyola en over Columbus vertellen. Ze vergat het snel, het ging haar alleen maar om de namen. Later kocht ik een mooie uitgave van het *Verzameld Werk* van Sint-Ignatius voor haar. Ze zette die zo neer dat ze de naam vanuit haar bed kon zien; ze heeft het boek nooit gelezen.

Loyola – zo noemden we haar later, dan leek het net alsof ze een oude vriendin was – speelde de partita in E groot van Bach. Toentertijd wist ik dat niet, muziek was tot die tijd niet iets waar ik me serieus mee bezighield. Cécile had me een paar keer meegesleept naar een concert, maar ik gedroeg me als de karikatuur van een vakidioot en cultuurbarbaar. Mijn kleine dochter maakte me pas vertrouwd met het universum van de muziek, en met mijn methodisch werkende verstand, mijn wetenschappersverstand, leerde ik er alles over zonder te weten of ik van de muziek die ze speelde hield omdat die me beviel of alleen maar omdat ze tot Lea's geluk leek te horen. De partita van Bach, die ze ooit met meer virtuositeit en diepgang zou spelen dan welke andere violist ook – waarschijnlijk alleen in mijn oren, ik weet het –, ken ik nu zo goed dat ik hem zelf geschreven zou kunnen hebben. Kon ik hem maar uit mijn geheugen wissen!

Ik weet niet meer hoe goed Loyola's viool klonk. Ik had er destijds geen mening over, ik werd pas vele jaren later tijdens mijn krankzinnige reis naar Cremona een deskundige in de klank van een viool. Maar in mijn herinnering, die al snel door de verbeeldingskracht werd overschaduwd en veranderd, had dit noodlottige instrument een warme, volumineuze klank die dronken en verslaafd maakte. Deze klank, die zo goed bij het aura van de gemaskerde vrouw paste en bij haar ogen zoals ik me die voorstelde, had me Lea voor een moment bijna doen vergeten, hoewel haar hand de hele tijd in die van mij had gelegen zoals altijd als ze door veel mensen werd omringd. Nu voelde ik hoe ze haar hand uit de mijne loswrong, en ik verbaasde me erover hoe vochtig hij was.

Haar vochtige handen en in het algemeen de bezorgdheid om haar handen: hoezeer zou dit de toekomst bepalen en van tijd tot tijd verduisteren!

Ik had er nog geen idee van, toen ik op haar neerkeek en haar ogen zag, waarmee iets ongelooflijks was gebeurd. Lea hield haar hoofd opzij, waarschijnlijk om door een smalle opening in de menigte een beter zicht op de violiste te krijgen. De pezen in haar hals waren tot het uiterste gespannen, ze ging helemaal op in wat ze zag. En haar ogen straalden!

Gedurende de lange periode van onze ziekenhuisbezoeken aan Cécile waren ze uitgedoofd en hadden de glans verloren waar we zo van gehouden hadden. Met neergeslagen ogen en hangende schouders had ze aan het graf gestaan toen de kist in de aarde zakte. Toen ik destijds voelde hoe mijn adem stokte en hoe mijn ogen begonnen te branden, had ik niet kunnen zeggen of dat door Cécile kwam of door het vreselijke stille verdriet en de verlatenheid die uit Lea's glansloze ogen spraken. En nu, meer dan een jaar later, was de glans teruggekeerd!

Ongelovig keek ik nog een keer, en nog een keer. Maar de nieuwe glans was er wel degelijk, hij was echt, en daardoor leek het alsof de hemel zich plotseling voor mijn dochter had geopend. Haar lichaam, haar hele lichaam was tot het uiterste gespannen, en de knokkels van haar vuisten tekenden zich als kleine witte heuveltjes tegen de rest van de huid af. Het leek alsof ze al haar kracht moest gebruiken om de betoverende macht van de muziek te kunnen weerstaan. Terugkijkend denk ik ook wel eens dat ze zich met die inspanning op haar nieuwe leven heeft voorbereid, dat, zonder dat ze het wist, in die minuten begon – alsof ze net zo gespannen was als een hardloopster voor de wedstrijd, de wedstrijd van haar leven.

En toen, heel plotseling, verdween die spanning, haar schouders zakten en haar armen hingen naar beneden – vergeten, gevoelloze aanhangsels. Even meende ik dat in die plotselinge verslapping het verdwijnen van haar interesse tot uitdrukking kwam, en vreesde ik dat de betovering was verbroken, dat ze weer was teruggevallen in de vertwijfelde matheid van het afgelopen jaar. Toen zag ik een blik in haar ogen die daar niet bij paste, maar in een tegengestelde richting wees. De glans was er nog steeds, zij het dat er iets aan was toegevoegd waar ik, zonder het te begrijpen, van schrok: er was iets in Lea's ziel besloten wat de regie over haar leven zou overnemen. En ik voelde met een mengeling van angst en geluk dat ook mijn eigen leven in de ban van deze geheimzinnige regie zou raken en nooit meer zo zou zijn als ervoor.

Had Lea eerder, gedurende de spanning, met onregelmatige stoten geademd die aan koorts deden denken waar de rode vlekken op haar wangen bij pasten, nu leek ze niet eens meer te ademen, haar verslapte gezicht was met een marmeren, doodse bleekheid bedekt. Hadden haar oogleden eerder in een onregelmatig staccato koortsachtig getrild, nu leken ze verlamd. Tegelijkertijd lag er ook een duidelijke bedoeling in hun onbeweeglijkheid – alsof Lea ze niet wilde toestaan haar blik op de spelende godin te onderbreken, zelfs niet als het maar onderbrekingen van honderdsten van seconden zouden zijn die ze bovendien niet eens zou opmerken.

In het licht van wat er later is gebeurd en wat ik nu weet, zou ik zeggen: mijn dochter verloor zichzelf in dat station.

Ik zou het zeggen, ook al zag het er in de daaropvolgende jaren naar uit dat het exacte tegendeel had plaatsgevonden: alsof ze op dat moment plotseling op weg naar zichzelf was gegaan, en dat met een overgave, vuur en energie zoals maar voor weinigen is weggelegd. Over de bleke trekken van haar kinderlijk gezicht lag uitputting, en als ik soms droomde over deze uitputting, dan was het de uitputting die nog vóór haar lag op haar opofferingsgezinde weg door de wereld van klanken, een weg die ze in een verterende koorts zou afleggen.

Het spel van de vrouw kwam met een zwierige, enigszins pathetisch uitgevallen streek tot een einde. Stilte – die al het rumoer in het station opslokte. Vervolgens een daverend applaus. De buigingen van de vrouw waren diep en duurden ongebruikelijk lang. Ze hield de viool en de strijkstok ver van haar lichaam, alsof ze die tegen haar eigen onstuimige bewegingen wilde beschermen. De hoed moest vastgemaakt zijn, want hij bleef stevig zitten terwijl de golf zwart haar naar voren viel en haar gezicht geheel bedekte. Ging ze overeind staan dan vloog het haar als in een storm naar achteren, de hand met de strijkstok streek de lokken uit haar gezicht, en nu werd je regelrecht gechoqueerd door het masker van dat witte gezicht, hoewel je het al die tijd voor je had gehad. Je wilde blijdschap op haar gezicht zien of uitputting, in elk geval een of andere emotie; in plaats daarvan ketste de blik af op het spookachtige masker en het poeder. Desondanks leek er geen einde aan het applaus te komen. De menigte kwam maar heel langzaam in beweging en splitste zich op in degenen die haast hadden, en anderen die in de rij stonden om iets in de vioolkist naast de verhoging te gooien. Sommigen wierpen een verbaasde blik op hun horloge en leken zich af te vragen waar de tijd was gebleven.

Lea bleef roerloos staan. Er was niets aan haar veranderd, haar trance bleef aanhouden en het leek nog steeds alsof haar oogleden dienst weigerden onder de overweldigende indruk van de gebeurtenis. Er lag iets oneindig roerends in haar weigering te geloven dat het voorbij was. De wens dat het zou doorgaan, voor altijd zou doorgaan, was zo sterk dat ze ook niet ontwaakte toen een haastige reiziger tegen haar aanbotste. Ze bleef met de bewusteloze zekerheid van een slaapwandelaarster in de nieuwe houding staan, haar blik strak op Loyola gericht, alsof deze een marionet was die ze met haar blik kon dwingen verder te spelen. Daarin, in de onverstoorbaarheid van deze blik, kondigde zich de ongelooflijke en uiteindelijk vernietigende vastberadenheid van Lea's wil aan, die in de volgende jaren steeds duidelijker aan het licht zou komen.

Loyola, zo bleek nu, was niet alleen. Een grote, donkergetinte man nam ineens de regie over. Hij nam haar de viool en strijkstok uit handen, gaf haar een hand toen ze van het podium afstapte, en vervolgens ruimde hij alles op met een handigheid en snelheid die niet alleen mij verbaasde. Er leken nog maar nauwelijks twee, drie minuten verstreken te zijn nadat de laatste munt in de kist was gevallen, of Loyola en haar begeleider begaven zich al op weg naar de roltrap. Nu ze niet meer op de verhoging stond, leek ze eerder klein, de magische VIoliste, en niet alleen klein, maar van alle betovering ontdaan, bijna een beetje armoedig. Ze trok met een been, en ik schaamde me over mijn teleurstelling dat ze echt en onvolmaakt was, in plaats van zich met dezelfde luister en sprookjesachtige perfectie als eigen was aan haar spel, door de wereld te bewegen. Ik was blij en ongelukkig tegelijk toen de naar boven glijdende traptreden haar uit ons gezichtsveld wegvoerden.

Ik liep naar Lea en trok haar zachtjes tegen me aan, het was dezelfde beweging als altijd wanneer ik haar wilde troosten en beschermen. Ze drukte dan haar wang tegen mijn heup, en als het heel erg was probeerde ze haar gezicht in me te verstoppen. Maar nu gebeurde er iets anders, en ook al ging het maar om een kleine beweging, een nuance in haar reactie die een buitenstaander niet eens zou zijn opgevallen, toch veranderde die de wereld. Door de zachte druk van mijn hand keerde Lea langzaam in de werkelijkheid terug. In eerste instantie gaf ze zich, zoals altijd, over aan mijn beschermende gebaar. Maar toen, net voordat haar wang zoals gebruikelijk mijn been zou raken, hield ze abrupt in en begon zich tegen mijn druk te verzetten.

Ik voelde – en het trof me als een elektrische schok – dat, terwijl ze in gedachten was verzonken, zich een nieuwe wil had gevormd; er was een nieuwe onafhankelijkheid ontstaan waarvan ze zelf nog geen weet had.

Geschrokken trok ik mijn hand terug, angstig afwachtend wat er nu zou gebeuren. Lea had me na haar ontwaken nog niet aan gekeken. Nu onze blikken elkaar kruisten, leek het een moment dat ik met zeer grote helderheid beleefde, alsof er een ontmoeting plaatsvond tussen twee volwassenen met een even sterke wil. Daar stond niet meer een kleine dochter die bescherming nodig had tegenover haar grote, beschermende vader, maar een jonge vrouw die werd beheerst door een wil en een toekomst waarvoor ze onvoorwaardelijk respect opeiste.

Ik voelde dat er op dat moment een nieuwe tijdrekening tussen ons begon.

Maar hoe nieuw en duidelijk dit gevoel ook was – ik heb het blijkbaar niet begrepen, noch toen noch later. "C'est de votre fille qu'il s'agit." Wat zouden deze verschrikkelijke woorden van de Maghrebijn anders kunnen betekenen dan het verwijt dat het me in de dertien jaar na Loyola's optreden in het station nooit echt om Lea zou zijn gegaan maar altijd alleen maar om mezelf? De eerste weken en dagen weigerde ik uit woede en verbittering dit verwijt ook maar één moment serieus in overweging te nemen. Maar de woorden van de arts bleven mij door het hoofd malen, ze vergiftigden het inslapen en het wakker worden tot ik moe werd van het weerstand bieden, en ik met mijn nuchtere verstand probeerde mezelf geheel van buitenaf als een vreemde tegemoet te treden. Was ik misschien werkelijk niet in staat geweest te erkennen dat Lea een eigen wil had, die ook een andere wil zou kunnen zijn dan die ik voor haar wenste?

Ik ben zelf nooit op het idee gekomen dat ik in zo'n rampzalig onvermogen gevangen zou kunnen zitten; want als ik er al door werd beheerst, dan was het met een gevaarlijke onopvallendheid en bedrieglijke wisselvalligheid die het aan een waarnemend oog onttrokken en achter een misleidende façade van zorgzaamheid verborgen. Voor een buitenstaander zag het er namelijk allerminst naar uit dat ik geen rekening hield met wat Lea wenste. Integendeel, van buitenaf moet het geleken hebben alsof ik van maand tot maand, van jaar tot jaar steeds meer de dienaar, ja de slaaf van haar wensen werd. Uit sommige blikken van mijn collega's en medewerkers kon ik opmaken hoe bedenkelijk ze het vonden dat ik mijn leven zozeer liet bepalen door Lea's levensritme, door haar kunstzinnige vorderingen en inzinkingen, haar pieken en dalen, haar euforie en neerslachtigheid, haar stemmingen en ziekten. En hoe kun je van een vader die omwille van zijn dochter zelfs op het slechte pad raakt, beweren dat hij niet in staat is haar wil te respecteren? Gewillig schikte ik me naar de tirannie van haar talent. Hoe kon de Maghrebijn mijn bereidheid om Lea als een zelfstandige persoon te respecteren dan in twijfel trekken? En hoe kon hij me op zijn zachte dictatoriale manier te verstaan geven dat het dit onvermogen was dat van haar zijn patiënte had gemaakt? "U gaat niet in Saint-Rémy wonen." Mijn god!'

4

Van Vliet was weer opgestaan en maakte aanstalten opnieuw naar het water te lopen. Je kon de gebalde vuisten in zijn jaszak zien. Ik liep mee. Hij haalde de heupfles tevoorschijn, aarzelde en wierp een blik op me. Ik ving zijn blik op en hield die vast. Zijn duim wreef over de heupfles.

'Maar ik zou graag meer van het verhaal horen,' zei ik.

Er verscheen een scheve glimlach op zijn gezicht. Tom Courtenay had geen reden voor zo'n glimlach gehad, maar ook op zijn gezicht was die mogelijk geweest.

'Oké,' zei Van Vliet en stopte de fles terug in zijn zak.

Een man met een newfoundlander kwam op ons af. De hond

liep voor hem uit en bleef hijgend voor ons staan. Van Vliet aaide hem over zijn kop en liet hem zijn handen likken. We keken elkaar niet aan, maar we wisten allebei dat we aan Lea en haar dieren dachten. De manier waarop onze gedachten elkaar op dat moment kruisten: had ik dat ooit met Joanne meegemaakt, of met Leslie? En ik kende Martijn van Vliet nog geen halve dag.

De hond liep weg en Van Vliet veegde zijn hand aan zijn broek af. We liepen tot aan het water. De wind was gaan liggen en de golven kabbelden nog maar zachtjes.

'Lea hield ervan als de zee spiegelglad was. Het deed haar denken aan het luiden van de klok 's morgens vroeg in een Japans klooster. Ze hield van dat soort films. En dat soort vergelijkingen. Ik zette een keer diep in de nacht tijdens de Olympische Spelen in Seoel de televisie aan. De Koreanen noemden hun land het land van de morgenstilte, zei de verslaggever. Lea was stilletjes, op blote voeten, achter me komen staan, ze kon niet slapen door het vele oefenen. "Wat mooi," zei ze. We keken naar de roeiboten die het gladde water doorkliefden. Dat was een paar maanden na Loyola's optreden in het station.'

Hij nam snel een slok uit de heupfles. Zijn bewegingen waren mechanisch, ze gingen buiten hem om, hij had zich alweer aan de stroom van zijn herinneringen overgegeven.

'Lea keek naar de roltrap waarop de violiste was verdwenen, begon te lopen en verzwikte haar enkel. Het leek alsof ze al was gaan lopen voordat ze haar lichaam na haar dromerige afwezigheid weer helemaal onder controle had. Ze strompelde en haar gezicht vertrok van de pijn, maar nu deed ze dit niet koppig en verbeten zoals in de afgelopen tijd als ze zich pijn had gedaan; het was eerder een verstrooide uitdrukking die de indruk wekte dat de pijn meer iets hinderlijks was dan iets wat aandacht verdiende. Ik heb over dit verzwikken gedroomd, ik zag Lea's been als arts, maar ook als iemand die de oorzaak was van haar tegenspoed. De droom hield veel langer aan dan de onschuldige verstuiking van de enkel, die snel genas. Maar uiteindelijk, toen Lea opbloeide, verdween hij. Met mijn heimelijke bezoeken aan de tuin van het hospitium in Saint-Rémy keerde hij terug. Ik doe niets, ik zie alleen Lea op een afstand voorbij strompelen, haar leeftijd is vaag, haar gezicht vreemd en ik word wakker met het gevoel getuige te zijn geweest van een diepe beschadiging van haar leven. "Elle est brisée dans son âme," zei de Maghrebijn.

Hoe anders zag het eruit op die avond na Loyola's concert! We liepen samen door de stad. Zo hadden we nog nooit samen door Bern gelopen. Het was alsof we buiten de tijd liepen, door een leemte gescheiden van het steen van de arcaden en de rest van de werkelijkheid, een minuscuul hiaat dat de indruk wekte alsof de duizenden vertrouwde dingen ons helemaal niet aangingen. Het enige wat telde was dat Lea liep zoals ze al lang niet meer gelopen had, bevrijd en vastberaden, en dat ze daardoor de hoop bij me wekte dat haar ziel door de muziek in het station weer tot leven was gewekt en vloeibaar was geworden.

Ze strompelde, maar leek er geen enkele aandacht aan te besteden. Door het constante veronachtzamen van de pijn kreeg haar manier van lopen een zekerheid die er geen twijfel over liet bestaan dat zij degene was die bepaalde waar we naartoe gingen. Een tijdlang spraken we geen woord. Zwijgend voerde ze me door straten en steegjes waar ik al jaren niet meer doorheen was gelopen. Een geheimzinnige, onuitputtelijke kracht leek haar te drijven en haar op de straatstenen gerichte blik weerhield me ervan naar de bestemming te vragen. Eén keer maar vroeg ik: "Waar gaan we heen?" Ze keek me niet aan, maar zei alsof ze in diepste concentratie was: "Viens!" Het klonk als een bevel van iemand die de kennis van iets groots op anderen voorheeft zonder die te willen verklaren.

Een stroom van gelegenheden ging door mijn hoofd waarbij ook Cécile met een zacht, dwingend ongeduld een dergelijk

"Viens!" tegen me had gezegd. Wat had ik er in het begin van genoten als ze dat deed! Dat iemand me bij de hand pakte en met zich meetrok – hoe vreemd en bevrijdend was dat voor iemand als ik geweest die als sleutelkind veel te vroeg gedwongen werd zich op school en op straat in zijn eentje te redden, zich vastklampend aan zijn scherpe verstand, het enige wat hij vertrouwde.

Onze spookachtige wandeling, die door Lea's ongeduldige energie soms bijna een mars werd, duurde al meer dan een uur, en toen mijn blik langs een kerkklok gleed, schoot me plotseling de vergadering te binnen die ik had moeten leiden. Het was een beslissende ontmoeting tussen geldschieters en het universiteitsbestuur, de toekomst van mijn laboratorium hing ervan af, mijn afwezigheid was dus ondenkbaar. Door de gedachte aan mijn medewerkers die volkomen radeloos de vragende blikken moesten trotseren, schrok ik op uit mijn verstrooide heden dat er uitsluitend uit had bestaan Lea's metgezel te zijn. Ik zag een telefooncel en zocht in mijn jaszak naar munten. Maar toen voelde ik weer Lea's raadselachtige energie naast me, en op dat ogenblik nam ik een beslissing zoals ik die de komende jaren steeds weer zou nemen: ik gaf voorrang aan mijn dochter boven mijn professionele verplichtingen en sloot mijn ogen voor de consequenties die steeds hachelijker werden. Haar wil, waar die ons beiden ook naartoe zou drijven, betekende meer voor me dan al het andere. Haar leven was belangrijker dan het mijne. Daarvan weet de Maghrebijn niets. Níets.

Ik was achteropgeraakt bij Lea en haalde haar nu weer in. We begonnen in een kringetje rond te draaien, en langzamerhand begreep ik dat ze helemaal geen doel had, of beter, dat haar doel niet lopend kon worden bereikt. Ze liep naast me alsof ze eigenlijk heel ergens anders naar toe zou willen maar niet wist waarheen, sterker nog, alsof ze liever in een heel andere, betekenisvollere omgeving had rondgelopen dan in de oude binnenstad van Bern.

We liepen nu langs muziekhandel Krompholz. Lea – dat verwondert me nu nog steeds – keek geen enkele keer in de etalage waar altijd een paar violen stonden. Ze liep er achteloos langs, hoewel iets in haar ziel, zoals ik snel daarna zou merken, zich erop voorbereidde dat die instrumenten een levensbepalende betekenis zouden gaan krijgen. Mijn eigen blik gleed langs de violen en bracht ze in verband met de vrouw in het station – op een manier zoals onze gedachten zich gewoonlijk met elkaar verbinden. Ik had er nog geen idee van wat violen voor ons beider leven zouden gaan betekenen. Dat ze alles zouden veranderen.

Ineens leek alle energie uit Lea te verdwijnen. De pijn in haar enkel moest steeds erger zijn geworden, en terwijl ze me eerder in zwijgende, dwingende vastberadenheid had voortgedreven, was ze nu alleen nog maar een moe klein meisje dat pijn in haar voet had en naar huis wilde.

Het was anders dan anders om thuis te komen. Ik voelde me een beetje als na een lange reis: het verraste me wat er allemaal aan meubels stond, hun doelmatigheid leek me twijfelachtig, het zorgvuldig uitgekiende licht van de vele lampen paste plotseling niet meer bij mijn verwachtingen, en het rook naar stof en muffe lucht. De vele dingen die aan Cécile herinnerden, leken door een onmerkbare schok een stuk verder het verleden in geschoven te zijn.

Ik deed een drukverband om Lea's opgezwollen gewricht. Ze at niets, roerde met afwezige blik in de rijst met saffraan, haar lievelingsgerecht. Toen, opeens, sloeg ze haar ogen op en keek me aan zoals je iemand aankijkt die je elk moment iets van levensbelang kan gaan vragen.

"Is een viool duur?"

Deze vier woorden, uitgesproken met de kinderlijke intonatie van haar lichte stem – die zal ik tot aan het einde van mijn leven horen. In één klap werd me duidelijk wat er in haar was gebeurd en wat de onrust van onze vreemde, ondoorzichtige tocht door de stad had veroorzaakt: ze had gevoeld dat ze ook wilde kunnen wat de violiste in het sprookjesachtige kostuum kon. De doelloosheid waarmee haar verdriet om haar dode moeder gepaard was gegaan, was ten einde. Ze had weer een wil! En wat me zielsgelukkig maakte: ik kon iets dóén. De tijd van het hulpeloze toezien was voorbij.

"Er zijn heel dure violen die alleen rijke mensen zich kunnen veroorloven," zei ik, "maar er zijn ook andere. Wil je er een hebben?"

Ik bleef in de woonkamer zitten tot ik Lea's rustige adem hoorde. En terwijl ik daar zat, gebeurde er iets wat daarna lange tijd aan mijn geheugen was ontglipt om weer op te duiken op de dag dat Lea werd opgehaald en naar de kliniek in Saint-Rémy gebracht, naar de Maghrebijn, ver weg van Zwitserland en de opdringerige pers. Het gevoel dat zich toen plotseling een weg baande was het gevoel Cécile te verliezen. Hoe wreed het ook mag klinken, het was Lea's loodzware verdriet geweest dat me had geholpen haar bij me te houden. De moeder was in het verdriet van de dochter nadrukkelijker aanwezig geweest dan soms in het leven. Pas op deze avond, na enkele uren waarin het verdriet in Lea was begonnen te wijken voor een nieuwe, voor de toekomst openstaande gemoedstoestand, begon ook Cécile's aanwezigheid te verbleken. Daar schrok ik van. Was mijn vrouw ten slotte alleen nog als Lea's moeder aanwezig geweest?

Ik stond op, liep door het huis en betastte de dingen die aan haar herinnerden. Het langst bleef ik in haar kamer, die met alle beeldjes en beschilderde scherven die van een archeologe had kunnen zijn. Maar het was alleen maar liefhebberij geweest – haar dromerige kant, die je bij haar niet had verwacht als je haar als doortastende verpleegster kende. Lea en ik hadden hier niets aangeraakt sinds haar dood. Achter de gesloten deur was een tijdloos jaar verstreken waarin geen toekomst was geweest die door een heden naar het verleden gedrongen had kunnen worden. Lea's vraag over de viool bedreigde dit heiligdom. Althans, zo leek het mij toen ik weer op de bank zat.

Ik zou gelijk krijgen; niet lang nadat het huis zich met nog onbeholpen, krassende vioolgeluiden begon te vullen, maakten we van Cécile's kamer een muziekkamer, *la chambre de musique*, zoals Lea met trots en koket getuite lippen zei. We richtten hem licht en op ouderwetse manier in, hij moest doen denken aan de Franse en Russische salons waarin begaafde jonge musici debuteerden voor de adel, van wie de stijve en pompeuze kleren – zoals we lachend zeiden – aan Loyola de Colón's kostuum deden denken. Het was heerlijk om op deze manier Lea's toekomst in te richten.

Maar soms lag ik wakker; het bezorgde me veel verdriet dat Cécile met elke vordering die haar dochter met de viool maakte steeds meer verleden tijd werd, en in het verdriet mengde zich een onredelijke, onzichtbare wrok jegens Lea, die me mijn vrouw ontnam zonder wie ik al veel eerder het spoor bijster zou zijn geraakt.

Lea was door de pijn in haar voet wakker geworden, ik bracht een nieuw verband aan en daarna spraken we over het concert in het station. Toen ontdekte ik wat ik in de komende jaren steeds weer zou ontdekken, hoe pijnlijk het ook was: dat ik van veel, en juist van het belangrijkste van wat er in mijn dochter omging, geen idee had. Dat wat ik meende te weten alleen de schaduw was die mijn eigen gedachten op haar wierpen.

Lea namelijk had, terwijl ik haar een bijna mystieke diepte had toegedicht, over heel praktische dingen nagedacht: hoe Loyola kon weten waar ze moest stoppen als ze met haar hand over de vioolhals op en neer gleed, en waarom drukte de smalle kam het hout niet in terwijl er toch alleen maar holle ruimte onder zat en de snaren zo strak gespannen waren. We losten geen van beide raadsels op. Onder de klank van de legendarische namen van Stradivari, Amati en Guarneri die ik noemde toen we over violen in het algemeen spraken, sliep ze uiteindelijk weer in. Destijds waren het alleen maar stralende mythische namen. Was het daar maar bij gebleven! Waarom haalde ik ze ons leven binnen?

In mijn onrustige halfslaap streed ik die nacht met twee vrouwenfiguren die elkaar overlapten, vervormden en zich met elkaar vermengden. Een van de twee, die een angstwekkende macht over mij en mijn lot scheen te hebben, was Ruth Adamek, sinds vele jaren mijn assistente en het plaatsvervangend hoofd van ons laboratorium. "Vergeten?" had ze ongelovig gevraagd toen ik haar door de telefoon uitlegde waarom ik niet op de vergadering was verschenen en niet eens had gebeld. "Snap je het dan niet," zei ik, "Lea heeft een ongeluk gehad en ik kon aan niets anders denken." "Ligt ze in het ziekenhuis?" Nee, had ik geantwoord, ze was bij mij. Ruth had even gezwegen alsof ik een schuldbekentenis had afgelegd. "Was er dan geen telefoon in de buurt? Kun je je voorstellen hoe het voor ons was om daar met die hoge pieten te zitten en niets over jouw afwezigheid te kunnen zeggen?" Zo was het in de werkelijkheid geweest. In de droom zei ze iets anders: "Waarom bel je nooit op? Interesseert het je dan niet meer wat ik doe?" Tegenwoordig zit ze achter mijn bureau, ambitieus, competent en met een bril van Cartier op haar neus. In die droom van toen verweet ik haar dat ze me een viool had verkocht waarvan de kam bij de eerste stokstreek alles liet instorten. Door mijn verontwaardiging kreeg ik de woedende woorden slechts met moeite over mijn lippen. Ruth liet me gewoon staan en draaide zich om naar de volgende klant. Ze hielp nu bij Krompholz en lachte de schelle lach van de werkster die in het laboratorium schoonmaakte.'

5

Tijdens het eten lachten we over de droom. Voor het eerst lachten we samen. Van Vliet's lachen klonk aarzelend en met een ongelovige aanzet; later, toen het vloeiender was geworden, wist ik het zeker: hij had het gevoel moeten overwinnen dat hij het recht op lachen had verspeeld. We zaten buiten, op een beschutte binnenplaats van het restaurant, omringd door muren waarvan het frisse wit in de Provençaalse zon zo fel schitterde dat het pijn deed. Saintes-Maries-de-la-Mer – dat is voor mij de plaats van die helle muren waarin ik Van Vliet zag lachen.

Zou zo'n lach ook bij Tom Courtenay hebben gepast? Jaren nadat ik de film had gezien, zag ik hem in Londen op het toneel. Een komedie. Hij was goed, maar zo wilde ik hem niet en in de pauze ging ik weg. Van Vliet wilde ik zo, van dat lachen had ik nog veel meer gewild. Het gaf aan dat hij behalve Lea's vader en het slachtoffer van haar ongeluk nog een ander was, een man met charme en een sprankelende intelligentie. Wat zou ik graag naast de foto waarop hij in het tegenlicht staat te drinken, een foto met zijn lachende gezicht zetten.

Hij was weer tot bedaren gekomen en bestelde mineraalwater, alleen bij de koffie liet hij een grappa brengen. Of ik een vrouw en kinderen had, wilde hij weten. Je zou de afstandelijke manier waarop hij het vroeg bijna voor vormelijke hoffelijkheid kunnen houden, en een moment voelde ik me gekwetst. Maar toen begreep ik dat het anticiperende afweer was. Hij was bang voor een antwoord dat hem een man zou laten zien die meer geluk had gehad en beter met vrouw en kinderen had weten om te gaan.

Ik vertelde iets over mijn scheiding en over het internaat, maar vond verder de woorden niet om uit te leggen hoe het met Joanne was geweest en hoe het met Leslie was. En dus vertelde ik hem over de jongen die uit de uitrit kwam geschoten en plotseling voor mijn auto stond. Het had maar centimeters gescheeld. Mijn hart bonsde de hele rit naar huis en hield daar ook niet mee op toen ik op de bank zat. Ik rende naar de badkamer en braakte. Een slapeloze nacht met kamillethee. Op zondag was ik vrij, zat de hele dag te suffen, liet de televisie aanstaan, probeerde mezelf af te leiden. Barstende hoofdpijn zoals ik die uit de tijd van mijn doctoraalexamen kende. En vervolgens de maandagochtend in de operatiekamer.

'Ik vertrouwde mijn handen niet meer, het motorisch geheugen. Wat te doen na de eerste incisie? Waarheen met het vele bloed? Zwijgend gaf de verpleegster me het scalpel. Seconden verstreken. Ik voelde de blikken van de anderen op me gericht. Paul's verbijsterde ogen boven het operatiemasker. De barstende hoofdpijn op weg naar huis. Tijdens lange wandelingen bleef ik vaak stilstaan, sloot mijn ogen en liep in gedachten naar de operatietafel. De angst voor bloed ging niet weg, het stroomde en stroomde, de patiënten bloedden dood.

"Het is trouwens een wonder dat ze niet onder jullie handen doodbloeden," zei een schoolkameraad van me die psychiater was geworden. "Waarom stop je niet gewoon? Wilde je ooit niet fotograaf of cameraman worden? Vroeg of laat raken we de natuurlijke vanzelfsprekendheid van het leven kwijt. De leeftijd. Beschouw het als een teken."

Een week later ging ik met vervroegd pensioen. De bloemen van het afscheidsfeest gooide ik op mijn laatste weg naar huis in de vuilnisbak. Ik word nog even vroeg wakker als een chirurg.'

Wat ik niet vertelde was hoe ik de foto's van mezelf uit Boston tevoorschijn haalde, beelden van een man die tegen het leven was opgewassen, en de video's van mijn colleges en operaties; hoe ik mijn gezicht bestudeerde op zoek naar de zekerheid van weleer; hoe ik vol afgunst mijn zekere en behendige handen bekeek die zich niets aantrokken van bloed; hoe ik plotseling het gevoel kreeg dat de huidige schok ook al het voorafgaande liet instorten, de dominostenen van het verleden vielen om, de ene na de andere, alles was illusie geweest, geen leugen maar illusie. En ik verzweeg ook hoe ik na de telefonische reservering van een hotelkamer in Avignon in paniek raakte, omdat ik plotseling niet meer meende te weten hoe je in een hotel in- en uitcheckt; hoe ik zinnen uitprobeerde die je daarbij moest zeggen; en hoe ik daarna ongelovig op mijn bed lag en aan al die luxegebouwen dacht waarin ik tijdens congressen in India en Hongkong had gelogeerd. Waarom is zelfvertrouwen zo wispelturig? Waarom is het blind voor de feiten? We hebben ons een leven lang ingespannen om een bestaan op te bouwen, het veilig te stellen en te funderen, wetend dat het het kostbaarste goed is en onontbeerlijk voor geluk. Dan gaat er plotseling met een verraderlijke stilte een valluik open, we vallen in een bodemloze afgrond, en alles wat er was, verandert in een fata morgana.

Hoe het was om een dochter op het internaat te hebben, vroeg Van Vliet. Of je dan nog wel het gevoel had dat je haar ziet opgroeien. 'Neem me niet kwalijk, ik probeer het me gewoon voor te stellen.' Hoe vaak ik bij haar op bezoek was geweest. Of ik haar eerste liefde had meebeleefd, haar eerste liefdesverdriet. De chaos van gevoelens bij het kiezen van een beroep.

Ik zat met Leslie in het café naast het internaat. 'Met André is het voorbij,' had ze gezegd en ze wreef met haar zakdoek over haar ogen. 'Ik had het me mooier voorgesteld; de eerste keer, bedoel ik.' Hoe was dat toen bij jou? wilde ze vragen, dat zag ik. Maar zo vertrouwd waren we niet met elkaar. 'Arts,' zei ze een andere keer en grijnsde. 'Nee,' zei ik. 'Ja,' zei ze. Ik geloof dat het de eerste keer was dat we elkaar bij het afscheid omhelsden, en de laatste.

Ik had gezwegen. 'Neem me niet kwalijk,' zei Van Vliet. Om me er weer bij te halen voegde hij een detail uit zijn droom toe. Steeds als Ruth Adamek een viool pakte, kromp hij, zodat je bij Krompholz voortaan alleen nog minuscule achtste violen kon kopen. Van Vliet genoot ervan als ze zich daarvoor schaamde en nerveus aan haar minirok trok. Ik wist dat hij dat niet had gedroomd; hij had het zojuist bedacht om het goed te maken dat hij me naar Leslie had gevraagd.

'De echte verkoopster bij Krompholz,' ging hij verder, 'was heel anders dan Ruth Adamek; en terwijl Ruth van jaar tot jaar steeds meer mijn tegenspeelster in het instituut werd, vond ik in Katharina Walther, de tweede vrouwenfiguur uit die droom, een soort vriendin met wie ik in gedachten vaak dialogen hield als het om Lea ging. Toen ik de ochtend na Loyola's concert als eerste klant de winkel betrad, kwam ze op me af: een vrouw van in de vijftig bij wie vooral de beheerstheid opviel waarmee ze zich bewoog en die ook in haar rustige, lichtgrijze ogen tot uitdrukking kwam. Een meisje van acht, zei ze, zal nog met een halve viool moeten beginnen, met ongeveer tien jaar volgt een driekwart, en vanaf dertien of veertien gaat men over op een hele. Toen ik van mijn verbazing over de termen "halve viool" en "driekwart viool" blijk gaf, zag ik bij haar voor het eerst die terughoudende glimlach die zo goed paste bij het grijze haar en het strenge kapsel met de knot in de nek. Ik heb er later heel wat platen gekocht alleen maar om deze glimlach te zien.

De kleine viool die ze uit het magazijn haalde en voor me neerlegde, was van licht hout met een fijne, onregelmatige houtnerf. Ik nam hem heel voorzichtig in mijn hand, alsof hij door een energieke beweging tot stof zou kunnen vergaan. "Kunt u uw dochter niet meenemen, zodat we zeker weten dat ze met deze maat overweg kan?" Deze vrouw kende me nauwelijks een half uur en ze schoot nu al midden in de roos. Goed, het was ook een heel vanzelfsprekende, praktische vraag. Maar terugkijkend lijkt het wel alsof ze voelde dat ik op het punt stond een fout te maken die ver boven al het praktische uitging. Ik zie nu nog hoe ze haar wenkbrauwen fronste toen ik aarzelde. Het zou allemaal anders gelopen zijn als ik de les had begrepen die deze wijze vrouw me op die morgen in de lege winkel gaf. In plaats daarvan zei ik, en het moet bijna verontschuldigend hebben geklonken: "Ik wil Lea verrassen." Daarna betaalde ik de eerste huur voor de viool. "Als er iets is, komt u gewoon met Lea langs," zei de vrouw en gaf me haar kaartje.

Het feit dat ze Lea bij haar naam had genoemd bleef me bij. Op het moment dat ik met de kleine vioolkist de winkel verliet, had ik het gevoel dat ik nog nooit zoiets kostbaars in mijn handen had gehad. Ik schrok toen een voorbijganger tegen de kist stootte, en hield hem de rest van de weg angstvallig tegen mijn borst.

In deze houding kwam ik het instituut binnen. Niemand schonk ook maar enige aandacht aan de viool. Hoe konden mijn medewerkers weten dat hij het symbool was voor de wedergeboorte van Lea? Toch nam ik het hun kwalijk dat ze geen enkele vraag stelden en geen enkele opmerking maakten over het kostbare voorwerp, maar zwijgend bleven zitten en op een verklaring wachtten voor mijn niet te verontschuldigen misstap van de vorige dag. Dit zwijgen maakte hen tot mijn tegenstanders.

Vrijwillig zouden ze van mij geen verklaring en geen verontschuldiging horen. Dat besloot ik toen ik in mijn kantoor zat en over de stad naar de Alpenketen keek. De met sneeuw bedekte, majestueuze bergen rezen tegen dezelfde diepblauwe hemel op als de lichtgroene wilgen die ik gisteren voor Lea's school had gezien. Sindsdien waren er nog geen vierentwintig uur verstreken, en toch was de wereld veranderd.

Voor me lag een notitie van mijn secretaresse over een telefoontje van de rector, die me bij zich ontbood. Even later zat ik in een van chroom blinkend universiteitskantoor vol elektronica en was ik weer de weerspannige leerling die zich door geen enkel dreigement liet intimideren, die ondanks alle waarschuwingen tijdens de les zijn zakschaakspel tevoorschijn haalde, en van wie men desondanks niet afkwam omdat hij elke achterstand die hij door het spijbelen opliep bliksemsnel inhaalde, om bij de beslissende tentamens toch weer voor te liggen. Ik loog toen alsof het gedrukt stond, en het was net als met schaken, je moest de anderen steeds een stap voor zijn. Dat zou ik nu ook zijn als het erom ging Lea tegen de anderen te verdedigen. Daar konden ze op rekenen.

De rector kon niet weten dat hij een collega voor zich had in wie de koelbloedig liegende straatjongen van weleer weer wakker was geworden. Ik geloof dat hij zich erover verbaasde hoe beknopt en droog mijn verzonnen verhaal over het ongeluk van Lea was, en hoe weinig het als een verontschuldiging klonk. Maar hij had geen andere keus dan me te geloven, en uiteindelijk stelden we een datum vast voor een nieuwe bijeenkomst met de geldschieters.

Mijn verzuim raakte in vergetelheid. Wat bleef was een zekere koelte tussen mijn medewerkers en mij. Zo nu en dan probeerde Ruth me een streek te leveren, maar ik was op mijn hoede en bleef haar rancune steeds een stap voor. Zoals gezegd: daar konden ze op rekenen.'

6

'Lea's verandering leek op een stille explosie. Toen ze die avond voor de vioolkist stond die ik, voordat ik haar van school ophaalde, open op haar bed had gelegd, waren er geen kreten van verrassing, geen tekens van enthousiasme, geen luchtsprongen, geen uitbundige vreugde. Eigenlijk gebeurde er helemaal niets. Lea pakte de viool en begon te spelen.

Natuurlijk ging het niet echt zo. Maar als ik de adembenemende vanzelfsprekendheid moet beschrijven waarmee ze alles deed wat met het instrument samenhing, vind ik geen betere woorden dan deze: ze pakte hem op en begon te spelen. Net alsof ze er altijd al op had gewacht dat men haar eindelijk het instrument zou brengen waarvoor ze was geboren. "Er gaat zo'n autoriteit uit van dat meisje," zei Katharina Walther, toen ze haar bij het eerste publieke optreden op school zag. En dat was precies wat ze uitstraalde als ze haar viool in de hand nam, autoriteit. Autoriteit en gratie.

Waar is ze gebleven, die natuurlijke autoriteit die uit al haar spelende bewegingen sprak? Waarheen is ze verdwenen?'

Van Vliet verslikte zich in de rook, zijn adamsappel ging razendsnel op en neer. Ik keek naar zijn gezicht voor de witte muur, achter het gezonde, sportieve bruin werd een wrak zichtbaar. Voordat hij verder ging, wreef hij met zijn mouw de tranen van het hoesten uit zijn ogen.

'Er gebeurde nog iets anders met Lea; van de ene op de andere dag veranderde het altijd zo volgzame meisje in een kleine volwassene vol eigenzinnigheid. Ik ervoer deze verandering voor het eerst toen we op zoek gingen naar een vioollerares.

Voor Lea kwam er slechts één vrouw in aanmerking, dat werd al de volgende dag duidelijk. Na school reden we naar de drie adressen die ze me op het conservatorium hadden gegeven. Lea wees de drie vrouwen zonder omhaal af, steeds op dezelfde manier: het gesprek was nog maar nauwelijks begonnen of ze stond al op en liep zwijgend naar de deur. Ik kromp elke keer ineen, stamelde verontschuldigende woorden en maakte hulpeloze gebaren ten teken van mijn radeloosheid. Toen ik haar later op straat vragen stelde, kreeg ik als antwoord geen verklaring maar een halsstarrig, obstinaat hoofdschudden dat werd begeleid door een koppig versnellen van haar pas. Op dat moment kreeg ik voor het eerst een vermoeden van wat het betekende om een dochter met een eigen wil te hebben.

Marie Pasteur. Deze naam zou voor ons beiden een vuurbaken worden dat alles met een ongekende helderheid overgoot, ons verblindde en uiteindelijk onuitwisbare brandsporen in ons leven achterliet. Hoewel die naam me bijna ontging, die dag dat we op weg naar huis langs het geelkoperen bord reden waar hij samen met het woord VIOOLLES met zwartglanzende letters in was gegraveerd. Het huis staat op een kruising waar ik al overheen was gereden toen ik me er bewust van werd wat ik had gezien. Ik trapte zo heftig op de rem dat Lea het uitgilde en ik op een haar na een aanrijding veroorzaakte. Ik reed het blok rond en parkeerde recht voor het huis. Het geelkoperen bord hing aan een smeedijzeren hek waardoor je in de voortuin kwam en het werd, nu de duisternis inviel, door de beide lichtbollen verlicht die vlak boven de hekpalen leken te zweven.

"Nu proberen we het nog met háár," zei ik tegen Lea en wees op de naam.

Terwijl we door de voortuin liepen en op de zwarte, met koper beslagen deur afstapten, zag ik Hans Lüthi voor me, de biologieleraar aan wie ik het te danken had dat ik uiteindelijk toch nog het eindexamen haalde. We kwamen elkaar toevallig tegen in het souterrain van boekhandel Francke, waar de schaakboeken stonden. Het was vroeg in de middag van een gewone doordeweekse dag, en ik had de les van Lüthi gespijbeld. Ik gedroeg me onverschillig en nonchalant, maar ik vond het pijnlijk.

"Het is op het randje, Martijn," zei Lüthi en hij keek me met een rustige vaste blik aan. "Ik weet niet of ik bij de volgende vergadering nog iets voor je kan doen."

Ik maakte een achteloze beweging met mijn schouders en draaide me om.

Maar zijn woorden hadden me geraakt. Niet omdat ze over de voor mij dreigende verwijdering van het gymnasium gingen, die ik al lang zag aankomen, maar omdat er verdriet in had gelegen en bezorgdheid om mij, de weerbarstige, koppige jongen die om disciplinaire redenen allang niet meer te handhaven was. Wis en waarachtig: er had bezorgdheid in zijn woorden en zijn blik gelegen. Het was zo lang geleden dat iemand zich zorgen om mij had gemaakt dat het me nu ronduit in verwarring bracht.

Met de verzamelde partijen van Capablanca in mijn hand stond ik verdwaasd voor het schap, toen Lüthi mijn schouder aanraakte. "Die zijn voor jou," zei hij en gaf me twee boeken. Ik heb geloof ik met geen woord bedankt, zo verrast was ik. Hans Lüthi, de man met de degelijke naam, met de eeuwige ribbroek waar de knieën in stonden en met het ongekamde rode haar, was al op weg naar boven toen me duidelijk werd wat ik in mijn handen hield. Het waren twee biografieën, een van Louis Pasteur en een van Marie Curie.

Het zouden de belangrijkste boeken in mijn leven worden. Ik verslond ze, las ze keer op keer. In het laatste jaar van het gymnasium was ik geen enkele les meer afwezig, en mijn natuurwetenschappelijke tentamens waren foutloos. Lüthi had in de roos geschoten.

Ik heb nooit de woorden gevonden om hem te vertellen wat hij voor me had gedaan. Daarvoor heb ik geen talent.

En nu gingen we dus naar een vrouw die Marie Pasteur heette. Ik was opgewonden als bij een eerste afspraakje toen ik aanbelde, de deur opening en we over een rode loper de trappen naar de tweede verdieping opklommen.

De vrouw die ons op de overloop opwachtte droeg een gebloemd keukenschort, had een pollepel in haar hand en keek ons met gefronste wenkbrauwen aan. Ik ben niet makkelijk te intimideren, maar Marie speelde het klaar, toen en ook later. En ook toen had ik daar maar één remedie tegen, ik viel met de deur in huis.

"Mijn dochter hier," zei ik nog op de trap, "wil vioolles bij u nemen."

"Dat heb je me helemaal niet gevraagd," zei Lea later. En Marie vond dat ik het op een toon had gezegd alsof ze deze wens móést inwilligen, alsof ze niet de keuze had Lea af te wijzen.

Ze was niet te spreken over het onverwachte bezoek. Ze liet

ons aarzelend binnen, ging ons voor naar de muziekkamer en verdween vervolgens een poosje in de keuken. Uit de manier waarop Lea's blik het hoge, ruime vertrek bijna methodisch aftastte, kon ik opmaken dat het haar hier beviel. Dat werd bevestigd doordat ze met haar hand liefkozend over de talrijke kussens van glad, glanzend chintz op de bank streek. Toen ze daarna opstond en naar de vleugel in de hoek liep, wist ik zeker dat ze zo meteen niet weer zwijgend zou verdwijnen.

Het was geen wonder dat de kamer haar beviel. Het was een plek van stilte, karig, maar met een uitgelezen smaak ingericht. Op onverklaarbare wijze verloren de geluiden van de straat hun kracht en opdringerigheid en ze klonken alsof ze slechts een verre echo van zichzelf waren. Oker, beige en een helder, waterig wijnrood waren de overheersende kleuren, en na een tijdje merkte ik dat ze op een vage, indirecte manier de herinnering opriepen aan de rokjas van Loyola de Colón. Glanzend parket. Een kroonluchter uit de tijd van de jugendstil. Grote foto's van beroemde violisten aan de muren. En chintz, veel chintz, er was een hele muur met de gladde, bekoorlijke stof bespannen. Het liefst zou ze in chintz baden, zei Lea na de eerste week les.

En toen kwam Marie Pasteur de kamer binnen, de vrouw die Lea's talent in een ongelooflijk snel, krankzinnig tempo tot ontwikkeling zou brengen, de vrouw bij wie Lea kon lachen, huilen, tieren en buiten zichzelf raken zoals bij niemand anders, de vrouw aan wie mijn kind zich met een unieke, dwaze, levensgevaarlijke liefde zou vastklampen; de vrouw op wie ik nog dezelfde avond verliefd zou worden, zonder het te merken; de vrouw voor wie ik een onmogelijke liefde voelde, want Lea duldde in haar overstelpende, meedogenloze liefde niemand naast zich, en het was altijd volkomen duidelijk dat we, als ik me door de aantrekkingskracht van mijn eigen liefde had laten meeslepen, daardoor tegenstanders, ja vijanden zouden zijn geworden, mijn dochter en ik.

Dat stond ons allemaal te wachten toen Marie binnenkwam. Ze droeg een tot op haar enkels vallende batik jurk, waarvan ze er tientallen bezat, in mijn herinnering zie ik haar altijd in een van deze jurken, met pantoffels van zacht leer die als een tweede huid om haar voeten zaten. Met die verbazend kleine voeten liep ze geruisloos door de grote vertrekken, en zo was het ook op die avond toen ze ons dwars door de kamer tegemoetkwam en op de armleuning van een stoel ging zitten. De ene hand lag in haar schoot, met de andere steunde ze op de rugleuning. Toen ik haar handen zag werd ik me bewust van mijn eigen handen, de mijne voelden veel te groot en vreselijk lomp aan vergeleken met de hare, waarin, zoals ik weldra zou zien, slanke elegantie en grote kracht samengingen, een kracht die geen zweem van geweld in zich had. Toen haar hand bij het afscheid in de mijne lag, had ik hem het liefst niet meer losgelaten, zo goed beviel het me de kracht van haar handdruk te voelen.

Want dat was het, wat Marie Pasteur ook verder uitstraalde en wat voor mij op deze eerste avond haar hele wezen leek te bepalen: een enorme kracht zonder een zweem van geweld. Ook in haar ogen kon je hem herkennen, deze kracht, toen ze haar blik op Lea richtte en haar lippen in een vluchtige vorm van speelse ironie even tot een glimlach plooide, om vervolgens een verbluffend eenvoudige vraag te stellen: "En waarom denk je dat de viool het juiste instrument voor je is?"

Dat was Marie. De vrouw die altijd helderheid zocht. Niet het soort helderheid dat ik uit de wetenschap kende, en ook niet de helderheid van het schaken. Een helderheid die zich moeilijker liet vangen en die in haar ongrijpbaarheid onheilspellend was. Wat ze wilde weten, was waarom de mensen deden wat ze deden. Wil niet iedereen dat weten? Ja, maar Marie wilde preciés weten waarom ze het deden. En hoe het hun daarbij verging. Hoe het hun er preciés bij verging. Van zichzelf wilde ze het niet minder precies weten dan van anderen. Ze was hardnekkig en onverbiddelijk als het erom ging zichzelf te begrijpen. En zo leerde ik een hartstocht van het begrijpen kennen die aanvankelijk alles – zelfs het meest vertrouwde – mooier en rijker deed lijken, om me uiteindelijk in een duisternis van onbegrip te storten die ik zonder Marie's opvatting van helderheid nooit had leren kennen.

Lea aarzelde geen moment met haar antwoord op Marie's vraag. "Ik voel het," zei ze simpelweg; er lag iets onherroepelijks in de paar woorden die ze met de vanzelfsprekendheid van een ademtocht uitsprak.

"Je voelt het," herhaalde Marie aarzelend, gleed naar voren op de stoelleuning en vouwde haar handen in haar schoot. Een lok uit het asblonde haar viel over haar voorhoofd. Ze keek omlaag naar het glanzende parket. Ze bewoog haar lippen alsof ze haar lippenstift opnieuw wilde verdelen. Ik had destijds de indruk dat ze niet wist hoe ze het gesprek moest voortzetten. Later ontdekte ik dat het heel anders lag: de vastberadenheid in Lea's antwoord had Marie bliksemsnel doen besluiten haar als leerling aan te nemen. "Ik wist dat het goed was, maar ik had nog even nodig om me daarop in te stellen. Het zou iets groots en zwaars worden, dat voelde ik. En het moest een beslissing zijn die ik met een bijzondere tegenwoordigheid van geest nam. Ik had die liever niet aan het eind van een lange dag genomen, maar 's morgens." Ze glimlachte. "Zo rond half elf misschien."

"Wil je iets voor me spelen?" vroeg Lea tijdens de stilte. Ik vergat te ademen. Ze was weliswaar nog op een leeftijd dat alle kinderen tutoyeren, maar bij Lea was dat anders. Ze had het verschil tussen je en u heel vroeg geleerd, ze maakte er furore mee en genoot ervan. Als ze boos was op Cécile of mij, sprak ze ons met "vous" aan, en dat klonk dan zoals in de hogere kringen van het negentiende-eeuwse Frankrijk. Als ze een hond bij wijze van uitzondering niet mocht, zei ze u tegen hem en dan klonk er een schaterend gelach in de bus. Het was dus geen toeval, achteloosheid of kinderlijke gewoonte dat Lea Marie had getutoyeerd.

Maar meer nog dan het tutoyeren alarmeerde me de vraag zelf. Die klonk immers alsof Lea de lerares was bij wie Marie voor een examen moest slagen. Natuurlijk, het kon gewoon een onhandige woordkeus zijn en een gebrek aan gevoel voor nuance. Maar mijn spanning, die groeide en groeide en die evenzeer mijn gevoelens voor Marie betrof als die voor Lea, bezorgde me, zoals zou blijken, een vooruitziende blik. Ze liet me iets over Lea voorvoelen wat in de komende jaren steeds duidelijker tevoorschijn zou komen zonder dat ik er ooit het juiste woord voor vond. Het was geen arrogantie, daarvoor ontbrak het heerszuchtige. Het was ook geen verwaandheid, of hooghartigheid, daarvoor gedroeg Lea zich te onopvallend. Misschien zou je kunnen zeggen dat er een enorme, bijna voelbare veeleisendheid van haar uitging, een veeleisendheid die ze vooral op zichzelf betrok, maar die ook een schaduw wierp op anderen, die er klein onder werden.

Deze veeleisendheid gold vooral het vioolspel, de heilige mis van gestreken tonen die ze als een hogepriesteres wist op te dragen. Als deze priesteres, zoals concurrenten haar achter haar rug noemden, een kamer binnenkwam, werd het koeler. Maar deze zelfkastijdende veeleisendheid, waardoor ze dit aura van ongenaakbaarheid en overbelasting kreeg, overwoekerde de muziek en vergiftigde ook veel andere dingen, vooral de dingen waarop Lea zich met een ademloze, geëxalteerde ijver stortte als ze iets nieuws nodig had om de schaarse pauzes tussen oefenen en huiswerk te vullen. Binnen de kortste keren werd ze een deskundige op het gebied van thee, porselein, oude munten, en iedereen die het waagde het terrein van het op dat moment actuele onderwerp te betreden, werd het slachtoffer van haar scherprechterlijk ongeduld, dat nooit in onvriendelijke woorden tot uiting kwam en eigenlijk helemaal niet in woorden, maar dat haar anders zo levendige gelaatstrekken hoekig en mechanisch maakte, tot ze alleen nog maar ijzig beleefd kon glimlachen.

Ooit zou Marie zich ertegen gaan verzetten dat Lea haar zo in beslag nam, iets waarmee ze die avond begon en waarin ze geen grenzen kende. Maar aanvankelijk vond Marie, die zelf geen kinderen had, de tirannie van een achtjarige amusant, en dus liep ze naar de vleugel waarop haar viool lag. Ze haalde een zwartfluwelen lint uit de zak van haar batik jurk waarmee ze haar haar samenbond zodat ze er tijdens het spelen geen last van zou hebben. Met een paar korte streken met de strijkstok vergewiste ze zich ervan dat ze niet hoefde te stemmen, en daarna begon Marie Pasteur, die ooit met haar uiterlijk en haar klanken het conservatorium in Bern in beroering had gebracht, een deel uit een sonate van Bach te spelen. Johann Sebastian Bach, ze sprak de naam uit alsof het de naam van een heilige was.

Ik heb in de jaren daarna veel vioolmuziek gehoord. Maar niets – zegt mijn geheugen, dat ik echter met het jaar en met elke pijnlijke ervaring meer heb leren wantrouwen – kwam ook maar in de buurt van wat ik toen hoorde. Cécile zou het hallucinant genoemd hebben. En dat zou precies het goede woord zijn geweest, want Marie's spel bezat een helderheid en precisie, een intensiteit en diepte, die alles wat er in de wereld van de klanken nog meer mocht zijn, volmaakt onwerkelijk liet lijken. Loyola de Colón – hoelang was dat geleden en hoe onvolmaakt was het geweest!

Lea luisterde roerloos, maar nu was haar roerloosheid iets anders dan de trance in het station. Ze luisterde naar de vrouw die haar lerares zou worden, en deed dat met de gespannen concentratie waarmee ze jarenlang elk woord dat Marie zei, in zich op zou nemen. Ik had er geen moeite mee deze exclusieve, uitputtende aandacht in mezelf na te bootsen. Marie Pasteur was niet alleen een schoonheid die alles in de war kon sturen, ze bezat niet alleen deze geweldloze kracht in haar spel en haar beslissingen, ze kon bovendien spelen met een heilige hartstocht die je de adem benam. Het was als het plukken van de sterren van de hemel, dacht ik, terwijl mijn blik langs de lijnen van haar gezicht gleed. Deze woorden dwaalden later door mijn slaap: de sterren van de hemel plukken.

Toen Marie ophield met spelen, liep Lea naar haar toe en raakte de viool aan alsof het een magisch, metafysisch voorwerp was. Marie streek haar over het haar. "Hoe laat gaat de school op maandag uit?" vroeg ze, en vervolgens werd de eerste les vastgelegd.

Zo nuchter en weinig spectaculair begon wat tot een ware uitbarsting van talent, toewijding en hartstochtelijke wil zou uitgroeien.

Ik gaf Marie een hand. "Merci" was alles wat ik kon zeggen. "Ja," antwoordde ze, en haar glimlach verried dat ze met dat ene woord mijn zuinigheid met woorden parodieerde. Jaren later, kort voor het einde, waren het een paar woorden meer: "Dank je, dat je Lea bij me hebt gebracht".'

De laatste woorden werden in tranen gesmoord. Van Vliet gooide zijn sigaret weg en sloeg de handen voor het gezicht. Zijn schouders schokten.

'Kom, we lopen naar het water,' zei hij later. Ik denk graag terug aan deze zin, en als ik in gedachten met de man op de foto praat, die in het tegenlicht zijn heupfles heft, tutoyeer ik hem ook. Martijn, zeg ik dan, waarom heb je me niet op zijn minst nog een keer gebeld. Als het tenminste werkelijk zo was als ik denk.

Maar toentertijd voelden we, denk ik, beiden hetzelfde. We stonden op het punt ons op een bepaalde manier voor elkaar te openen, een manier die, wat de aanspreekvorm betreft, een stevig geraamte nodig had, een paar stutten op zijn minst, die niet zouden bezwijken, wat er ook nog zou gebeuren. Opdat we niet ineen zouden storten. En dus bleef het bij u. Slechts één keer, heel veel later, zei hij je. Toen was het als het ware de laatste hulpkreet van een man die dreigde te verdrinken.

'Die avond vergaten we te eten,' vervolgde Van Vliet aan het water. 'We hebben ook nauwelijks gesproken. Lea streek met de strijkstok krassend over de snaren, en ik zat aan mijn bureau en bekeek de foto van Marie Curie.

Het stoorde me dat ze, vergeleken met de elegantie van Marie Pasteur, er zo gewoontjes uitzag. Ik nam het haar kwalijk. Het was alsof ze me in de steek liet. Alleen haar ogen konden de vergelijking doorstaan. Weliswaar hadden Madame Curie's ogen niet de krachtige schittering en de kwikzilveren schalksheid die Marie Pasteur's groene oogopslag zo onweerstaanbaar maakten, maar in plaats daarvan lag er een ongelooflijke zachtheid en vriendelijkheid in de ogen van de vrouw die als enige twee natuurwetenschappelijke Nobelprijzen had ontvangen. Ik had haar foto uit het boek geknipt waarmee Hans Lüthi me had overrompeld en gered. Deze ogen, die de ogen van een non hadden kunnen zijn, waren lange tijd mijn steun en toeverlaat geweest toen ik als student niet meer wist hoe het verder moest, en op het punt stond overal de brui aan te geven en bescherming te zoeken bij Aljechin, bij Capablanca en Emil Lasker.

"Het enige geheim van mijn succes was mijn hardnekkigheid." Die zin was niet van Madame Curie maar van Louis Pasteur, maar ik schreef hem toe aan de grote, nonachtige onderzoekster, want de twee waren hoe dan ook een en dezelfde persoon. Cécile was altijd een beetje jaloers op haar geweest, en tijdens ons huwelijk was de foto twee keer op de grond gevallen waardoor hij opnieuw ingelijst moest worden. Madame Curie had mogen studeren, Cécile niet. Ze leidde weliswaar nu een verpleegstersopleiding en menig jong arts vroeg haar om raad, maar dat hielp weinig tegen de bittere overtuiging dat ook zij een goede arts of onderzoekster had kunnen worden als haar vader niet al het geld had verspeeld en verzopen, zodat ze zo snel mogelijk een vak moest leren, bovendien een vak dat van pas kwam bij het verzorgen van haar bedlegerige moeder. In de donkerder perioden van ons gemeenschappelijke leven keerde haar bitterheid zich ook tegen mij. "Oké, jouw ouders waren er nooit," zei ze dan, "maar je weet maar half hoeveel geluk je daarmee hebt gehad."

Lea was vertwijfeld omdat het haar niet lukte de strijkstok goed vast te houden, en stampvoette van ongeduld. We probeerden ons samen de namen van de violisten te herinneren van wie de portretten bij Marie in de muziekkamer hingen. Voordat ik in slaap viel, zag ik mijn dochter nog een keer voor me, zoals ze Marie had gevraagd iets voor haar te spelen. Ik zag haar eisende blik en de manier waarop ze zich daarbij had opgericht met een trots die ze nog moest verdienen. Toen dacht ik terug aan de loodzware tred en de neergeslagen blik waarmee ze naast Caroline uit school was gekomen. Dat was nog maar amper twee dagen geleden.'

7

Van Vliet sliep toen we naar Saint-Rémy terugreden. Daar was ik blij om, want er kwamen ons veel vrachtwagens tegemoet. Toen ik, vlak voordat we de stad binnenreden, ineens hard moest remmen, schrok hij wakker en wreef in zijn ogen. 'Ik wil u iets laten zien,' zei hij en dirigeerde me naar de kliniek die ooit een klooster was geweest.

'Hier,' zei hij, nadat we door het park waren gelopen. 'Hier heb ik destijds met de verrekijker staan wachten tot ze naar buiten kwam, in de tuin, wel twee, drie uur lang. Ik hield het gewoon niet meer uit. Ik wist immers dat ik haar niet mocht bezoeken – de Maghrebijn –, maar ik moest haar op zijn minst vanuit de verte zien, en dus ben ik in Bern in de auto gestapt en weggereden, vaak 's nachts, ik ken de weg als mijn broekzak. Ik luisterde dan naar Bach en...' Hij slikte. 'In het hotel begroetten ze me inmiddels als een oude bekende. De eerste keer had ik de fout gemaakt iets over Lea te zeggen, en nu ontvingen ze me altijd met "Ah, le père de Léonie..." Het was een kwelling.

Ik heb met een viool het leven van mijn dochter verwoest. Dat dacht ik altijd als ik weer wegreed. Hoe vaak heb ik niet gezien hoe ze daar roerloos op de muur zat, de armen om haar knieën geslagen; of hoe ze aarzelend en doelloos met de hark in de weer was; en ook een keer hoe ze stil voor het raam van haar kamer stond en naar het landschap keek, als iemand die zich een totale vreemde voelt op deze planeet.

Maar het ergste beeld was dat waarin ze met haar linker duim over het topje van de rechter, naar achter gebogen wijsvinger wreef, het was een rustige, draaiende beweging die ze af en toe onderbrak om de vinger naar haar lippen te brengen en hem met de punt van de tong te bevochtigen. Hoe vaak had ik haar deze beweging vroeger niet zien maken, als ze op een stuk met veel pizzicato studeerde! Haar blik was altijd heel geconcentreerd en zelfs als ze tijdens het bevochtigen haar ogen sloot, voelde je de alertheid achter haar gesloten oogleden, de alertheid van een meisje dat er helemaal met haar aandacht bij was en helemaal in haar bezigheden opging. Hoe anders, hoe vreselijk anders was dat nu! Ik had lang naar haar moeten zoeken en haar uiteindelijk op een bank achter een stapel brandhout ontdekt. Ze zat daar met gekromde rug en wreef zoals vroeger over haar vingertop. Haar blik was verloren, hij kwam van nergens en ging nergens heen, ze zag eruit alsof ze zich de beweging en misschien ook de door het tokkelen verwonde plek herinnerde, maar was vergeten waar dat mee te maken had, en dus werd de beweging na een tijd van mechanische herhaling steeds langzamer en doellozer, om uiteindelijk helemaal weg te ebben.

Het beeld van Lea's nutteloze beweging achtervolgde me daarna bij alles wat ik deed. Ik moest voortdurend aan dit brokstuk uit haar stukgelopen leven denken. Ik dacht: waar is je trots gebleven, mijn kind? Je zelfverzekerdheid, die soms aan ongevoeligheid grensde? De soevereiniteit van je genadeloze oefenen, waardoor ik nauwelijks meer kon slapen? Het waanzinnige verlangen de derde stap voor de eerste en de tweede te doen? Het dwaze, zelfs voor Marie verborgen gehouden plan de capriccio's van Paganini nog voor je twintigste verjaardag te spelen? Waar is dat allemaal gebleven? Waar? Waarom sta je niet op achter dat verdomde brandhout, recht je niet de rug, frons je niet de wenkbrauwen uit kritische verbazing over de ontoereikende prestaties van de anderen en laat je hun niet horen wat een toon is, een goede toon? Toen, op die eerste avond bij Marie, schrok ik van de aanmatigende ondertoon die je verzoek, ja, je eis om voor je te spelen had, en ook later verstijfde ik soms als je anderen je superioriteit liet voelen, je koele verhevenheid die niets anders was dan de uitputting na het bereiken van je zelfgekozen, veel te hoge doel. Ik heb het je nooit gezegd, maar ook ik werd er soms door gekwetst, door je ongeduld van de perfectionist, je voorbarige hoofdschudden, je verveling als je moest wachten op de anderen, die zo veel langzamer waren. Als het me allemaal te veel was geworden, zat ik later, in een droom, tegenover je aan het schaakbord en liet je genadeloos in de val lopen, maar alleen om daarna met een slecht geweten wakker te worden. Het is maar goed dat je dankzij de wijze vooruitziende blik van onze gevoelens in werkelijkheid nooit een schaakstuk hebt aangeraakt. En toch wilde ik niets liever dan dat je gelaatstrekken zich weer tot het gezicht van mijn zelfverzekerde, ongeduldige, angstaanjagend veeleisende dochter zouden rangschikken. Al die uitdrukkingen, ook de meest kwetsende, zag ik duizend keer liever dan de verloren blik achter die vervloekte stapel brandhout.

"Elle n'a pas pu avoir de jeunesse," zei de Maghrebijn, en uit zijn zwarte blik kwam me een verwijt tegemoet dat niet minder onheilspellend was dan een aanklacht wegens moord. Wat wil hij daarmee zeggen? Wat weet die man in zijn witte jasje nu van je? Heeft hij soms gezien hoe je elke keer met koortsige wangen van Marie terugkwam? Hoe je in de keuken staande at om maar weer snel door te kunnen gaan met oefenen? Heeft hij de rode vlekken in je nek gezien, toen je bij het eerste optreden op school een golf van donderend applaus tegemoet stroomde? Was hij erin Genève bij toen de mensen stampten en floten van enthousiasme? Je was gelukkig, dat kan ik bezweren, ook al keken Caroline en haar ouders met het jaar bedenkelijker als er over je succes werd gesproken.

Ze mocht niet jong zijn. Het was een warme regenachtige dag toen de Maghebrijn die zin uitsprak, en later was ik nat tot op mijn huid omdat ik urenlang op het strand hetzelfde blikje voor me uit had geschopt om niet in die woorden te stikken. Jaar na jaar had ik tevergeefs geprobeerd je over te halen om op zijn minst op de dag van de bloembollenmarkt een keer in de draaimolen te gaan. "Ik wil liever oefenen," zei je. Ik wil liever oefenen. Nog hoor ik je dat zeggen, en nog hoor ik het ongeduld en het lichte verwijt in je stem, die me duidelijk moesten maken dat ik mijn buitengewone dochter toch moest kennen en eigenlijk beter moest weten. Ik wil liever oefenen. Woord voor woord wilde ik deze zin in de duistere blik van de Maghrebijn stoten om het verwijt, het afschuwelijke verwijt dat ik jou je jeugd had afgenomen en daarmee de weg van je ziekte had uitgestippeld, steeds verder in zijn ogen terug te duwen, steeds verder, tot het helemaal aan het eind, daar waar de gedachten ontstaan, klem komt te zitten en ten slotte onder het gewicht van de feiten, die alleen ik ken, in het niets oplost.

De draaimolen... Ook de episode met de draaimolen ontkracht niet wat ik zeg, nee, ook die werpt geen smet op me. Op een dag, het was voorjaar en je was al dertien, waren ze er weer, de mensen met de draaimolen, en toen wilde je plotseling wel. Het ging erom wie na de vele zilveren ringen de gouden te pakken kon krijgen als hij voorbij het frame kwam waarin de ringen erop wachtten om naar voren te glijden en gepakt te worden. Je was verreweg de oudste, en een beschamende seconde lang dacht ik dat het er een beetje bespottelijk uitzag dat een al volwassen uitziende jonge vrouw temidden van kermismuziek en kindergejoel een kinderlijk genoegen uit een verzuimd verleden najoeg. Ook nu had je rode vlekken in je nek, en je blik was vol hoop en verwachting, zoals bij een vijfjarige. En de gouden ring kwam! Bliksemsnel pakte je hem, en toen de draaimolen vlak daarna tot stilstand kwam, rende je me tegemoet, je ogen vol tranen. Ik probeerde ze te ontcijferen, die tranen, en kon niet met zekerheid zeggen of het tranen van vreugde over de gouden ring waren of tranen van verdriet over verzuimd kinderlijk geluk. Je veegde de dubbelzinnige tranen weg en legde de ring op je vlakke hand. Je wist dat je hem aan de man met de cowboyhoed had moeten teruggeven. Maar dat kon je niet schelen. "Ik geef hem aan Marie," zei je en trok me met je mee. Uiteindelijk heeft Marie hem aan je teruggestuurd. Het was het wreedste wat ze kon doen.'

Een groep toeristen met fototoestellen liep voorbij toen we instapten. Van Vliet snoof minachtend.

'Van Gogh. Je kunt hier zijn kamer zien. Postuum voyeurisme. Alsof het nog niet genoeg was dat hij in dit gat had moeten wonen en zijn oor afsnijden. Alsof dat nog niet genoeg was!'

Hij pakte met beide handen de kraag van zijn overhemd vast, rukte hem open en trok hem dicht, zodat zijn nek wit werd, open en dicht, telkens opnieuw. Ik had het erg gevonden dat Tom Courtenay de rector niet op zijn smoel had geslagen. Ik vond het elke keer weer erg, van de middag- tot de avondvoorstelling. Ik was echt kwaad op hem, dat hij dat niet had gedaan, echt kwaad.

We stopten voor Van Vliet's hotel. Hij bleef zitten. Hij was in gedachten nog in de kliniek.

'Het begon heel onopvallend. Hier een misplaatst woord, daar een kromme zin, een merkwaardige logica. Grote tussenpozen, zodat je het weer vergat. Mijn wantrouwen werd gewekt door dingen als: "Marie leed aan plankenkoorts, ze was immers zo succesvol", "Zaugg wil het krijt voor de rekstok op mijn handen zien, ze vertrouwt de vioolhars niet", en één keer, toen kromp ik zo ineen dat ze het merkte: "Als musicus was Niccolò de beste violist, vanwege die periode van waanzin." Ze noemde Paganini altijd bij zijn voornaam, alsof hij een goede vriend was.

Dan weer wekenlang niets opvallends. Maar ik begon het op te schrijven. Het notitieboekje verstopte ik helemaal onder in mijn bureau, alsof ik het voor mezelf verstopte. Ik was bang, waanzinnig bang. Maar pas tien jaar later begon ik onder de familieleden van Cécile naar mensen te zoeken die de dingen ook niet meer op een rijtje hadden. Niets helders, allemaal zo lang geleden, zeiden ze.'

Ik zei dat ik in mijn hotel wilde uitrusten.

'Maar komt u terug?' Het was een angstige blik, de blik van een jongen die bang is voor het donker.

Ja, zei ik, ik zou voor het avondeten terugkomen.

8

Ik lag op bed. Ik zag Van Vliet in het tegenlicht. Ik zag hem lachen. Ik zag hem aan de kraag van zijn overhemd trekken. Ik zag hem met een verrekijker bij het hek van de kliniek. Wanneer had iemand me voor het laatst zo geraakt?

Ik dacht aan Cape Cod en Susan, de vrouw vóór Joanne. 'Adrian, is there anything that can upset you? Anything at all? Are you ever shaken?' Ik werkte toen als chirurg op de eerste hulp, mijn handen van 's ochtends tot 's avonds in wonden en aan verbrijzelde ledematen. Je mocht het niet tot je toelaten, zei ik, anders zou je je werk niet meer goed kunnen doen. 'Yes, but it seems to leave your soul untouched.' De ochtend na deze woorden stond ik vroeg op, als voor een operatie, en liep in de ochtendschemering langs het strand. De nacht daarna sliep ik op de bank. Je kunt niet naast iemand liggen die je voor een monster houdt. De volgende morgen vertrokken we. 'Hi', zeiden we bij het afscheid en staken de hand op. In mijn herinnering klonk het woord helder en wreed, alsof je een scalpel aan het klinken had gebracht.

Ik viel in slaap. Toen ik wakker werd, sloeg de kerkklok zeven uur. Het was donker. Leslie had me op mijn mobiele telefoon gebeld. Ik had mijn horloge in haar badkamer laten liggen.

'Ik weet het,' zei ik, 'maar ik heb het eigenlijk helemaal niet gemist.'

'Het gaat toch wel echt goed met je?'

'Geen idee,' zei ik, 'geen idee hoe het met me gaat.'

'Er is iets met je gebeurd, of staat op het punt te gebeuren.'

'Hoe was het eigenlijk destijds op het internaat? Voor jou, bedoel ik. Hoe was het voor jou?'

'Mon Dieu, wat moet ik daar nu over de telefoon over zeggen? Ik weet het niet… soms denk ik, ik ben nu weer alleen met de jongen, omdat… omdat…'

'Omdat we geen echt gezin waren? Omdat je dat daar niet kon leren? Is het dat wat je denkt?'

'Ik weet het niet, zo klinkt het niet goed. Ach, Adrian, ik weet het toch ook niet. Zo slecht was het helemaal niet op het internaat. Je werd zelfstandig. Maar soms, 's avonds… ach, merde.'

'Zou je graag een instrument gespeeld hebben?'

'Wat stel je vandaag toch voor vragen! Geen idee, ik denk het niet, we zijn toch niet muzikaal, of wel soms?'

Ik lachte. 'Tot horens, Les. Laten we elkaar weer bellen.'

'Ja, dat doen we. Adieu, papa.'

Van Vliet zat te wachten in de lege eetzaal van het hotel. Hij had een karaf rode wijn voor zich staan en een fles mineraalwater. Hij had alleen water gedronken. Ik vertelde over het gesprek met Leslie.

'Internaat,' zei hij, 'Lea en internaat. Dat zou... dat zou ondenkbaar zijn geweest.' Nu schonk hij de rode wijn in en dronk. 'Alhoewel... de Maghrebijn... Misschien was ze dan niet hier beland. Wat weten we eigenlijk over die dingen? Merde, wat wéten we erover?'

Nu bestelde ik ook rode wijn. Hij grijnsde.

'Cécile's broer is dyslectisch en heeft ook moeite met rekenen. Snapt het begrip hoeveelheid niet, vreemd, maar hij snapt het gewoon niet. Dyscalculie noemen ze dat. Cécile kon haar angst dat Lea het gebrek geërfd had, alleen bestrijden door haar al op vierjarige leeftijd te leren lezen en rekenen. Zo kwam het dat Lea op haar zesde Agatha Christie las en in hoofdrekenen iedereen de baas was. Ik vroeg me wel eens af of we er wel goed aan deden, maar was ook trots op mijn dochter die zo gemakkelijk leerde. Ze is door de basisschooljaren heen gewandeld, er was nooit een conflict tussen huiswerk en oefenen. Ik vermoed dat Caroline, die naast haar zat tijdens het rekenen, afkeek zoveel als ze kon. Ik vermoed ook dat haar ouders dat wisten, en dat de boosaardigheid waarmee ze gadesloegen hoe Lea later begon te struikelen en te wankelen, daar zijn oorsprong vond.

Lea was algauw de gevierde, maar ook jaloers bekeken ster van de school. Omdat ze na school vaak rechtstreeks naar Marie ging, zagen de anderen haar geregeld met haar viool, bovendien werden ze aan Lea's tweede leven herinnerd doordat ze bij gymnastiek weigerde ook maar iets te doen wat haar handen in gevaar kon brengen. Ze kon absoluut niet overweg met Erika Zaugg, de lerares die ze aan een vernietigende vergelijking met Marie onderwierp. Ze maakte er geen geheim van dat ze Lea truttig en ronduit hysterisch vond. Heel anders reageerde de opvliegende leraar, die als was in haar handen werd. Ik luisterde altijd aandachtig naar alarmerende tussentonen als zij over hem en hij over haar sprak, maar hij verafgoodde haar op een ongevaarlijke afstand, en het was ontroerend om te zien hoe hij alle principes van rechtvaardigheid en gelijke behandeling met voeten trad als het om Lea ging. Ze was, zoals gezegd, een ster, een echte vedette.

Ook wat de viool betreft werd al snel duidelijk dat ze een ster zou kunnen worden. Tijdens de eerste studiejaren met Marie lukte Lea gewoon alles. De tonen werden van week tot week zuiverder en zekerder, het vibrato verloor het aanvankelijke schokken en werd regelmatiger, meer getemperd. Dat iemand in zo'n korte tijd in alle posities thuis raakte, dat had Marie tijdens de vele jaren lesgeven nog nooit meegemaakt, en Lea kon huilen van het lachen als ik haar eraan herinnerde hoezeer het haar had bezig gehouden dat Loyola de Colón zo precies wist waar ze bij een positiewisseling moest stoppen met het glijden van haar hand. Dubbelgrepen, de nachtmerrie van alle beginners, waren natuurlijk ook moeilijk voor Lea. Maar onafgebroken oefenen gaf haar al snel de vereiste zekerheid en hoe moeilijker iets was, des te meer werd het een obsessie, het was precies hetzelfde als met mij en het schaken.'

Van Vliet ging naar het toilet en toen hij terugkwam, bestelden we iets te eten. Hij bestelde werktuiglijk hetzelfde als ik, hij was er met zijn gedachten niet bij. Evenals voorheen, toen hij alleen aan het water had gestaan, had de herinnering hem in de tussentijd in haar greep gekregen, een herinnering die pijn deed.

'Noten...' zei hij. 'Lea las ze alsof ze de aangeboren symbolen van haar geest waren. Ik vond het onverdraaglijk dat ik tot dat deel van haar, dat zich steeds meer als het belangrijkste ontpopte, geen toegang had. Ik moest ze ook kunnen lezen. Ik vroeg of ik tijdens het spelen over haar schouder mocht kijken. Ze zei

niets en begon te spelen. Na een paar maten stopte ze. "Het...
het gaat niet, papa," zei ze. Er lag een hulpeloze irritatie in de
woorden, ze nam het me kwalijk dat ik haar in de positie had
gebracht dat te moeten zeggen. Ik kocht een tweede exemplaar
van het muziekboek en vroeg of ik in de hoek op een stoel mocht
gaan zitten terwijl ze speelde. Ze zei niets en keek naar de grond.
Bij Marie is er toch ook iemand in de kamer als ze daar speelt,
dacht ik. Maar inderdaad, Marie, en met Marie was het anders
dan met mij, met Marie was álles anders dan met mij.

Ik liep de kamer uit en sloot de deur. Het duurde een hele tijd
voordat Lea begon te spelen. Ik verliet het huis en ging naar
Krompholz, waar ik een boek over noten voor beginners kocht.
Katharina Walther keek me met haar schrandere, discrete blik
aan. "Geen heksentoer," zei ze, toen ik begon te bladeren. "Leest
u het door, en daarna leest u de noten mee als ze speelt. In de
kamer ernaast misschien. Ze hoeft het toch niet te zien." Ongelooflijk. Ze leek mij – ons – als een boek te kunnen lezen.'

Van Vliet schonk in en dronk zijn glas in één teug leeg alsof
het water was. 'Mijn god, waarom heb ik niet vaker met haar
gepraat! En waarom heb ik later niet naar haar geluisterd toen
ze me waarschuwde!'

Hij haalde een pen tevoorschijn, vouwde het papieren servet
op, trok vijf lijnen en tekende er noten op. 'Hier,' zei hij, 'dit is
het begin van de partita in E groot van Bach. De noten die
Loyola de Colón destijds in het station speelde.' Hij slikte. 'En
ook de noten die Lea als laatste speelde voordat ze in haar... haar
verwarring wegzonk.'

Langzaam sloot zijn vuist zich om het servet en kneep de
noodlottige noten fijn. Ik vulde zijn glas bij. Hij dronk, en na
een poosje sprak hij verder, rustig en duidelijk.

'Ik deed wat Katharina Walther had gezegd. Als Lea speelde,
las ik in de aangrenzende kamer de noten mee. Maar ze bleven
op een eigenaardige manier vreemd voor me, en het duurde een

poosje voordat ik begreep waarom: ik kon de bijbehorende klanken niet produceren, de noten bleven voor mijzelf zonder gevolgen, symbolen waar ik niets mee kon beginnen en die daarom niets met mij te maken hadden. En zo bleef dit deel van Lea's geest, ondanks alle inspanningen, voor mij gesloten.

Op een dag, toen ze op school was, liep ik haar kamer binnen, pakte de viool uit de kist, klemde hem tussen schouder en kin, bracht mijn vingers in positie zoals ik dat bij haar had gezien, en maakte met de strijkstok de eerste streek. Natuurlijk leverde dat een armzalige toon op, nauwelijks meer dan gekras. Maar dat was het niet waardoor ik ineenkromp. Het was iets waarmee ik geen rekening had gehouden, een heftige aanval van slecht geweten, een soort onzichtbare kramp die tegelijkertijd verlammend werkte, begeleid door een gevoel van krachteloosheid. Snel en met nerveuze bewegingen legde ik de viool terug in de kist en verzekerde me ervan dat alles was als tevoren. Vervolgens ging ik in mijn kamer op een stoel zitten en wachtte tot het bonzen van mijn hart afnam. Buiten zette de vroege schemering in. Het was al donker toen ik het eindelijk begreep: het was niet zomaar een slecht geweten dat je hebt als je in andermans zaken zit te wroeten. Het ging om iets veel belangrijkers en gevaarlijkers. Doordat ik zelf op de viool had geprobeerd te spelen, had ik een onzichtbare grens overschreden, die Lea's leven van het mijne scheidde en scheiden moest, om volledig het hare te kunnen zijn. Een zweem van dit gevoel, dacht ik nu, had destijds ook in de irritatie gelegen waarmee Lea me duidelijk had gemaakt dat het niet werkte als ik haar bij het spelen over de schouder keek. En nu schoot ook de tegenstand door mijn hoofd, die het achtjarige meisje na het spelen van Loyola had geboden, destijds in het station, toen ik haar zoals gewoonlijk tegen me aan wilde trekken.

En Marie? dacht ik. Bij haar bestond die grens niet. Integendeel, Lea probeerde in haar spel en ook in alle andere opzichten te zijn zoals Marie. Bestond er een andere grens, eentje die ik gewoon niet zag?'

Van Vliet keek me aan. Het was niet duidelijk of hij op een antwoord hoopte – op het inzicht van een buitenstaander misschien – of dat hij mijn blik alleen zocht als iemand die in zijn onzekerheid en nood erkend en geaccepteerd wil worden. Ik raakte zijn arm aan – geen idee waarom, geen idee of het een passend gebaar was, een gebaar dat bij zijn broosheid paste. Hij was zijn brandende sigaret in de asbak vergeten en stak een nieuwe aan. Ik keek langs hem heen naar de grote wandspiegel waarin we beiden te zien waren. Twee analfabeten wat nabijheid en afstand betreft, dacht ik, twee analfabeten van vertrouwdheid en vreemdheid.

'Toen Lea die avond de kamer binnenkwam,' ging hij verder, 'stond ze als een ander mens voor me, als iemand die niet alleen iets kon wat ik nooit zou kunnen, maar die iets was wat ik nooit zou kunnen worden, een musicienne wier leven steeds meer uit noten en klanken bestond. "Wat is er aan de hand, wat heb je?" vroeg ze. "Niets," zei ik, "het is niets. Zal ik iets te eten maken?" Maar ze stond al bij de koelkast, nam een hap van een koude worst en pakte een stuk brood. "Dank je, maar ik wil liever nog wat oefenen, Marie is nog niet tevreden over een bepaalde passage." Ze verdween in haar kamer en deed de deur dicht.

Met één ding kon ik haar wel helpen. Ik legde haar de fysica van de flagcolettonen uit. Ze was verslaafd aan hun tere klank en de poging ze in één keer goed te treffen.

Ze had maar één technisch probleem, waarmee ze tot aan het einde toe worstelde: trillers. Ze hadden vaak niet de zijdeachtige lichtheid en vooral niet de metronomische regelmaat die ze zouden moeten hebben. Vooral als ze lang duurden, slopen er vermoeidheid en geforceerde, weerbarstig klinkende uithalen in, die een indruk van al te grote inspanning achterlieten. Woedend masseerde Lea haar verkrampte vingers, hield ze in warm water en kneedde tijdens het televisiekijken een bal om haar vingers sterker te maken.

Maar ze was gelukkig, mijn dochter. Verliefd op de viool, verliefd op de muziek, verliefd op haar talent, en ja, verliefd op Marie.

"Amoureuse?" De donkere hand van de Maghrebijn met de zilveren pen erin stopte abrupt.

"Ouais," zei ik en deed alles om het woord zo ordinair mogelijk te laten klinken zoals het volgens mij bij een delinquent zou klinken die de inspecteur van politie tijdens het verhoor genadeloos dwarsboomt. Ik sloeg zelfs mijn benen over elkaar, net als de onbeschofte schurk die van het laatste kleine beetje vrijheid geniet door tegenover de commissaris geen enkel woord los te laten.

"Vous voulez dire…"

"Non," zei ik op mijn beurt. Het was meer hijgen en snuiven dan een gearticuleerde ontkenning. De arts drukte de stift van zijn pen in en uit, het geluid daarbij klonk hard, harder dan het zoemen en ruisen van de ventilator. Hij had tijd nodig om zijn boosheid onder controle te krijgen.

"Alors, c'était quoi, cette relation?"

Hoe had ik hem dat kunnen uitleggen? Hoe kon ik dat ooit aan íémand uitleggen?

Marie, dat weet ik zeker, had een omschrijving voor haar relatie met Lea. Maar ik heb haar er nooit naar gevraagd. En eigenlijk wílde ik het ook niet weten. Ik weet wat ik zag en hoorde, en ik weet niet of er daarnaast nog iets te weten valt. Op Marie mocht ik geen kritiek hebben, dat had ik snel in de gaten. Het was beter om niet naar Marie te vragen. Het was onmogelijk om niet met volledige concentratie te luisteren als Marie ter sprake kwam. Er verscheen ongeloof op Lea's gezicht als ik iets vergat wat Marie betrof, al was het maar een kleinigheid. Het was onverdraaglijk als iemand het in zijn hoofd haalde Marie te heten.

Het was ondenkbaar dat Marie ziek zou worden. Het was uitgesloten dat ze op vakantie ging. Ik verwachtte elke dag dat Lea een jurk van batik wilde en een kussen van chintz. Maar zo simpel lag het tussen die twee nu ook weer niet.

Het was hoe dan ook anders dan ik had gedacht. Als ik soms, op late wintermiddagen, voor Marie's huis stond en het schimmenspel achter de gordijnen gadesloeg dat Marie en Lea opvoerden, dan voelde ik me buitengesloten en benijdde hen om de cocon van klanken, woorden en gebaren, waarin ze ingesponnen leken en waarin geen wrijving en geen irritatie bestonden, zoals die op mijn werk steeds vaker voorkwamen sinds het moment dat ik zonder veel woorden duidelijk had gemaakt dat het vanaf nu eerst Lea zou zijn, dan nog eens Lea, en dan pas het laboratorium.

Helemaal in het begin heb ik een keer de fout gemaakt om bij Marie aan te bellen. De laatste vijf minuten van de les zat ik daar te luisteren. Nooit heb ik ergens zo gestoord als daar. Als in een droom verlieten Marie en Lea de muziekkamer, niet kwaad, niet verwijtend, maar heel beslist volkomen in elkaar opgaand en zonder een blik achterom te werpen, alsof daar alleen maar lege ruimte was. Er moet een volmaakte harmonie tussen hen bestaan, dacht ik bijna twee jaar lang, en er waren momenten van vreselijke jaloezie, waarop ik niet wist wat méér pijn deed: dat Marie Lea van me afpakte, of dat Lea een barrière voor Marie opwierp die ik nooit zou kunnen slechten.

Zo was het tot op de dag dat Lea bij Krompholz de driekwart viool moest uitzoeken. Katharina Walther was er niet over te spreken dat Marie erbij was. "Marie Pasteur. Ja, ja, Marie Pasteur," zei ze bij mijn volgende bezoek aan de winkel. Verder heb ik haar nooit een woord kunnen ontlokken. Ze bevielen me niet, die woorden, ze hadden iets alwetends en pauselijks, en op die dag was ik er niet zeker meer van of ik haar strenge kapsel met de knot in de nek eigenlijk wel leuk vond. Maar daarna gedroeg ze zich weer correct, meer dan correct zelfs, met haar blikken en met woorden. Geen bemoeienis, geen medeplichtigheid, niets.

Lea probeerde drie violen na elkaar uit. Hoe volwassen en professioneel gedroeg ze zich vergeleken met ons eerste bezoek hier! Na de eerste ronde begon het proces van negatieve selectie. De eerste viel snel af. Lea wisselde een blik met Marie, maar dat was niet nodig geweest, we hoorden het allemaal. De tweede klonk goed, maar was niet te vergelijken met de derde. "Verbazingwekkend voor een instrument van die grootte," zei Marie. Het was onmogelijk dat Lea dat niet ook hoorde, en haar gezicht was inderdaad begonnen te stralen bij de klank die zoveel beter was dan van de instrumenten die ze tot dan toe had bespeeld. Maar nu pakte ze de tweede nog een keer en speelde enkele minuten. Marie leunde tegen de toonbank, de armen over elkaar. Toen ik later de scène door mijn hoofd liet gaan, wist ik zeker dat ze wist wat er zou gebeuren. "Ik neem deze," zei Lea.

Katharina Walthers lippen openden zich, alsof ze wilde protesteren, maar ze zei niets. En toen gebeurde het. Na een paar seconden, waarin ze naar de grond had gekeken, de viool nog in de hand, sloeg Lea haar ogen op en keek Marie uitdagend aan. Ik kende die blik en kende hem niet. Ze kon een eigenzinnige stijfkop zijn, dat hadden Cécile en ik vaak genoeg meegemaakt. Maar hier stond toch Marie, de niet te bekritiseren Marie. En het deed Marie Pasteur pijn. Het deed haar zoveel pijn dat ze werktuiglijk met haar armband draaide en een keer te veel slikte.

De volgende dag ging Lea alleen naar Krompholz en ruilde de tweede viool om voor de derde. Veel had ze niet gezegd, vertelde Katharina Walther. Berouwvol? Nee, die indruk had Lea eigenlijk niet gewekt, zei ze, eerder van streek. Ze aarzelde. "Over zichzelf," voegde ze er vervolgens aan toe.

Enkele dagen daarna brak het eczeem uit dat ons de onaangenaamste drie weken bezorgde sinds de dood van Cécile. Het begon ermee dat Lea's vingertoppen warm werden. Om de paar minuten ging ze naar de badkamer en hield ze onder het koude water, en 's nachts deed ik geen oog dicht omdat ik voortdurend het water hoorde lopen. De volgende morgen zat ze bij me op de rand van het bed en liet met wijd opengesperde ogen de huid zien, die begon te verkleuren en te verharden. Ze bleef thuis en ik meldde me af voor een vergadering. Urenlang belde ik vroegere studiegenoten die arts waren geworden, tot ik uiteindelijk een afspraak kon maken met een dermatoloog. Hij onderzocht en betastte Lea's huid, die van uur tot uur grauwer werd en nu ook begon te jeuken. Eczeem, veroorzaakt door een allergie. Viool? Het zou de vioolhars kunnen zijn, zei hij. De schrik sloeg me om het hart, alsof hij kanker bij me had geconstateerd. Lea hield van de donkerbruine hars waarmee je over de strijkstok strijkt en die goudkleurig glanst al je hem tegen het licht houdt. In het begin had ze er zelfs stiekem aan gelikt. Was dat het einde? Een violiste met harsallergie? Was dat niet onmogelijk?

Met een fanatisme waaraan ik niet graag terugdenk bestudeerde ik de literatuur over allergieën en ik ontdekte hoe weinig men erover weet. Bergen smeersels stapelden zich op in de badkamer. Mijn dagelijkse telefoontjes met de dermatoloog wekten de spotlust van mijn assistentes, ik herkende die aan het onvoorzichtige gegiechel. De apothekeres fronste verbaasd haar wenkbrauwen toen ik voor de derde keer op één dag voor haar stond. Toen ze over stress begon, over psychosomatiek en homeopathie, veranderde ik van apotheek. Ik geloof in cellen, mechanismen, chemie, niet in fijnzinnige sprookjes die met een geleerd gezicht worden opgedist.

Met onbarmhartige precisie dwong ik Lea zich alles te herinneren waarmee ze de afgelopen dagen in aanraking was gekomen, vooral alle ongewone dingen. Ook met haar neus moest ze zich dingen herinneren. De onverbiddelijkheid van mijn onderzoek bracht haar tot tranen.

En toen wist ze het ineens: de banken in het klaslokaal roken anders dan anders. We reden erheen, spraken met de conciërge. En inderdaad, hij had een nieuw schoonmaakmiddel gebruikt. Ik nam een monster mee en de arts deed een allergietest. Dit middel was het, niet de hars. Ik noteerde de samenstelling en plakte het papiertje op de koelkast. Het hing er tot het was vergeeld.

Ik wilde het verlossende nieuws vieren, we gingen chic uit eten. Maar Lea zat ineengedoken voor haar bord en wreef met haar ruwe, gevoelloze vingertoppen over het tafellaken. Nog steeds meen ik het zacht schurende geluid te horen.

Een weeklang had ze het gevoel alsof ze handschoenen van schuurpapier aanhad. Verschillende keren per dag pakte ze de viool, maar het was hopeloos. Toen begon de korst op haar huid open te barsten, en daaronder kwam de nieuwe huid tevoorschijn, waaronder het rood klopte en die nog geen enkele aanraking verdroeg. Toen de zieke huid ten slotte als een verzameling gebarsten vingerhoedjes af viel, liep Lea door het huis, kalmeerde haar gevoelige vingertoppen door erop te blazen en probeerde elk uur of ze het contact met een snaar al konden verdragen. We leefden, zo komt het me nu voor, dagenlang als in een gevangenis waarvan de onzichtbare muren waren opgetrokken uit de altijd aanwezige angst dat zoiets elk moment opnieuw kon gebeuren.

En er was nog een andere kerker: de lessen bij Marie vielen uit. Met verstikte stem, waarin woede en tranen zich mengden, vertelde Lea dat iemand anders – iemand anders! – op haar tijden – háár tijden! – bij Marie in de muziekkamer was. Toen het eindelijk zover was en ik haar bij Marie afzette, zag ik dat haar handen met de onnatuurlijk rode vingertoppen nat van het zweet waren en dat haar nek bezaaid was met rode vlekken van opwinding.

Of er ooit iets was geweest met Lea's handen, vroeg de Maghrebijn. De vraag dwong respect af, dat kan ik niet ontkennen. Nee, zei ik. Hij zweeg een poosje, en op dat moment was het geluid van de ventilator werkelijk storend. Nee, zei ik nog een keer, zonder het te willen. Ook het verhaal met de draaimolen en de gouden ring heb ik voor hem verzwegen.

Mijn medewerkers namen het me kwalijk dat ik vanwege Lea's eczeem – vanwege eczeem! – niet op de vergadering was verschenen om onze laatste onderzoeksresultaten te presenteren. En vooral, dat ik had afgezegd zonder Ruth Adamek in mijn plaats te sturen. "Zou het kunnen zijn dat je het weer eens vergeten bent?" vroeg ze. Er lag een hardheid in haar stem waardoor het me duidelijk werd dat ik steeds meer terrein aan het verliezen was.

Ook het universiteitsbestuur toonde zich teleurgesteld. Maar van echt gevaar was toen nog geen sprake. Zolang ik het tafelzilver niet stal, kon men me niets maken. En van de schokkende gebeurtenissen die me ertoe brachten dat te stelen, kon ik toen nog niets weten.'

9

'Lea's eerste publieke optreden vond plaats op de dag dat de leerlingen van de laatste klas de lagere school verlieten. Het hoofd van de school, een knorrige man voor wie iedereen bang was, had haar op zijn kamer laten komen, de secretaresse had haar thee en biscuits aangeboden, en toen vroeg hij haar of ze op die dag iets wilde spelen. Ze moet zo vereerd zijn geweest dat ze onmiddellijk toezegde. Opgewonden, alsof ze koorts had, viel ze tijdens een bespreking mijn kantoor binnen. We liepen samen de gang op en neer tot de oplaaiende paniek was bedaard. Daarna stuurde ik haar naar Marie, en toen ze thuiskwam, wist ze wat ze zou spelen.

Plankenkoorts kende ik tot op dat moment nauwelijks. Voor mijn eerste lezingen was ik eerder gespannen dan onrustig geweest en toen ik voor het eerst in een collegezaal stond, vond ik de situatie, die ik als student vele jaren vanaf de andere kant had beleefd, eerder lachwekkend dan beangstigend. Maar nu zou ik, hoewel het helemaal niet om mij ging, de plankenkoorts leren kennen.

Ik leerde hem haten en vrezen, ik leerde hem ook liefhebben en missen als hij voorbij was. Hij bracht Lea en mij bijeen, en scheidde ons ook. Haar klamme handen werden ook mijn klamme handen, haar verstrooidheid en nervositeit vrat zich ook bij mij naar binnen. Er waren momenten dat onze zenuwen als die van één enkel wezen vibreerden. Dat kon ook niet anders, Lea viel in een afgrond van verlatenheid als ze de indruk kreeg dat ik haar opgewondenheid niet deelde. En toch stond ze erop dat zíj het was die reden had om bang te zijn, niet ik. Het was niet met woorden dat ze erop stond, we spraken nauwelijks over de alomtegenwoordige koortsachtige waan die ons gevangen hield. Maar ze liep onmiddellijk de kamer weer uit als ze me zag terwijl ik aan het raam van het balkon één van mijn zeldzame sigaretten rookte. Ze is ondanks alles nog een klein meisje, zei ik dan tegen mezelf, wat kun je anders verwachten.

Op die momenten voelde ik de eenzaamheid die Cécile in me had achtergelaten. Ik voelde die als een vorst binnen in mij.

Toen Lea vroeg op de avond van het concert uit bad kwam, stokte mijn adem. Dit was geen meisje van elf jaar. Dit was een jongedame, een lady, die erop wachtte dat de schijnwerpers aangingen. De eenvoudige zwarte jurk hadden we samen uitgezocht. Maar waar had ze geleerd zich zo op te maken en haar haren te doen? Waar had ze de lippenstift vandaan? Ze genoot van mijn verbazing. Ik nam een foto van haar, die ik in mijn portefeuille stopte en nooit meer voor een andere heb verruild.

Waarom blijft de tijd niet stilstaan? Waarom kon het niet blijven zoals het op die zwoele, onweerachtige zomeravond was, een uur voordat Lea door de vele ogen en de vele klappende handen van me werd afgepakt, pal onder mijn ogen ontvreemd, zonder dat ik er ook maar iets tegen kon doen?

Ik heb geen samenhangende herinnering aan die avond, het is alsof de heftigheid van gevoelens hem in stukken heeft gescheurd en alleen verspreide splinters heeft overgelaten. We namen een taxi naar school, op deze avond mocht ons in het verkeer in geen geval iets overkomen. Toen we langs het station reden, dacht ik: het is nog geen drie jaar geleden, en nu geeft ze haar eerste concert. Of Lea dat ook dacht, weet ik niet, maar ze legde haar hand in de mijne. Hij was klam en voelde helemaal niet aan als een hand die weldra met zekere grepen Bach en Mozart zou spelen. Toen ik haar hoofd tegen mijn schouder voelde, dacht ik even dat ze wilde omkeren. Het was een verlossende gedachte, die tijdens mijn onrustige slaap van die nacht steeds opnieuw opflitste, begeleid door een gevoel van onmacht en zinloosheid.

Het volgende dat ik voor me zie, is hoe Marie Pasteur met haar duim een kruis op Lea's voorhoofd tekende. Ik geloofde mijn ogen niet en werd helemaal uit het lood geslagen toen Lea een kruisteken sloeg. Mijn dochter was nooit gedoopt en had, voor zover ik wist, nooit een bijbel in handen gehad. En nu sloeg ze een kruisteken, en nog wel met een vanzelfsprekendheid en gratie alsof ze dat haar hele leven al had gedaan. Het heeft lang geduurd voordat ik begreep dat het niet was wat het aanvankelijk leek: Marie's poging om van Lea een katholiek te maken. Dat het gewoon een ritueel was dat hen verbond, een gebaar waarmee ze zich verzekerden van een genegenheid en verbondenheid die belangrijker voor hen was dan het gebaar zelf. En ook toen ik het uiteindelijk begrepen had, bleef er een vaag gevoel van vervreemding en verraad achter. Die avond flitste dat beeld steeds weer in me op, voordat het door de gebeurtenissen op het podium in de aula werd overschaduwd.

Lea liep de paar treden op, haar hand aan haar jurk, om niet over de zoom te struikelen. In het midden van het podium, een paar passen van de vleugel vandaan, bleef ze staan en boog een paar keer voor het klappende publiek. Dat had ik nog nooit gezien, mijn blik volgde haar gracieuze bewegingen. Had Marie haar dat geleerd? Of had ze het gewoon in zich?

Marie gaf haar de tijd, het moest Lea zijn, helemaal alleen zij, die in de schijnwerpers stond. Toen liep ze stil en onopvallend het podium op en ging achter de vleugel zitten. Ze droeg een nachtblauwe hooggesloten batik jurk, en omdat ze ook bij onze eerste ontmoeting batik had gedragen, leek het even alsof beiden de muziekkamer van Marie's huis hier mee naartoe genomen hadden. Het was een mooi gevoel, want het betekende dat Lea zich ook op het podium bij Marie geborgen voelde, net als tijdens het oefenen bij haar thuis. Maar het was vluchtig, dit gevoel, en het werd al snel weggevaagd door een ander: dat ze daarboven, ondanks Marie, helemaal alleen was met haar viool en haar talent – een meisje dat, ondanks al haar damesachtige vertoon, pas elf jaar op de wereld was, en niemand die haar zou kunnen helpen als ze zou struikelen.

Ik heb op veel conferenties voor veel coryfeeën gesproken, en ook heb ik tijdens schaaktoernooien op het podium gezeten en moest toen helemaal alleen voor mezelf opkomen. Maar dat was niets vergeleken bij de opgave Lea's eenzaamheid daarboven te verdragen. Marie sloeg de kamertoon aan, Lea stemde af, een kleine pauze, daarna corrigeerde ze de spanning van de strijkstok, weer een pauze om haar hand aan haar jurk af te vegen, de blik op Marie, het heffen van de strijkstok, en toen begon ze eindelijk met de muziek van Bach.

Precies op dat moment vroeg ik me af of haar geheugen tegen de druk opgewassen zou zijn. Er was niets, zelfs niet de geringste aanwijzing, wat dat leek te ontkennen. Geheugen was nooit een probleem geweest, ik had het de normaalste zaak van de wereld gevonden dat Lea bepaalde stukken uit haar hoofd kende, ik vond het net zo normaal als dat ik hele schaakpartijen uit mijn hoofd kende en blind kon spelen. Vanwaar dan die plotselinge twijfel?

De muziek kan ik me niet meer herinneren, de herinnering is toonloos en wordt volledig gevuld door de angstige bewondering waarmee ik Lea's krachtige armbewegingen en de zekere grepen van haar vingers volgde, die ze van Marie had afgekeken en die ik vanaf de eerste avond in mijn geheugen had zitten. Ik had het allemaal al duizend keer gezien, en toch leek het nu, onder die vele vreemde ogen, anders, bewonderenswaardiger en raadselachtiger dan anders. Het was Lea, mijn dochter, die daar speelde!

Daverend applaus. Het langst klapte de spichtige Markus Gerber, zijn gezicht gloeide, hij had zich gekleed alsof hij het was die het podium op moest. Soms reageerde Lea welwillend, soms geprikkeld, als hij met haar naar school wilde lopen. Ik had medelijden met hem, ze zou hem algauw niet meer zien staan.

Marie bleef achter de vleugel zitten. Lea boog. Later, toen ik wakker lag, hield iets me bezig wat moeilijk te vatten was: ze had gebogen alsof ze recht had op dit applaus. Alsof de wereld haar gewoonweg móést toejuichen. Dat had me gestoord, of beter gezegd, geschokt, meer dan ik wilde toegeven. Het was niet – zoals ik aanvankelijk dacht – omdat daarin ijdelheid en aanmatiging hadden gelegen. Nee, het was omgekeerd; in haar houding, haar bewegingen en haar blik kwam een boodschap tot uitdrukking waarvan ze nog geen weet had en in zekere zin tot op laatst nooit iets zou weten: dat je haar, met wat ze kon en met wat ze zich met grenzeloze overgave eigen maakte, in geen geval alleen mocht laten; dat anderen haar spel onder geen beding met onverschilligheid mochten bejegenen; dat het bijna een catastrofe zou zijn als de toehoorders haar hun liefde en bewondering zouden onthouden. Terugkijkend weet ik dat wat ik daar op het podium zag en als iets onheilspellends ervoer, een voorbode was, een voorbode van alle drama's die zich nog in haar zouden afspelen nadat ze op deze avond de eerste stap in de openbaarheid had gezet.

Het tweede stuk was een rondo van Mozart. En toen gebeurde het. Lea speelde een loopje te veel, het dominante motief sloop binnen waar het niet hoorde. Het was een heel natuurlijke fout, die niemand zou zijn opgevallen als de pianobegeleiding er niet was geweest, die het door Mozart oorspronkelijk bedoelde orkest verving. De klanken van Marie en Lea pasten niet meer bij elkaar, met dissonantie en ritmische chaos als gevolg. Marie haalde haar handen van de toetsen en keek naar Lea, haar ogen groot en donker. Drukten ze verbijstering uit? Of een verwijt? Het verwijt dat er gezondigd was tegen de perfectie die ze Lea probeerde bij te brengen, uur na uur, week na week?

Ik mocht ze niet, die ogen. Tot dan toe was mijn blik geregeld naar Marie afgedwaald, ze beviel me, zoals ze daar zat in haar donkere, geheimzinnige jurk, de slanke krachtige handen op de toetsen, het gezicht, een en al concentratie op het samenspel. Zoals zo vaak stelde ik me voor hoe het met haar zou zijn, helemaal alleen met haar in een wereld zonder Lea – om meteen weer met een pijnlijk gevoel van verraad in de werkelijkheid terug te keren, waar mijn kleine grote dochter haar debuut maakte, ook al was het maar in de aula van een school. Maar nu stootten Marie's ogen me af, ogen waarin ik een onzinnige aanklacht las, een aanklacht tegen een elfjarig meisje dat een fout had gemaakt in een muziekstuk. Of was het geen aanklacht? Was Marie alleen maar van haar stuk gebracht en zocht ze achter haar donkere blik naar een mogelijkheid om de weg naar Lea's spel terug te vinden? Lea zelf was na een angstige en radeloze blik op Marie met het overbodige loopje doorgegaan, ja, dat is het juiste woord, doorgegaan, zoals iemand doorgaat terwijl het geen zin meer heeft – gewoon omdat ophouden nog veel erger zou zijn. Die nacht dacht ik: nooit, nooit meer wil ik mijn dochter zo zien doorgaan. Steeds opnieuw maalde die gedachte door mijn hoofd, de hele nacht lang, en ze keerde ook later de hele tijd terug, tot aan het eind toe, en zelfs nu nog overvalt ze me soms, een nutteloze, spookachtige gedachte uit een verloren tijd.

Plotseling leek Marie te begrijpen wat er was gebeurd, er klonken nog een paar aarzelende, nog niet passende tonen en toen was het samenspel weer hersteld, tot het einde toe. Lea speelde de rest zuiver en foutloos, maar er lag matheid in haar tonen, alsof ze tijdens het doorspelen zonder Marie al haar kracht had verbruikt. Misschien is het ook alleen maar inbeelding, wie zal het zeggen.

Het applaus was nog daverender dan na het eerste stuk, sommigen stampvoetten zelfs en floten waarderend. Ik luisterde aandachtig: was het een ingespannen, plichtmatig vergevend klappen? Was het krachtig en lang genoeg om Lea te troosten en haar duidelijk te maken: het geeft niet, je was toch goed? Of waren deze kleine jongens en meisjes zo natuurlijk en onbevangen in hun oordeel dat Lea's vergissing gewoon geen enkele betekenis voor ze had?

Lea boog, aarzelender en stijver dan na het eerste stuk, en toen zocht ze mijn blik. Hoe beantwoord je de onzekere, om verontschuldiging smekende blik van een elfjarige dochter, die haar eerste, voor iedereen zichtbare tegenslag heeft gehad? Ik legde in mijn eigen blik alles wat ik aan vertrouwen, onbeperkt vertrouwen in en trots op haar in me droeg. Met ogen die begonnen te branden keek ik onderzoekend naar haar gezicht. Snapte ze wat er gebeurd was? Hoe zou ze het verwerken? Betekenden de trillende oogleden dat ze met teleurstelling en woede om zichzelf vocht? Toen kwam Marie, ging naast Lea staan en legde een arm om haar schouder. Nu mocht ik haar weer.

Lea had uit het hoofd gespeeld, maar had de muziek bij zich. Geheel tegen haar gewoonte in legde ze het boek op de keukentafel toen we thuiskwamen. Op de terugweg had ze geen woord gesproken. Ik dacht eraan hoe verstijfd ze daar had gestaan toen Marie haar ten afscheid over het haar had gestreken, en ik vermeed elke aanraking. Voor het eerst maakte ik mijn dochter mee in een toestand die ik leerde vrezen: alsof ze bij de lichtste aanraking, al was het maar door een woord, zou exploderen.'

Van Vliet nam een pauze, waarin zijn blik schuin naar beneden dwaalde en in een soort pijnlijke leegte alle voorwerpen leek te doordringen.

'Aan het eind, toen barstte ze echt, ze barstte in duizend stukken.'

Hij dronk met grote teugen. Een straaltje rode wijn liep uit zijn mondhoek en druppelde op de kraag van zijn overhemd.

'Ik heb de muziek van Mozarts rondo op de keukentafel bestudeerd, de hele nacht lang. Köchelverzeichnis 373. Zal ik nooit vergeten, dat getal, alsof het is ingebrand. Ik vond twee passages die voor de fout, het overbodige loopje, in aanmerking kwamen. Ik durfde het niet te vragen. Ik legde de muziekbladen op de ladekast in de hal, waar Lea soms muziekboeken neerlegde als ze thuiskwam, om ze later naar de muziekkamer te brengen. Ze heeft ze laten liggen. Alsof ze niet bestonden. Uiteindelijk ruimde ik ze op. Het is de enige muziek die ik heb weggegooid toen ik naar de kleine woning verhuisde.

Het voorval betekende een eerste, haarfijne scheur in Lea's zelfvertrouwen. Het duurde weken voor we erover konden spreken. En toen vertelde ze het me: ze had slechts met moeite de impuls kunnen weerstaan haar viool in het publiek te smijten. Daar schrok ik meer van dan van de fout. Was het niet veel te gevaarlijk wat er met mijn dochter gebeurde? Was de eerzucht die Marie in haar had aangewakkerd, niet als een brand die je niet meer kon blussen?'

10

'We namen de nachttrein naar Rome. Lea had altijd vol verbazing naar de treinen met slaapwagons staan kijken. Dat er treinen met bedden bestonden waarin je gaat liggen om heel ergens anders wakker te worden, dat leek haar tovenarij. Haar deze tovenarij aan den lijve te laten ondervinden was het enige middel dat me inviel om de verlamming te doorbreken waarin ze na de fout in het rondo was vervallen. De eerste dagen was ze in bed gebleven en had de gordijnen dichtgetrokken als een ernstig zieke. Als Marie opbelde wilde ze niet eens met haar spreken. De vioolkist stond verbannen achter de kast.

Iets had ik verwacht, maar niet zoiets heftigs. Ze had toch dat daverende applaus gekregen? Ook de ouders van Caroline hadden lang geklapt. Het schoolhoofd was het podium opgekomen en had een grotesk mislukte handkus proberen te geven. Maar Lea's gezicht verstarde steeds meer en had een maskerachtige onbeweeglijkheid aangenomen. Slapeloos tuurde ik in het donker en probeerde het beeld van dit levenloze, verbitterde gezicht te verdrijven. In de elf jaar dat ik dit gezicht kende, was het geen moment vreemd voor me geweest, en ik had het niet voor mogelijk gehouden dat het ooit zover zou kunnen komen. Toen het toch gebeurde, verloor ik even de grond onder mijn voeten.

Haar gezicht was weer als vanouds toen we in de restauratiewagen aan het ontbijt zaten. En hoe dieper we de zinderende Italiaanse zomer in reden en ons door de gebouwen, pleinen en golven lieten betoveren, des te meer verbleekten de sporen van uitputting die het onafgebroken oefenen op haar gezicht had achtergelaten. Lea maakte, vond ik, al een behoorlijk volwassen indruk, en er klonk waarderend gefluit voor haar uiterlijk. We spraken geen enkele keer over muziek en het rondo.

In het begin zei ik af en toe een paar woorden over Marie, maar mijn woorden bleven onbeantwoord, alsof ze niet uitgesproken waren. Als we langs een kraampje met ansichtkaarten liepen hoopte ik dat Lea er een voor Marie zou kopen. Maar er gebeurde niets.

Ze vergat wel eens iets. Het waren maar kleine, onbelangrijke dingen: de naam van ons hotel, het nummer van de bus, de naam van een drankje. Ik zocht er niets achter. Niets wat bleef hangen. Het was heerlijk warm, en Bern met Ruth Adamek was heerlijk ver weg.

De kerk waaruit de klanken kwamen lag aan een klein idyllisch plein. De kerkdeur stond open, buiten op de treden zaten mensen te luisteren. Lea herkende het stuk eerder dan ik, het was de muziek van Bach die Marie op de avond van onze eerste ontmoeting had gespeeld. Het was geen trilling die door haar lichaam ging, eerder een soort verstijving, een bliksemsnelle opbouw van spanning. Ze liet me staan en verdween in de kerk.

Ik ging buiten zitten. Mijn gedachten gingen terug naar het moment waarop ik destijds vanuit de auto het geelkoperen plaatje met Marie Pasteurs naam had gezien. Ik wilde dat ik het niet had gezien. Dat had zo makkelijk kunnen gebeuren, dacht ik, een auto die me had afgeleid, een knipperende lichtreclame, een opvallende voorbijganger – en het plaatje was niet in mijn gezichtsveld gekomen. Dan had Lea me nu niet laten staan.

Bij het naar buiten komen trilde haar gezicht, en toen ze naast me zat, barstte ze los; de angst Marie teleurgesteld te hebben; de angst haar talent te verliezen; de angst voor het volgende optreden. Ik stond in voor Marie, en langzaam ebden haar tranen weg. Ze kocht een tiental kaarten, we gingen op zoek naar postzegels, en nog diezelfde avond gooide ze drie kaarten voor Marie in de brievenbus. Ze probeerde te bellen om de kaarten aan te kondigen, maar er was niemand thuis. Ik boekte een vlucht voor de volgende dag, en na de landing in Zürich belde Lea Marie op. Thuis haalde ze de viool achter de kast vandaan en ging naar de eerste les sinds drie weken. Ze speelde de halve nacht. De koorts was terug.'

We stonden in de hal van het hotel, voor de lift. 'Welterusten,' zei ik, en Van Vliet knikte. De liftdeur ging open. Van Vliet ging voor het lichtslot staan. Ik wachtte terwijl hij naar woorden zocht.

'Ik zat toen in die aula en luisterde naar wat het belangrijkste in mijn leven was geworden, Lea's spel. Het eerste optreden, waar – ik voelde het – zoveel van afhing. En precies op dat moment speelt mijn fantasie me parten en zoekt een wereld zonder Lea, een wereld alleen met Marie. Kent u dat ook, dat uw fantasie op een beslissend moment afdwaalt en eigen, onbeheersbare wegen gaat, die je laten zien dat je ook nog een heel ander persoon bent dan degene die je denkt te zijn? Juist dan, als alles in de ziel mag gebeuren, alleen dat ene niet: verraad door de dwalende fantasie?'

11

Somerset Maugham kon me niet boeien. Ik legde het boek weg, opende het raam en luisterde aandachtig naar de geluiden in het donker van de nacht. Ik had niets weten te zeggen op de vragen van Van Vliet. Hij had zijn hoofd scheef gehouden en me met halfgesloten ogen aangekeken, ironisch, samenzweerderig en verdrietig. Daarna was hij de lift in gestapt en de deur was dichtgegaan. Was het alleen omdat de vraag zo onverwacht was gekomen? Of was het de verbluffende intimiteit geweest die me het spreken had belet, een intimiteit die nog veel verder ging dan dat ik zijn toehoorder was geworden?

Liliane. Liliane, die me tijdens het opereren het zweet van het voorhoofd depte. Liliane, die altijd wist wat de volgende handeling was, welk volgende instrument ik nodig had. Liliane, die met haar gedachten vooruitsnelde, zodat er geen woorden nodig waren en onze samenwerking in zwijgende harmonie verliep. Twee, drie maanden waren zo voorbijgegaan. Haar heldere, blauwe ogen boven het mondkapje, haar behendige, rustige handen, *grand*, het Iers accent, hoofdknikjes in de gang, het klepperen van haar houten slippers, mijn onnodige blik in de verpleegsterskamer, de sigaret tussen haar volle lippen, de ironische blik als antwoord, langer dan nodig, één bezoek in de kamer van de geneesheer-directeur, het altijd weer verrassende *grand*, zoals ik het in Dublin had gehoord, bij het naar buiten gaan iets te lang bij de deur, de heupbeweging, onbewust, onmerkbaar, een zacht, geluidloos sluiten van de deur dat als een verwachting was en een belofte.

En toen de spoedoperatie in de nacht van Leslie's geboorte. Eerst het uitgeputte gezicht van Joanne, het door zweet vastgeplakte haar, Leslie's eerste kreetje. Later thuis voor het open raam, sneeuwlucht boven Boston, onzekere gevoelens, nu was alles onomkeerbaar geworden. Dommelen in plaats van echte slaap. Toen het telefoontje van de spoedopname. Vijf uren met Liliane's blauwe ogen boven het mondkapje. Ik weet niet of het toeval was dat ze bij de uitgang stond toen ik naar buiten liep, ik heb het haar nooit gevraagd. Ik kan niet door de ochtendschemering lopen zonder eraan te denken hoe we samen naar haar huis liepen, dat tot mijn verbazing maar twee straten van het onze vandaan was. We liepen zwijgend, af en toe een blik wisselend, ik hoopte dat ze me een arm zou geven, in plaats daarvan haar kinderlijke huppelen, stoeprand op, stoeprand af, haar verontschuldigende en uitdagende glimlach, de ene tand onder het licht van de lantaarn iets witter dan de andere. Toen we op de treden voor haar huis zaten, schoof ze dichter naar me toe en legde haar hoofd tegen mijn schouder. Het kon gedeelde uitputting zijn en gedeelde tevredenheid over de goede afloop van de operatie. Het kon ook meer zijn. Onze witte adem smolt samen. 'Ik kan goede shakes maken,' zei ze zacht. 'Ik maak echt de beste shakes van de stad. Vooral mijn aardbeienshakes zijn legendarisch.' Het gedeelde lachen, het gemeenschappelijke schudden van het lichaam. In het trappenhuis bleef ik staan en sloot mijn ogen, de handen in de jaszakken tot vuisten gebald. Haar stem kwam van boven: 'Ze zijn echt goed, mijn shakes.'

Ze had iets van een zwerfkat, zoals ze daar op de bank zat, de benen over elkaar, het lichte haar losgemaakt, de reusachtige beker met het rietje tussen haar lippen. Er ging iets onafhankelijks en onrustigs van haar uit, iets dat zo anders was dan Joanne's doelgerichtheid en degelijkheid, die haar later tot een succesvolle zakenvrouw zouden maken. Wat lag er in haar buitengewoon geconcentreerd blauwe ogen? Was het toewijding? Ja, dat was het juiste woord, toewijding. Uit deze toewijding vloeiden de geconcentreerde bewegingen tijdens het werk voort, het voorvoelen van de dingen die ik als volgende nodig zou hebben, en toewijding zag ik ook als onze blikken elkaar boven het mondkapje ontmoetten. I cannot be awake, for nothing looks to me as it did before,/ Or else I am awake for the first time, and all before has been/ a mean sleep. Ze kende veel van Walt Whitman uit het hoofd, en ik vergat ruimte en tijd toen ze hem met gesloten ogen reciteerde, rokerige stem, melancholie en, ja, toewijding. Ik verlangde naar die toewijding, terwijl het licht werd achter de gordijnen en er steeds vaker trucks over de nabijgelegen snelweg voorbijdenderden. Midden in dit verlangen sloeg de paniek bij me toe, ik zag Joanne's vastgeplakte haar, *Thank God, it's over*, en ik hoorde Leslie's kreetje.

Ik was bang voor Liliane's toewijding zoals je alleen bang kunt zijn voor jezelf. Ik voelde dat ze iets heel anders zou zijn dan alles wat ik tot dan toe had meegemaakt met Susan, Joanne en een paar andere vluchtige relaties. Dat ik in haar zou verzinken en verdwijnen, om ooit weer wakker te worden, ver van Joanne en Leslie en, ja, ook ver van mezelf – of in elk geval ver van mezelf zoals ik mezelf tot dusver had gekend.

Nooit heb ik zo precies gevoeld wat wilskracht is als toen ik mijn ogen opende, Liliane aankeek en zei: "I have to leave, it's... I just have to." Haar blik werd onvast, haar lippen begonnen te trillen, zoals bij iemand die altijd geweten had dat hij zou verliezen en die, nu dat vaststond, er toch nog door werd verscheurd.

We stonden in de hal en legden voorhoofd tegen voorhoofd, de ogen gesloten, de handen achter de nek van de ander samengevouwen. Ik had het gevoel alsof we ieder achter het voorhoofd van de ander keken, als in een tunnel van gedachten, fantasieën en verwachtingen, een lange tunnel van onze mogelijke onmogelijke toekomst, we keken in de tunnel zoals we ons die voorstelden, het was de tunnel van de ander en tegelijkertijd die van onszelf, beide schoven in elkaar en versmolten, we liepen heel diep de tunnel in, daar waar hij vervaagde, onze adem in harmonie, de verleiding van de lippen, we beleefden, doorliepen, verbrandden ons gemeenschappelijke leven dat niet mogelijk was, omdat het voor mij niet mogelijk was.

Nog een week wiste Liliane tijdens het werk het zweet van mijn voorhoofd. Tot op een maandagochtend mijn secretaresse me een envelop bracht, twijfelend, want ze wist dat hij van Liliane was. Een klein velletje papier, eigenlijk niet meer dan een kladblaadje, lichtgeel: *Adrian – I tried, I tried hard, but I can't, I just can't. Love. Liliane.*

Ik heb geen foto van haar, en drie decennia hebben haar gelaatstrekken uitgewist. Maar twee scherpe herinneringsbeelden zijn bewaard gebleven, minder scherp in de zintuiglijke contouren dan in de uitstraling: aan tafel in de verpleegsterskamer, rokend, en op de bank met de benen over elkaar, het rietje tussen haar lippen. En ik heb een foto van de trap gemaakt waarop we toen, in de ochtendschemering, voor haar huis zaten. Voordat we Boston verlieten ben ik ernaartoe gereden en heb de foto gemaakt. Het had de hele nacht gesneeuwd, de sneeuw lag opgehoopt op balustrades en trappen. Een sprookjesbeeld. Op Leslie's verjaardag denk ik daaraan, altijd. Dat ik haar op die dag op een haar na had verraden.

Na een jaar belde Liliane me op in de kliniek. Ze was uit Boston vertrokken en naar Parijs gevlogen, naar *Médecins sans Frontières*. Missies in Afrika en India. Er ging een steek door me heen. Dat was misschien ook iets voor mij geweest. In de nacht na het telefoontje zei ik dat ik nachtdienst had en bleef in de kliniek. Het paste zo goed bij haar, zo ontzettend goed, en ik benijdde haar om de harmonie van haar rusteloze leven, de harmonie zoals ik me die voorstelde. Faces along the bar/ Cling to their average day:/ The lights must never go out,/ The music must always play... Ook deze regels van W.H. Auden had ze toen, op de bank, geciteerd. Ze hadden puur atmosferisch geklonken, persoonlijk, als achtergrondmuziek bij een schilderij van Edward Hopper. Pas later ontdekte ik dat ze bij een uitgesproken politiek gedicht hoorden, dat over de Duitse inval in Polen ging. En ook dat had gepast: in haar blauwe ogen lag behalve toewijding ook woede. Woede over de lafaards en boosdoeners in deze wereld. En dus had ze haar behendige, rustige handen en de snelheid van haar denken in dienst van de slachtoffers gesteld.

Met onregelmatige tussenpozen kwamen er nog meer telefoontjes. Het waren vreemde gesprekken, onsamenhangend en intensief, *grand*, ze sprak over honger en ander leed, dan weer beschreef ze haar stemming, alsof we toen in de hal elkaar niet alleen met onze voorhoofden hadden aangeraakt, maar ook met onze lippen. Ik vertelde haar de naam van de kliniek in Zwitserland waar ik zou gaan werken, en ook daarheen kwamen telefoontjes. Als ze me over Médecins sans Frontières vertelde, had ik daarna het gevoel op het verkeerde continent te leven. En toen we in Kloten landden, dacht ik: nu ben ik dichter bij haar. Dat was onzin, want ze kon overal zijn; maar ik dacht het toch. Ik schrok ervan en wierp een steelse blik op Leslie naast me. Toen de telefoontjes jaren later ophielden, belde ik op een dag naar Parijs en vroeg naar haar. Ze was tijdens een van haar missies dodelijk verongelukt. Toen werd me duidelijk dat ik al die tijd een leven met haar had geleid. De maanden waarin we niets van elkaar hadden gehoord en waarin ik ook niet echt aan haar had gedacht, veranderden daar niets aan. Ons gezamenlijke leven ging door, stil, naadloos en verzwegen.

Van Vliet's vraag voor de open lift had me van mijn stuk gebracht, want die had me duidelijk gemaakt dat ik dit verzwegen leven met Liliane nog steeds leefde, hoewel ik het allang voor niemand meer hoefde te verzwijgen. 'Un accident mortel' had die Fransman toen aan de telefoon gezegd. Iets in me moet geweigerd hebben er nota van te nemen, en dus ben ik met haar doorgegaan alsof ze haar zwervende leven nog voortzette, haar leven en mijn leven en ons leven.

Ik dacht aan het afscheid van Joanne, het definitieve afscheid op het vliegveld. 'I will say one thing for you, Adrian, you are a loyal man, a truly loyal man.' Ik weet niet waarom, maar het klonk alsof ze een karakterfout vaststelde waaronder ze had moeten lijden. Een beetje alsof ze had gezegd: een man zonder fantasie, een saaie piet. Ik was van plan geweest vanaf het panoramaterras te kijken hoe de vrouw met wie ik elf jaar getrouwd was geweest naar haar vaderland terugvloog. Maar de opmerking had me in verwarring gebracht, en ik deed het niet. Thuis haalde ik de foto van Liliane's huis met de besneeuwde trappen tevoorschijn.

Ik was met mijn kleren aan in slaap gevallen en had het koud. Vlak voordat ik wakker werd, zag ik Liliane op haar klepperende houten slippers door de gang van de kliniek lopen. Ze kleedde zich nu in batik en baadde in chintz.

Ik nam een douche, trok iets anders aan en liep in de ochtendschemering door Saint-Rémy. Voor Van Vliet's hotel bleef ik even staan. Ik maakte een paar foto's en ging nog even liggen, tot het tijd werd hem op te halen.

12

Het landschap van de Provence was in een schaduwloos, krijtachtig winterlicht gedompeld toen we wegreden. Elk fragment leek een reusachtige aquarel in kleuren die eruitzagen alsof ze met wit waren gemengd. Ik zag de van hitte zinderende, eindeloze wegen voor me, waarover ik met Joanne en Leslie door het westen van Amerika had gereden. 'Changing skies', een formulering die me meteen was bevallen omdat die de ervaring van de enorme afmetingen, die een typisch Amerikaanse ervaring is, in twee woorden tot uitdrukking brengt. Een dwingend licht vulde de hoge hemel, een licht dat niets dan het ogenblik liet gelden, niet de gedachten aan het verleden noch aan de toekomst, een licht dat je blind maakte voor de vraag waar je vandaan kwam en waar je naartoe ging, een licht dat alle vragen naar zin en samenhang onder zijn verblindende kracht verstikte. Wat een verschil met het discrete licht op deze ochtend! Aangenaam voor de ogen, zacht en welwillend, maar toch ook onbarmhartig, omdat het alles van de bedrieglijke betovering beroofde en elke kleinigheid, ook als het iets lelijks was, genadeloos zichtbaar maakte, zodat de dingen zich konden laten zien zoals ze werkelijk waren. Een licht dat geschapen was voor de rustige, onbevreesde, onkreukbare kennis van alle dingen, ongeacht of die nu vreemd of vertrouwd waren.

De kelner in het café van gisteren droeg zijn vest open, het hing slordig om hem heen, en hij had sigarettenas op zijn overhemd. Hij hoestte. Nee, ik zou niet met hem willen ruilen.

In Avignon leverde ik de huurauto in. Van Vliet hield me zijn autosleutel voor. Het was anders dan gisteren bij het weiland met de paarden in de Camargue. Daar had hij gezegd dat hij zich niet goed voelde, en je had aan misselijkheid kunnen denken. Nu had hij geen excuus nodig. Hij had niet eens een verklaring nodig. Hij gaf me gewoon de sleutel. En ik wist zeker dat hij wist dat ik wist waarom hij dat deed. Weer vielen onze gedachten samen. Zoals gisteren, toen de newfoundlander zijn hand had gelikt en we van elkaar wisten dat we aan de handen van Lea dachten, die voor alles bang waren geweest behalve voor dieren.

Naast ons op het parkeerterrein was een jong stel aan het ruziën, hij sprak Duits, zij Frans, het vasthouden aan de verschillende talen leek op zich al een oorlog.

'Met mij sprak Lea altijd Duits, met Cécile meestal Frans,' zei Van Vliet toen we wegreden, 'vooral als ze met haar over mij sprak. Zo veranderde mijn liefde voor het Frans van Cécile in een haat tegen het Frans van Lea.'

Lea had in de opwinding van haar vorderingen geleefd. Haar overwinningen bij het onder de knie krijgen van technische moeilijkheden volgden elkaar snel op. Ook de trillers werden beter. Vader en dochter woonden nu in een huis dat door de stortvloed van klanken steeds meer veranderde in een nieuwe woning, waarin steeds minder werd gesproken over Cécile's afwezigheid. Lea had daar minder last van dan haar vader. Af en toe, ogenschijnlijk zomaar ineens, wilde Lea alles over haar moeder weten. Van Vliet voelde dat ze haar met Marie vergeleek.

'Ik merkte dat er niets klopte van wat ik zei. Alles was fout. Merde. Na deze gesprekken lag ik wakker en dacht aan onze eerste ontmoeting in de bioscoop. Het was vlak na mijn promotie. *Un homme et une femme*, met Jean-Louis Trintignant, die vanwege een vrouw van de Côte d'Azur naar Parijs raast, een hele nacht lang. Cécile's parfum naast me rook alsof het ook het parfum van de vrouw op het witte doek was. De volgende dag heb ik de stad afgezocht tot ik het vond. Een parfum van Dior. In de pauze bleven we beiden zitten en mopperden over de hinderlijke gewoonte een film te onderbreken om ijs te verkopen. Op straat keken we elkaar iets langer aan dan toevallige bekenden. Te bedenken dat dit het moment was dat over alles besliste, ook over Lea, haar geluk en de catastrofe waarin het uitmondde. Bioscoop Royal in de Laupenstraße. Een warme zomeravond. Onze ogen werden een beetje vochtig. Mijn god.

"Martijn de romantische cynicus!" zei ze, toen ik bij onze volgende ontmoeting sprak over Trintignants onuitgeslapen gezicht tijdens de rit naar Parijs en dat hij, terwijl hij reed en reed, alles had gegeven, gewoon alles. "Ik wist niet dat zoiets echt bestáát!" Ze sprak mijn naam op zijn Frans uit, dat had nog niemand gedaan, en het beviel me. Maar cynicus? Ik weet niet waarom ze dat zei en of ze daarbij bleef. Ik heb het haar nooit gevraagd, ik heb haar trouwens veel belangrijke dingen niet gevraagd. Dat merkte ik toen Lea met haar vragen kwam.'

Marie was belangrijker dan alle anderen. Ook belangrijker dan haar vader. Alleen als er onenigheid met Marie was geweest en ze zich gekwetst voelde, wendde Lea zich weer tot hem, en dan wilde ze de dampende en druppelende spaghetti op het tennisracket zien, dat hij als vergiet gebruikte.

'Lea groeide nu snel, bijna schoksgewijs, het was duidelijk te zien dat ze de dochter van een lange vader was. Het werd tijd voor haar eerste hele viool. We reden naar Zürich, naar Luzern en naar een beroemde vioolbouwer in Sankt Gallen. Katharina Walther was gekrenkt omdat ik vond dat er niet genoeg keus was bij Krompholz. Marie voelde zich gepasseerd toen we met een instrument terugkwamen dat prachtig was om te zien en nog veel mooier klonk. Het kostte een vermogen en toen ik bij de bank was en mijn aandelen met verlies verkocht, vroeg ik me huiverend af waar ik mee bezig was. Ik voel vandaag de dag nog hoe ik met enige voorzichtigheid de eerste stappen op straat zette, alsof het asfalt onder me elk moment kon openbarsten. Iets in me was begonnen te schuiven, maar ik wilde het niet voelen en nam me in plaats daarvan voor thuis een feestje te organiseren.

We zaten samen aan de keukentafel om de lijst met genodigden te maken. Die lijst kwam er niet. Marie Pasteur bij ons thuis? En juist nu, na die verkilling? Lea perste haar lippen op elkaar en tekende met haar vinger figuren op het tafelblad. Ik was er blij om. Caroline? Ze kende ons huis, maar als gast op een feestje? Andere kinderen van school misschien? De hele klas, samen met de muziekleraar? Ik deed het notitieboekje dicht. We hadden geen vrienden.

Ik maakte rijst met saffraan, en na een zwijgzame maaltijd ging Lea naar haar kamer om op de nieuwe viool te oefenen. Hij had een warme, gouden klank, en na een paar minuten deed het er niet meer toe dat we geen vrienden hadden.'

Van Vliet ervoer Lea's eerzucht, haar fanatisme, ook haar kilheid, zodra iemand haar in de weg stond. Markus Gerber was allang uitgerangeerd. Een andere jongen werd verliefd op de veertienjarige en maakte de vreselijke fout zich voor zijn verjaardag een viool cadeau te laten geven. Lea's commentaar was meedogenloos. Bij zulke gelegenheden bevroor haar vader. Maar dan kwam ze thuis na een mislukte les bij Marie, huilde, vlijde zich tegen hem aan en was weer het kleine meisje dat zo nu en dan vreemde, enigszins onlogische dingen zei.

'En dan had je nog die toestand met Paganini. De grepen die hij vereist zijn onmenselijk, Lea liet me zien hoe ze moesten. Il Diablo, zoals ze hem noemden, had een ongelooflijk grote spreiding. En voor zulke handen schreef hij. Lea begon met rekoefeningen. Marie verbood het haar. Ze ging stiekem door, las boeken over Niccolò. Pas toen Marie haar een ultimatum stelde, hield ze op.

Ik wist dat het niet goed kon gaan, ik wist het de hele tijd al. Het fanatisme. De kilheid. De vreemde uitlatingen. Ik had met Marie moeten praten. Haar moeten vragen of ze niet ook merkte hoe gevaarlijk het werd. Maar ik... enfin, het was Marie, ik wilde niet... En ik wilde ook niet dat Lea's klanken uit de woning verdwenen, er zou een beangstigende stilte zijn gevallen. Maar later heb ik die gehoord, die beangstigende stilte, die doodse stilte. Vanavond zal ik die weer moeten horen.'

Met elke kilometer kwamen we er dichter bij, bij die stilte in zijn nieuwe en – zoals hij had verteld – kleine woning, die ik me, ik weet niet waarom, armoedig voorstelde, met een trappenhuis vol onaangename geurtjes. Onwillekeurig ging ik langzamer rijden.

'In de tijd voor het eerste concours waaraan ze zou deelnemen, werd ik tijdens de ochtendschemering wakker en dacht: ik ben mijn eigen leven vergeten, sinds Loyola de Colón denk ik alleen nog maar aan Lea's leven. Ongeschoren liep ik door de verlaten straten naar het station. Langzaam liep ik de nog stilstaande roltrap van toentertijd af en probeerde me voor te stellen hoe het was geweest voordat de vioolmuziek de regie over mijn leven had overgenomen. Kun je weten hoe het vroeger was, terwijl je weet wat er daarna kwam? Kun je dat echt weten? Of is wat je krijgt, het latere, verdoofd door de krampachtige gedachte dat 't het vroegere is?

Ik ging met de lift omhoog naar de universiteit en liep het instituut in, dat op dit vroege uur verlaten en stil was. Ik nam de post door en las mijn e-mail. Dat alles was bestemd voor iemand die ik was en toch ook niet meer was. Twee dringende vragen beantwoordde ik kort, daarna sloot ik mijn kantoor af. De titels voor mijn naam op de kantoordeur kwamen me die ochtend bijzonder belachelijk voor, ronduit aanstellerig. Buiten werd de stad wakker. Verward stelde ik vast dat ik naar Monbijou getrokken werd, de wijk waar ik in een huurkazerne ben opgegroeid. Het vergeten leven waarnaar ik op zoek was, bleek helemaal niet mijn professionele leven te zijn, maar het leven daarvoor en daarna.

De huurkazerne zag er nog precies zo uit als vroeger. Daar boven, op de derde verdieping, was mijn eerste beroepswens gerijpt: ik wilde valsemunter worden. Ik lag op bed en stelde me voor wat je daar allemaal voor moest kunnen. Het had er niets mee te maken dat mijn overgrootvader een frauduleuze Nederlandse bankier was die naar Zwitserland was gevlucht. Dat hoorde ik pas veel later. Bankbiljetten hadden me als kleine jongen al gefascineerd. Dat je in een winkel in ruil voor een stuk gekleurd papier bonbons kreeg, vond ik ongelooflijk. Ik was mateloos verbaasd dat ze ons niet achterna kwamen en opsloten toen we met de bonbons naar buiten liepen. Ik vond het zo ongelooflijk dat ik het steeds opnieuw moest uitproberen. Ik begon biljetten uit moeders geldkistje te stelen. Het was verrassend makkelijk en ongevaarlijk, want ze reisde met haar modieuze knippatronen het land door en was zelden thuis, net zo zelden als mijn vader, die met farmaceutische producten bij artsen de ronde deed. Later ging ik naar elke film die over vervalsen ging, ook het vervalsen van schilderijen. Ik was teleurgesteld en zat vol wrok toen de betaalgewoontes om me heen steeds ongrijpbaarder werden. Nauwelijks kon ik met een computer overweg of ik nam wraak met plannen voor een elektronische bankoverval. Het was ongelooflijk dat het nu alleen nog maar om het klikkend verschuiven van getallen ging, die niet eens echt bestonden. Ik vond dat nog ongelooflijker dan het geval met de bonbons.

Als mijn vader van zijn reizen als artsenbezoeker terugkwam, was hij uitgeput en geïrriteerd. Hij had geen kracht en zin om zich met zijn zoon bezig te houden, een kind dat niet gepland was. Maar we vonden toch een weg naar elkaar: schaken. Dan kon je bij elkaar zitten en hoefde je toch niet te praten. Mijn vader was een impulsieve speler met briljante invallen, maar zonder het uithoudingsvermogen ze door te zetten tegen een stugge, berekenende tegenstander als ik. Hij verloor steeds vaker. Wat ik nooit zal vergeten is dat hij nooit geïrriteerd raakte over zijn nederlagen, maar trots was op mijn overwinningen.

Ook in het ziekenhuis speelden we nog. Ik geloof dat hij blij was dat het gejakker van het vertegenwoordigersbestaan voorbij was toen zijn hart niet meer meewerkte. Hij maakte nog net mijn vroegtijdige promotie mee. Hij grijnsde. "Dr. Martijn van Vliet. Klinkt goed. Klinkt heel goed. Dat had ik niet gedacht, dat je het voor elkaar zou krijgen terwijl je toch altijd in schaakclubs rondhangt." Mijn moeder, wier knippatronen uit de mode waren geraakt, verhuisde naar een kleinere woning. Voordat ik na mijn wekelijkse bezoek afscheid nam, ging ik met een smoesje naar haar kamer en stopte een paar bankbiljetten in haar geldkistje. "Maar je hebt dat geld toch zelf nodig," zei ze zo af en toe. "Ik druk het," zei ik dan. "Martijn!" Ze maakte de geboorte van Lea nog mee. "Dat je nu vader bent!" zei ze. "Terwijl je toch altijd zo op jezelf was."

Op de Bundesterrasse speelden twee mannen schaak met reusachtige stukken die tot aan hun knieën reikten. Het waren de laatste zetten van de partij. De oude man zou verliezen als hij nu het voor de hand liggende deed en de aangeboden pion sloeg. Onzeker keek hij me aan. Ik schudde mijn hoofd. Hij ging langs de pion heen. De jongeman die onze zwijgende uitwisseling had gezien, keek me strak aan. Bij mij kun je dat maar beter niet doen; je kunt alleen verliezen.

Hij verloor de partij na vijf zetten, die ik de oude man dicteerde. Hij zou graag iets met me zijn gaan drinken, maar ik was op zoek naar mijn leven en liep verder over de Kirchenfeldbrücke naar mijn oude gymnasium. De leerlingen, die een kwart eeuw jonger waren dan ik, stroomden naar hun lessen. Verward stelde ik vast dat ik me buitengesloten voelde toen de deuren van de klaslokalen dichtgingen. Terwijl toentertijd het record spijbelen toch op mijn naam stond.

Ik liep de lege aula binnen, die naar dezelfde boenwas rook als toen. Hoeveel simultaantoernooien had ik hier niet gespeeld? Ik wist het niet meer. In totaal had ik maar drie partijen verloren. "Altijd tegen meisjes," zeiden ze grijnzend, "en altijd met korte rokjes."

Het liefst speelde ik tegen Beat Käser, de aartsvijand van Hans Lüthi, van wie ik aardrijkskunde had. Käser was een fantasieloos individu met een reusachtige onderkaak waarover de huid zich glanzend spande; hij was voor zijn gevoel vooral dat ene: officier van de generale staf. Het liefst zou hij in uniform en met een dolk les hebben gegeven. Aardrijkskunde bestond voor hem uit het van buiten leren van alle Zwitserse passen. Ik was vaker aan de beurt dan de anderen: "Vliet!" Daar reageerde ik uit principe niet op. Natuurlijk: als iemand Käser heet, is het bitter om zijn vijand Van Vliet te moeten noemen. Als hij het uiteindelijk deed, zei ik dat de Susten onder de Aare doorliep, of dat de Simplon Kandersteg met Kandersteg verbond. Ook hij verloor elke wedstrijd met blikken, en het was een feest om te zien hoe hij telkens maar niet kon geloven dat hij alweer had verloren. Hij haatte me, die man, en hij haatte me, denk ik, vooral vanwege mijn reputatie de brutaalste hond en de sluwste duivel van school te zijn, die je helaas moest nageven dat hij slimmer was dan menig leraar. Als ik tijdens een toernooi langs Käsers bord kwam, keek ik hem niet aan, fronste theatraal mijn wenkbrauwen en deed heel snel een zet. Hij heeft geprobeerd het attest van de arts aan te vechten dat me de militaire dienst bespaarde. Hij hield de symptomen voor gesimuleerd. Wat ze ook waren.

Later die ochtend reed ik naar Lea's school. Het was pauze toen ik aankwam. In plaats van, zoals ik me had voorgenomen, naar haar toe te gaan en haar te vertellen waarom ik zo vroeg van huis was weggegaan, bleef ik op enige afstand staan en keek naar haar. Ze stond bij de fietsen en wreef in gedachten verzonken met een hand over een stang. Nu denk ik dat dat doelloze wrijven een onopvallende voorbode was van de doelloze beweging die ik haar zag maken toen ik haar in het hospitium van Saint-Rémy achter het brandhout ontdekte.

Op dat ogenblik draaide ze zich om en liep naar een groepje scholieren die naar een meisje met een bos ravenzwart haar luisterden. Het meisje zag eruit alsof ze van paarden, kampvuur en harde gitaarmuziek hield. Een Jeanne d'Arc in het lichaam van een Californische collegegirl. Klara Kalbermatten uit Saas Fee. Ze kon haar mountainbike met één vinger optillen, en ook verder wekte ze de indruk dat ze tegen iedereen was opgewassen. Maar ze had die ene zwakke plek: haar naam. Of beter gezegd: de haat tegen haar naam. Ze wilde Lilli genoemd worden, Lilli en niets anders, en als iemand zich daar niet aan hield, vatte ze dat op als een oorlogsverklaring.

Er was een schril, onverzoenlijk contrast tussen de twee opgroeiende meisjes, dat op verschillende manieren tot uitdrukking kwam: hier Lilli's door de zon gebruinde, van gezondheid blakende huid; daar Lea's albasten tint, die haar er een beetje ziekelijk liet uitzien. Hier Lilli's sportieve manier van bewegen, die elk moment in een heupzwaai kon uitmonden; daar Lea's onbeholpen manier van staan en lopen, die de indruk kon wekken dat ze was vergeten waar ze haar ledematen had gelaten. Hier Lilli's open staalblauwe blik, waarbij de oogleden stilstonden en die de onverzoenlijkheid van een rechte lijn had; daar Lea's donkere, versluierde blik, die vanuit de schaduw van haar lange wimpers tevoorschijn kwam. Hier de robuuste, bronzen, alledaagse schoonheid van een surfende bergkoningin; daar de bleke, edele, breekbare schoonheid van een op de rand van de afgrond balancerende klankenfee. Lilli zou altijd strijden als was het High Noon op een stoffige, van hitte zinderende Main Street; Lea zou voorwenden dat ze de strijd niet eens aanging, om vervolgens met een bliksemsnelle, verraderlijke manoeuvre uit een schaduwrijke hinderlaag alles duidelijk te maken. Of was dat eerder mijn eigen achterbakse manier? Zou ze Klara Kalbermatten niet eerder met Cécile's elegantie dan met mijn sluwheid bestrijden? Met steken van een onzichtbare floret?

In de daaropvolgende uren liep ik langs de adressen waar ik als student had gewoond, en stond lang stil voor het gebouw van de oude schaakclub, die niet meer bestaat. Een deel van mijn studie had ik hierbinnen verdiend. Martijn de blindganger, Martijn de blindworm noemden ze me, omdat ik vaak tegen verschillende tegenstanders tegelijk speelde en de helft van het entreegeld incasseerde.

Eén keer, één enkele keer, onderging ik een fatale inzinking van mijn geheugen en verloor alle partijen van die avond. Daarna speelde ik een half jaar niet meer. Vaker dan anders ging ik 's avonds bij mijn ouders langs. Ze waren zo vreselijk, zo aandoenlijk trots dat ze een zoon hadden die studeerde en het leven met heldhaftige zelfstandigheid de baas werd. En ik verlangde er vurig naar dat ze dat allemaal voor één keer zouden vergeten en sterke, beschermende ouders voor een zwakke, weifelende zoon zouden zijn, één avond lang, één enkele avond maar. De waarschuwende brieven van school had ik steeds onderschept, als sleutelkind heb je de macht over de brievenbus. Hoe moesten ze weten dat niet alles was wat het leek?

Het was inmiddels vroeg in de middag. Lea zou zo thuiskomen, en ik had daar moeten zijn. Maar ik wilde naar de bioscoop, ik wilde ook deze herhaling van het voorbije: in de vroege middag bij stralend weer, voor de eerste voorstelling in de donkere bioscoopzaal gaan zitten en genieten van het gevoel iets te doen wat niemand anders deed.'

Ik zag Tom Courtenay lopen en triomfantelijk voor de eindstreep op de grond zitten, vroeg in de middag, laat in de middag en tijdens de late voorstelling.

'Ik zag niets van de film. Eerst dacht ik dat dat kwam doordat Lea weer een leeg huis zou aantreffen, net als die ochtend. Maar langzamerhand werd het me duidelijk dat het om iets groters ging: ik stelde me voor hoe het zou zijn als Lea helemaal niet bestond. Als ik niet voor haar hoefde te zorgen. Niet hoefde te koken. Niet bang te zijn voor een nieuwe uitbraak van eczeem. Geen geoefen horen. Geen plankenkoorts. Ik stelde me voor dat ik een nacht zou doorrijden en dan voor de deur van Marie Pasteur zou staan. Ik rende de bioscoop uit en reed naar huis.'

13

Bij Valence reden we een parkeerterrein op, zodat ik mijn benen wat kon strekken. Een ijzige mistral blies het Rhônedal in. Praten was niet mogelijk. We stonden daar met wapperende broeken, de snijdende wind in het gezicht, dat door de koude droogte begon te branden. 'Kunnen we in Genève even stoppen?' had Van Vliet zojuist gevraagd. 'Ik wil naar een boekhandel. Payot in Bern bestaat immers allang niet meer.'

Hij wilde het moment uitstellen waarop hij zijn woning zou binnenkomen en de stilte moest aanhoren, de afwezigheid van Lea's klanken. 'De stilte, die is met me mee verhuisd,' had hij over de nieuwe woning gezegd.

Er was, dacht ik, een praktische reden voor de verhuizing: hij woonde nu alleen. Misschien had hij ook geprobeerd om aan het verleden te ontsnappen. En toch had er iets in zijn stem gelegen, een ressentiment, alsof iemand hem had gedwongen naar de kleinere woning te verhuizen. Alsof er een instantie was die macht over hem uitoefende. Het moest een machtige instantie zijn, dacht ik. Van Vliet was geen man die je zo maar uit zijn woning joeg.

'Dan was er nog die muziekleraar,' zei hij toen we verder reden. 'Josef Valentin. Een onopvallende, bijna onzichtbare man. Klein, muisgrijze kostuums, vest, kleurloze stropdassen. Dun haar. Alleen zijn ogen waren bijzonder: donkerbruin, altijd min of meer verbaasd kijkend, geconcentreerd. En hij droeg een te grote zegelring, waar iedereen de spot mee dreef omdat die helemaal niet bij hem paste. De leerlingen noemden hem Joe – een onmogelijke naam voor hem, daarom noemden ze hem zo. Als hij op het podium stond en het leerlingenorkest dirigeerde, liep hij steeds het risico het publiek op de lachspieren te werken, hij was gewoon te klein en te mager, elke beweging wekte de indruk dat hij protesteerde tegen zijn nietigheid. Maar als hij achter de piano ging zitten, week het gegiechel voor een respectvolle stilte. Dan waren zijn handen zo snel en krachtig dat zelfs de ring gerechtvaardigd leek.

Hij hield van Lea. Hield van haar met heel zijn schuwe wezen, dat alleen in de muziek naar buiten durfde te treden. Oude man houdt van mooi meisje – op een of andere manier was dat het natuurlijk, en toch ook weer niet. Hij kwam nooit te dicht in haar buurt, integendeel, hij deinsde achteruit als ze verscheen, het was een afstand van bewondering en onaanraakbaarheid, en ik geloof dat hij buiten zichzelf had kunnen raken als hij zou hebben gezien dat iemand Lea lastigviel. "Hij noemt Lilli juffrouw Kalbermatten," vertelde Lea. "Ik heb het gevoel dat hij dat voor mij doet." Na het eindexamen sprak ze soms over hem. Daaraan merkte je dat ze zijn aanrakingsloze genegenheid en bewondering miste.

Hij en Marie mochten elkaar niet. Geen vijandschap. Maar ze vermeden het elkaar bij de schoolconcerten te begroeten. Als ze in één ruimte waren, kon je zien dat ze dachten: het was beter geweest als de ander niet bestond.

Lea werd met elk schoolconcert beter. Een fout zoals bij het rondo maakte ze nooit meer. Aan de rode vlekken in haar hals voor het optreden veranderde niets, en in de pauzes veegde ze zonder mankeren haar hand aan haar jurk af. Maar haar zekerheid groeide. Toch leed en beefde ik bij elke moeilijke passage, want ik kende ze allemaal van thuis.

Op haar zestiende speelde ze met het leerlingenorkest het vioolconcert in E groot van Bach. Ze vertelde met vertrokken mond over de repetities. Het meisje dat in het orkest eerste viool speelde, was twee jaar ouder dan Lea. Ze noemde zichzelf "concertmeester" en vond het bijna onverdraaglijk dat Lea de soliste was. Haar instrument klonk minder goed dan dat van Lea. Toen ze na het concert tegenover me stond, keek ze me aan met een blik die zei: het is alleen maar omdat u de poen had om zo'n instrument voor haar te kopen.

Er zaten twee foutjes in Lea's spel, die Marie ineen deden krimpen. Toch was het een schitterend optreden met daverend applaus en stampvoeten. Marie had tranen in haar ogen en pakte me bij de arm zoals ze dat nog nooit had gedaan. Iemand maakte een foto van Lea in de lange, rode jurk, die ze met Marie had uitgezocht.' Van Vliet slikte. 'Het is een van de foto's waarvan ik aan het einde niet wist of ik ze moest weggooien, verscheuren, of gewoon opbergen.'

Voordat we bij Lyon richting Genève reden, doorbrak Van Vliet de stilte: 'Joe meldde Lea aan voor het concours in Sankt Moritz. Had hij dat maar niet gedaan... Had hij dat maar niet gedaan!'

14

De laatste twee weken voor het concours, vertelde hij, kreeg Lea vrij van school. De meeste tijd bracht ze bij Marie door, die alle andere lessen had afgezegd. Ze studeerden een sonate van Bach in. Ze luisterden steeds weer opnieuw hoe Yitzhak Perlman die speelde. Soms werkten ze tot diep in de nacht en dan bleef Lea bij Marie slapen. 'Zijn Stradivari – daartegen maak je geen kans,' zou ze een keer over Perlman's viool hebben gezegd. Dat moeten woorden zijn geweest die bij Van Vliet nagalmden.

Hij droomde dat het eczeem weer was teruggekomen, en soms werd hij badend in het zweet wakker omdat hij Lea op het podium zag staan terwijl ze zich tevergeefs de volgende maten probeerde te herinneren.

'We arriveerden twee dagen voordat het concours in Sankt Moritz begon. Het was eind januari, het sneeuwde onophoudelijk. Lea's kamer lag tussen die van Marie en de mijne. In de balzaal van het hotel waren ze net klaar met de opbouw van de techniek. We schrokken toen we de televisiecamera's zagen. Lea liep het podium op en bleef daar lang staan. Af en toe veegde ze haar handen af aan haar jurk. Ze wilde nu oefenen, zei ze toen, en ging met Marie naar boven.

Ik kan de sneeuw van toen nog op mijn gezicht voelen. Die heeft me geholpen die dagen door te komen. Ik huurde langlaufski's en was uren onderweg. Cécile en ik hadden dat vaak gedaan. Zwijgend hadden we naast elkaar ons spoor door de hoge sneeuw getrokken, ver van de gebruikelijke routes. Het was op een van die tochten dat we voor het eerst over kinderen hadden gesproken.

Kinderen waren voor mij uitgesloten, zei ik. Cécile bleef staan. "Maar waarom dan?"

Ik was al lang op die vraag voorbereid. Met mijn handen op de stokken leunend, het hoofd gebogen, sprak ik de zinnen uit die ik van tevoren had bedacht.

"Ik wil die verantwoordelijkheid niet. Ik weet niet hoe dat moet, de verantwoordelijkheid voor iemand op me nemen. Ik weet dat nog niet eens voor mezelf."

Ik ben nooit verder gekomen dan dat soort zinnen. Ik weet tot op de dag van vandaag niet wat Cécile met die zinnen heeft gedaan. Of ze ze heeft begrepen; of ze ze serieus heeft genomen. Toen ze me ruim een jaar na de bruiloft vertelde dat Lea onderweg was, schrok ik me dood. Maar ze was mijn anker geworden, en ik wilde haar niet verliezen.

Het was negen jaar geleden dat ik de deur van haar ziekenhuiskamer voor het laatst achter me had dichtgedaan, zachtjes, alsof ze het nog kon horen. "Je moet me beloven dat je goed op Lea..." had ze de dag ervoor gezegd. "Ja," onderbrak ik haar, "ja, natuurlijk." Daarna had ik er spijt van dat ik haar niet had laten uitpraten. Ook nu, terwijl de opkomende wind sneeuwvlokken in mijn gezicht joeg, verstikte het me. In een halsbrekend tempo gleed ik terug naar het hotel.

Bij haar eerste optreden was de plankenkoorts iets geweest wat Lea had overvallen als een ziekte waartegen je niets kunt doen. In de zes jaren die inmiddels waren verstreken, had ze geleerd die te slim af te zijn door, als er een optreden voor de deur stond, allerlei andere dingen te doen die haar aandacht opeisten. En als het om een optreden op school ging, hielp het haar, tot mijn verbazing, als Klara Kalbermatten met haar kliek in het publiek zat. Lilli was woedend over de glans die Lea aan een feest kon geven. Ze won weliswaar elke wedstrijd op de sintelbaan en in het zwembad, maar ze voelde dat dat niet voldoende tegenwicht bood. Lea wist dat, en als ze zag hoe Lilli in afgedragen kleren op de eerste rij onderuit ging zitten, verloor ze alle verlegenheid, genoot van de situatie en overwon alle technische moeilijkheden alsof ze niet bestonden.

In Sankt Moritz was alles anders. Als ze dit concours zou winnen, kon ze aan een carrière als soliste gaan denken. Ik was tegen zo'n carrière. Ik wilde niet hoeven toekijken hoe Lea door plankenkoorts, door woede over recensies en door angst om haar klamme handen werd verteerd. Maar ik wilde me vooral niet elke keer zorgen hoeven te maken over haar geheugen. En er was reden voor zulke zorg. Er was sinds de fout tijdens het rondo nooit iets ernstigs voorgevallen, niets wat je met mijn inzinking tijdens het schaken had kunnen vergelijken. De klanken waren nooit door een plotseling vergeten opgeslokt, haar vingers waren nooit verstijfd omdat ze niet wisten waar ze heen moesten. Maar één keer, toen ze een sonate van Mozart speelde, was ze met het derde deel vóór het tweede begonnen, en één keer leek het alsof ze dacht dat ze na het tweede klaar was. Joe achter de vleugel had zichzelf wonderbaarlijk onder controle en ontdeed de vergissing van haar pijnlijkheid met een warme, vaderlijke glimlach. "Pardon," had Lea gezegd.

Ik had erover gedroomd en ik wilde dit "Pardon" nooit meer horen. Nooit meer.

Onder de kroonluchters van de eetzaal van het hotel zaten alle tien deelnemers van het concours en deden alsof ze niet op elkaar letten. Ze zaten op grote afstand van elkaar, en zij die de dag erna zouden proberen elkaar met hun viool te overtroeven, spraken, vond ik, overdreven levendig en ijverig met hun begeleiders, alsof ze wilden laten zien dat ze zich op geen enkele manier bezighielden met de aanwezigheid van hun concurrenten.

Lea zweeg en wierp zo nu en dan een blik op de andere tafels. Ze droeg de hooggesloten zwarte jurk die ze samen met Marie had gekocht terwijl ik in de sneeuw op pad was. Het was de jurk die ze ook bij haar optreden zou dragen. De hoge kraag zou de rode vlekken van opwinding in haar hals bedekken. Lea kon de vlekken plotseling niet meer verdragen, daarom hadden ze de schouderloze jurk, die ze eigenlijk had willen dragen, laten hangen en waren op zoek gegaan naar iets anders. De nieuwe jurk gaf haar hoofd met het opgestoken haar iets van de strengheid van een non, wat me aan Marie Curie deed denken.

We waren de eersten die de eetzaal verlieten. Toen Lea de deur van haar kamer achter zich had dichtgetrokken, stond ik met Marie in de gang. Het was de eerste keer dat ik haar zag roken.

"U wilt niet dat Lea wint," zei ze.

Ik kromp ineen, alsof ik tijdens een diefstal was betrapt.

"Ben ik zo makkelijk te doorzien?"

"Alleen als het om Lea gaat," zei ze glimlachend.

Ik had haar graag gevraagd wat ze zelf wilde en wat ze over Lea's kansen dacht. Eigenlijk had ik haar van alles willen vragen. Ze moet dat aan me gezien hebben, want ze trok haar wenkbrauwen op.

"Nou, tot morgen dan," zei ik en liep weg.

Vanuit het raam van mijn kamer keek ik over het nachtelijke, ondergesneeuwde Sankt Moritz. Uit Lea's kamer naast me kwam nog licht. Ik herhaalde de zinnen die ik tegen Cécile over verantwoordelijkheid had uitgesproken. Ik had geen idee wat goed was. Het begon al licht te worden toen ik eindelijk in slaap viel.'

15

Toen we naar Genève reden, viel onder donkere wolken de vroege schemering in. Van Vliet was in slaap gevallen, zijn hoofd naar me toegedraaid. Hij rook naar alcohol en tabak. Terwijl hij over Lea's optreden in Sankt Moritz had verteld, had hij de heupfles tevoorschijn gehaald en zijn sigaret aan de vorige aangestoken. In mijn eigen auto mag niemand roken, ik kan er niet tegen. Het is vooral erg als ik weinig heb geslapen. Ik kreeg bijna geen lucht en kon de rook in mijn kleren al ruiken. Maar nu maakte het niets uit. Op een of andere manier maakte het niets uit.

Ik keek naar hem. Hij had zich die morgen niet geschoren en droeg hetzelfde overhemd, met de kraag waaraan hij gisteren had getrokken toen hij schold op de toeristen die Van Gogh's kamer in het hospitium wilden zien. Een ongestreken, duizend keer gewassen overhemd van een onbestemde kleur, de drie bovenste knopen open. Een verkreukeld zwart jasje. Hij ademde tegelijk door mond en neus, en een zacht gereutel begeleidde de ademhaling, die hem moeite leek te kosten.

Met gesloten ogen zag hij eruit alsof hij bescherming nodig had. Helemaal niet als iemand die valsemunter had willen worden en die op de Bundesterrasse een schaaktegenstander had verpletterd omdat die het had gewaagd hem strak aan te kijken, maar eerder als iemand die bang was geweest voor Ruth Adamek, hoewel hij dat nooit zou toegeven. En vooral als iemand die niet de verantwoordelijkheid voor een kind op zich had willen nemen omdat hij het gevoel had dat hij niet eens de verantwoordelijkheid voor zichzelf op zich kon nemen. En als iemand die door de woorden van dr. Meridjen als door zweepslagen was geraakt, zodat hij alleen nog over hem als 'de Maghrebijn' kon spreken.

Ik probeerde me Tom Courtenay slapend voor te stellen, en vroeg me af hoe het zou zijn als hij met een dochter samenwoonde die door een gevaarlijke passie voor het vioolspel werd verteerd. Van Vliet was daardoor al zijn zekerheden kwijtgeraakt. 'Zelfs in het laboratorium leek ik steeds minder de weg te kennen,' had hij gezegd.

De kandidaten van het concours hadden in alfabetische volgorde gespeeld. Dat betekende dat Lea als één na laatste aan de beurt was.

'Ze zag bleek en glimlachte schuchter toen ze met ons aan de ontbijttafel ging zitten. Niemand werd gedwongen om naar de concurrenten te luisteren, maar Lea maakte een afwijzend gebaar toen ik voorstelde om in plaats daarvan een wandeling te maken. Door mij liet ze zich die dag niets zeggen, en ik betrapte me op een gegeven moment op de gedachte het hotel zonder verklaring te verlaten, naar Kloten te rijden en op het eerste het beste vliegtuig te stappen. In werkelijkheid zat ik elke minuut naast haar nadat het licht boven het publiek was uitgegaan. We wisselden niet één woord en keken elkaar ook niet aan, en toch wist ik elke seconde wat Lea dacht. Ik hoorde het aan haar ademhaling en voelde het aan de manier waarop ze daar zat en zich op haar stoel bewoog. Het waren kwellende uren en tegelijkertijd uren waarin ik gelukkig was over de intimiteit die door dit woordeloos ontcijferen van haar innerlijk ontstond.

Het spel van de eerste twee kandidaten was stijfjes en nietszeggend. Ik voelde hoe Lea ontspande. Ik was opgelucht dat te voelen. Maar in tweede instantie schrok ik van de wreedheid die zich achter die ontspanning verborg. Vanaf dat moment werd ik beheerst door dit soort tegenstrijdige gevoelens. De zwakke punten van de anderen betekenden hoop, en de opluchting die in Lea's diepe ademhaling hoorbaar werd, betekende wreedheid.

Hoe was het, als ik tegen iemand schaakte op het moment dat het erop aankwam? Ik zag mijn vader voor me, hoe hij met zijn met levervlekken bedekte hand een zet deed. "Hoe doe je dat toch," zuchtte hij met gespeelde berusting als hij zag dat de nederlaag niet meer af te wenden was. Eén keer, toen ik mijn eigen nederlaag zag aankomen en de koning liggend liet capituleren, greep hij snel en heftig het schaakstuk en zette het rechtop. Hij was er de man niet naar om zoiets te kunnen uitleggen. Maar zijn gezicht zag er ineens wit en star uit, als in marmer gehouwen, en toen begreep ik dat hij achter zijn matheid en zijn verveling een onverzettelijke trots verborg. Op zijn zwijgzame, uitgeputte manier had hij me geleerd hoe het is om te willen winnen zonder dat die wil bereid is tot wreedheid. Er waren meer dan twintig jaar verstreken sinds hij me in de ziekenhuiskamer voor het laatst een hand had gegeven, steviger dan anders, alsof hij voelde dat hij die nacht zou sterven.

Nog nooit had ik hem, die ik woordeloos – ook innerlijk woordeloos – kwalijk had genomen dat hij er nooit was geweest, zo gemist als op dit moment, nu ik naast mijn dochter zat die gespannen op het falen van de anderen hoopte. Hoe geef je ervaringen aan je kinderen door? Wat doe je als je een wreedheid bij hen ontdekt die je aan het schrikken maakt?

Twee van de vijf kandidaten die 's morgens hadden gespeeld, waren niet bij de lunch verschenen. De drie anderen bogen zich verlegen en stil over hun bord. Ze moesten gemerkt hebben dat ze niet fameus hadden gespeeld, en nu moesten ze de blikken van de anderen verdragen die het ook hadden gehoord. Ik keek van de een naar de ander. Kinderen die als volwassenen hadden gespeeld en nu weer als kinderen hun soep oplepelden. Mijn god, dacht ik, wat wreed.

De ouders wisten ook dat het niet voldoende was geweest. Een moeder streek haar dochter over het haar, een vader legde de hand op de schouder van zijn zoon. En toen, heel plotseling, besefte ik dat het altijd wreed is als de blikken van anderen op ons rusten; zelfs als het welwillende blikken zijn. Ze maken toneelspelers van ons. We mogen er niet meer voor onszelf zijn, we moeten er voor de anderen zijn, die ons van onszelf wegvoeren. En het ergste is dat we een heel bepaald iemand moeten zijn. De anderen verwachten dat. Terwijl we dat misschien helemaal niet zijn. Misschien willen we juist níet een bepaald iemand zijn en willen we ons achter een aangename vaagheid verstoppen.'

Ik dacht aan Paul's verbijsterde blik boven het mondkapje, die me vanbinnen had laten verschrompelen. En aan het gezicht van de verpleegster die haar blik had neergeslagen. Dat ze het niet had verdragen om me op een moment van zwakte te zien, was nog erger geweest dan Paul's ontzetting.

'De middag begon met een verrassing. Een meisje met de sprookjesachtige naam Solvejg betrad het podium. Haar sproetige gezicht leek geen glimlach te kennen. De jurk hing als een zak om haar heen, en haar armen waren erbarmelijk mager. Onwillekeurig verwachtte ik een krachteloze streek en een iele klank die ons pijnlijk zou raken.

En vervolgens die explosie! Een Russische componist, ik kende zijn naam niet. Een vuurwerk met adembenemende positiewisselingen, glissandi en dubbelgrepen. Het haar van het meisje, dat er ongewassen en sprietig had uitgezien, wapperde plotseling, de ogen sprankelden, en haar tengere lichaam bewoog soepel mee met de muzikale spanning. Er heerste volmaakte stilte. Het applaus overtrof alles wat we die morgen hadden gehoord. Het was voor iedereen duidelijk: het concours was nu pas echt begonnen.

Lea had geen vin verroerd. Ik hoorde haar niet ademen. Ik keek Marie aan. Ja, leek haar blik te zeggen, met haar zal ze worden vergeleken. Lea sloot haar ogen. Langzaam wreef ze haar duimen over elkaar. Ik had de neiging haar over het haar te strijken en een arm om haar schouder te leggen. Wanneer was ik begonnen dit soort neigingen te onderdrukken? Wanneer had ik mijn dochter eigenlijk voor het laatst omhelsd?

Nog twee kandidaten voordat zij aan de beurt was. Het meisje struikelde over de zoom van haar jurk, de jongen veegde steeds zijn hand aan zijn broek af, op zijn bleke gezicht zag je de angst dat zijn vochtige vingers op de snaren zouden kunnen uitglijden. Lea ontspande. Marie sloeg haar benen over elkaar. Toen de jongen begon te spelen, liep ik weg.

Toen ik was opgestaan, had ik Lea noch Marie aangekeken. Er viel niets uit te leggen. Het was een vlucht. Een vlucht voor de beklemming van deze kinderen, die iemand had wijsgemaakt dat het belangrijk was hier naartoe te rijden en zich aan de blikken en oren van de concurrenten en juryleden bloot te stellen. De oudste was twintig, de jongste zestien. JEUNESSE MUSICALE, de stad hing vol met die letters, die er mooi en vreedzaam uitzagen, een gouden laagje over op de loer liggende angst, wurgende eerzucht en klamme handen. Terzijde van de straat ploegde ik door de hoge sneeuw. Toen ik in de verte een rij wachtende taxi's zag, dacht ik weer aan Kloten. Lea zou vanaf het podium mijn lege plaats zien. Ik koelde mijn gezicht met sneeuw. Toen ik een half uur later met natte broekspijpen de zaal binnenliep, zat Lea al in de wachtruimte. Marie zei niets toen ik ging zitten.'

16

'Het was zes jaar geleden dat ik in de aula van de school had gezeten en Lea voor het eerst op het podium had zien staan. Is het voor iedereen zo dat een grote angst nooit verdwijnt, maar zich alleen achter de coulissen terugtrekt, om later ineens weer tevoorschijn te komen, ongebroken in zijn macht? Geldt dat ook voor u? En waarom is het met vreugde, hoop en geluk anders? Waarom zijn de schaduwen zo veel machtiger dan het licht? Kunt u me dat, verdomme nog aan toe, uitleggen?'

Zijn blik had, denk ik, vol ironie moeten zijn – de blik van iemand die ook tegenover zijn verdriet en vertwijfeling nog afstand kan bewaren. Een blik zoals voor de open lift, gisteravond. Een blik als die van Tom Courtenay, als hij de enige was voor wie er op bezoekdagen niemand kwam. Maar Van Vliet miste de kracht, en het werd een blik vol pijn en onbegrip, de blik van een jongen die in de ogen van zijn vader naar steun zoekt. Alsof ik iemand ben bij wie je met zo'n blik aan het juiste adres bent.

'Je bent zo sterk in je witte jas,' had Leslie ooit gezegd, 'en toch kan niemand zich aan je vasthouden.'

Ik was blij dat we een slagboom naderden en ik naar geld voor de tol moest zoeken. Toen we doorreden, klonk Van Vliet's stem weer zekerder.

'Toen de lichten uitgingen en Lea het podium betrad, maakte Marie in het donker met haar duimen een kruisteken. Misschien was het alleen verbeelding, maar de stilte leek nog volmaakter te zijn dan voor het optreden van de anderen. Het was de stilte van een kruisgang, dacht ik, een onzichtbaar belegerde kruisgang. Misschien dacht ik dat ook omdat Lea in de hooggesloten zwarte jurk en met het opgestoken haar eruitzag als een novice, een meisje dat alles achter zich had gelaten en zich helemaal aan de heilige mis van klanken had overgeleverd.

Langzamer dan ik het van haar kende legde ze de witte doek over de kinsteun van de viool, controleerde, corrigeerde, controleerde nog een keer. De seconden duurden eindeloos lang. Ik dacht aan het rondo en aan Lea's bekentenis dat ze de viool het liefst het publiek in had geslingerd. Nu controleerde ze nog een keer de spanning van de strijkstok, toen sloot ze haar ogen, pakte de eerste greep en zette de strijkstok op de snaren. Het licht van de schijnwerpers leek nog een beetje feller te worden. Wat nu volgde, zou over Lea's toekomst beslissen. Ik vergat te ademen.

Dat mijn dochter die muziek kon spelen! Muziek van zo'n grote zuiverheid, warmte en diepte! Ik zocht naar een woord, en na een poosje vond ik het: sacraal. Ze speelde de sonate van Bach alsof ze met elke afzonderlijke noot aan een heiligdom bouwde. De klanken waren even vlekkeloos: zeker, zuiver en onverstoorbaar doorsneden ze de stilte, die, naarmate het optreden langer duurde, nog groter en dieper leek te worden. Ik dacht aan de muziek van Loyola de Colón in het station, aan Lea's eerste krassende tonen in onze woning, aan de zekerheid die Marie's tonen tijdens de eerste ontmoeting hadden gehad. Marie wiste met een zakdoek het zweet van haar gezicht. Ik rook haar parfum en voelde de warmte van haar lichaam. Zij was degene die van mijn kleine dochter een vrouw had gemaakt die de balzaal van het hotel met deze overweldigende schoonheid wist te vullen. Ik pakte even haar hand en ze beantwoordde mijn druk.'

Van Vliet dronk. Een paar druppels liepen over zijn kin. Het klinkt misschien vreemd, maar door deze druppels, dit teken van gebrek aan controle, voorvoelde ik hoe vreselijk de val geweest moest zijn die van dat glansrijke moment in de balzaal van Sankt

Moritz tot aan Lea's verblijf in het hospitium van Saint-Rémy had geleid, waar Van Vliet zijn dochter achter de stapel brandhout had zien zitten terwijl ze gedachteloos met haar duim over de top van haar wijsvinger wreef. 'Elle est brisée dans son âme,' had de dokter gezegd. De Maghrebijn.

'Zoals gezegd, sacraal,' vervolgde Van Vliet en zweeg toen weer een poosje. 'Later, toen ik meer wist, dacht ik soms: ze speelde alsof ze een denkbeeldige kathedraal voor zichzelf bouwde, waarin ze zich ooit geborgen kon voelen, als ze het leven niet meer aan zou kunnen. Vooral tijdens de reis naar Cremona heb ik dat gedacht. En toen heb ik daar in de dom gezeten, alsof het die denkbeeldige kathedraal was.' Hij slikte. 'Het was prettig om over deze dwaze gedachte na te denken, telkens opnieuw, 's morgens, 's middags en 's avonds. Het was alsof ik daardoor in contact kon komen met de zonderlinge manier waarop Lea inmiddels dacht en voelde. Ja, soms heb ik, in een verborgen en afgesloten kamer van mijn innerlijk, Lea om de eigenzinnigheid benijd die haar wegvoerde van alles wat normaal en verstandig was. In een droom zat ik met haar achter het brandhout in Saint-Rémy. De contouren van alle dingen, ook die van ons, vloeiden in elkaar over en losten op als op een aquarel met fletse, te sterk verdunde kleuren. Het was een kostbare droom, die ik die dag zo lang mogelijk probeerde vast te houden.'

En dat was de man, dacht ik, die door de boeken over Marie Curie en Louis Pasteur was gered, de man die door zijn wetenschappelijke, algoritmische verstand het tot jongste hoogleraar aan de universiteit van Bern had gebracht.

'Lea maakte een buiging. Ik dacht terug aan haar eerste buiging, destijds na het rondo. Ik heb u verteld waarom me dat toen ongerust had gemaakt: ze boog alsof de wereld geen andere keuze had dan haar te bejubelen; alsof ze het applaus kon opeisen. De jonge vrouw, die de plaats van het kleine meisje had ingenomen, eiste hetzelfde. Maar nu vond ik dat nog veel gevaarlijker dan toen: het kleine meisje, dacht ik, had je nog kunnen uitleggen dat het publiek zich een eigen oordeel vormt; de zeventienjarige Lea, zoals ze daar op het podium van de balzaal stond, had niemand dat kunnen uitleggen, absoluut niemand.

Was het applaus luider en duurde het langer dan bij Solvejg? Ik wist dat Lea, terwijl ze haar korte, bijna gebiedende buigingen maakte, die toch iets onbeholpens hadden, alleen aan deze ene vraag zou kunnen denken. Dat ze elke seconde in de angstige hoop leefde dat het applaus onverminderd tot de volgende seconde zou duren en ook daarna nog zou doorgaan, seconde na seconde, totdat er geen twijfel meer bestond dat het het lange, enthousiaste applaus na het optreden van Solvejg had overtroffen.

Dat was wat ik mijn dochter graag had bespaard: dit ademloze luisteren naar het publiek, dit hunkeren naar applaus en erkenning, deze verslaving aan bewondering en het gif van de ontgoocheling als het applaus zwakker en korter uitviel dan men had gehoopt.

Haar gezicht was met een dun laagje zweet bedekt toen ze zich later bij ons voegde. Alexander Zacharias, de laatste kandidaat, hoefde ze niet te horen, zei ze met een beslistheid waarachter de angst en de kwetsbaarheid te voelen waren. En toen verlieten we het hotel en liepen de sneeuwjacht in. Marie noch ik durfde te vragen wat ze zelf van haar optreden vond. Eén verkeerd woord en ze zou uit haar vel springen. Terwijl de sneeuw onder onze schoenen knerpte, dacht ik weer aan het moment in het station van Bern, waarop de kleine Lea zich plotseling had verzet toen ik probeerde haar naar me toe te trekken.

"Ik zou graag zoals Dinu Lipatti zijn," zei ze na een poosje. Later vertelde Marie me over de Roemeense pianist, en we vroegen ons af wat Lea daarmee bedoeld kon hebben. Had ze hem met George Enescu, de Roemeense violist, verwisseld? Ik kocht een plaat van Dinu Lipatti. Toen ik die in de lege woning beluisterde, probeerde ik me voor te stellen hoe Lipatti als violist zou hebben geklonken. Ja, dacht ik, ja, precies zo. Maar ik joeg een hersenschim na, een van de vele hersenschimmen, tegen het einde waren het alleen nog maar hersenschimmen die mijn handelen bepaalden, een heel leger hersenschimmen. Lea had Lipatti inderdaad met Enescu verward. Ze wilde het niet toegeven en stampvoette. Ik liet haar de plaat zien. Ze rukte het raam open en gooide hem naar buiten. Gooide hem gewoon het raam uit. Het geluid waarmee de plastic hoes tegen het asfalt sloeg, was verschrikkelijk.'

Van Vliet zweeg even. Een verre echo van zijn toenmalige ontzetting lag in dit zwijgen. 'Dat was nadat David Lévy in haar leven was gekomen en alles had verwoest.'

17

Met David Lévy begon een nieuwe tijdrekening in het leven van vader en dochter. En met het noemen van zijn naam begon ook een nieuw hoofdstuk in Van Vliet's verhaal, of beter gezegd: in het vertellen van zijn verhaal. Want nieuw waren vooral de heftigheid en de chaos waarmee hij nu sprak over alles wat al jaren in hem omging. Tot dusverre zat er een volgorde in het vertellen, waarin een ordenende hand was te herkennen, een regisseur van het herinneren. Vanaf nu, zo leek het, zat er in Van Vliet alleen nog maar een woeste stroom van beelden, geheugenflarden en gevoelens, die buiten de oevers trad en al het andere dat hij ook nog was, met zich meesleepte. Hij was zelfs vergeten over de afloop van het concours te vertellen, ik moest hem daaraan herinneren.

'Het was volkomen stil in de zaal toen de voorzitter van de jury het podium opkwam om het resultaat van de beraadslagingen bekend te maken. Zijn bewegingen waren aarzelend, je kon zien dat het hem speet voor de kandidaten die hij moest teleurstellen. Hij zette zijn bril op en vouwde omslachtig het papier open waarop de namen van de drie winnende kandidaten stonden. Hij zou met de derde plaats beginnen. Lea had haar handen in elkaar geklemd en leek nauwelijks te ademen. Marie beet op haar lippen.

Solvejg Lindström was derde geworden. Weer verraste ze me en kaatste mijn verwachtingen als kleingeestige vooroordelen naar me terug. Ik had teleurstelling verwacht en een zuinige, dappere glimlach. Maar haar sproetige gezicht straalde, ze genoot van het applaus en boog charmant, zelfs de jurk leek nu helemaal in orde. Ze was de onopvallendste van allemaal en de minst innemende. Maar ze was, dacht ik, de meest soevereine, en toen ik haar met mijn uiterst gespannen dochter vergeleek, ging er een steek door mijn hart.

Over de eerste en tweede plaats, zei de voorzitter, had de jury lang geaarzeld. Beide kandidaten hadden door hun technische virtuositeit en de diepte van hun interpretatie indruk gemaakt. Uiteindelijk luidde de beslissing: Alexander Zacharias eerste en Lea van Vliet tweede.

En toen gebeurde het: terwijl Zacharias opsprong en naar het podium rende, bleef Lea zitten. Ik draaide me naar haar toe. Haar lege blik zal ik nooit vergeten. Was het gewoon de leegte van een verlammende teleurstelling? Of lagen er verontwaardiging en woede in, die haar op haar stoel vastnagelden? Marie legde haar hand op Lea's schouder en maakte haar duidelijk dat ze moest opstaan. Toen kwam ze eindelijk overeind en liep met onhandige bewegingen naar boven.

Het applaus voor Zacharias was al weggeëbd, het nieuwe voor Lea was mat, je kon er afkeuring in horen. Misschien gewoon verrast, misschien ook met tegenzin, pakte Lea de handen van de beide anderen en maakte een buiging met hen. Het deed pijn, het deed zo'n vreselijke pijn, mijn dochter daar boven tussen de twee anderen te zien, die haar met hun armen tot een buiging dwongen, die ze – iedereen kon het zien – niet wilde maken en die veel korter en stijver uitviel dan bij de anderen. Ze maakte een eenzame indruk daar boven, alleen en uitgestoten, uitgestoten door zichzelf, en ik dacht eraan hoe we, nadat we de eerste hele viool hadden gekocht, 's avonds in de keuken hadden gezeten en vaststelden dat we geen vrienden hadden met wie we een feestje konden vieren.'

Daarna was Van Vliet stil geworden en uiteindelijk in slaap gevallen. In Genève reed ik zonder omwegen naar een hotel dat ik kende. Het was hem nooit om een boekhandel gegaan. Het was er steeds om gegaan vandaag nog niet terug te hoeven keren naar zijn stille woning zonder Lea's klanken.

Ik maakte hem wakker en wees op het hotel. 'Ik ben te moe om nog verder te rijden,' zei ik. Hij keek me aan en knikte. Hij wist dat ik hem doorzag.

'Dit was mijn laatste rit naar Saint-Rémy,' zei hij tijdens het eten. Hij keek naar buiten, naar het meer. 'Ja, ik denk dat het de laatste rit was.'

Het kon betekenen dat hij zich op dat moment bevrijd voelde van de dwang om steeds weer naar de plaats terug te keren waar hij Lea achter het brandhout had zien hurken. Het kon betekenen dat de strijd met de Maghrebijn eindelijk was afgelopen. Maar het kon ook iets anders betekenen. Ik keek hoe het vuur zich door het papier van zijn sigaret vrat. Van de zijkant was aan zijn gezicht niet te zien welke betekenis de woorden hadden. Of het de ontspannen woorden van een afronding waren of juist een aankondiging.

Hij maakte zijn sigaret uit. 'Ik heb niet gezien hoe hij naar onze tafel liep; Lévy, bedoel ik. Plotseling stond hij daar gewoon, zonder te groeten, zelfverzekerd, een man aan wie de wereld toebehoort, en hij richtte het woord tot Lea. "Une décision injuste," zei hij, "j'ai lutté pour vous." Hij had een melodieuze stem, die ook droeg als hij zachtjes praatte. Lea slikte een hap door en keek naar hem op: lichtgrijs pak van kostbare stof, onberispelijk gesneden, vest met horlogeketting, dik, grijs haar, sik, goudgerande bril, iets van eeuwige jeugd in zijn gezicht. "Votre jeu: sublime, superbe, une merveille." Ik zag Lea's ogen stralen, en toen wist ik dat ze met hem in de Franse taal zou verdwijnen, in de taal van Cécile die ze al zo lang niet meer had kunnen spreken.

Lévy ontvoerde mijn dochter in die taal. Vanaf dat ogenblik gebruikte Lea ook het woord sublime, een woord dat ik van Cécile nooit heb gehoord. En het was niet alleen dit woord, er kwamen nog andere bij, zeldzame, uitgelezen woorden, die zich tot een nieuwe ruimte samenvoegden waarin mijn dochter begon te wonen.

Zijn staccato van bewondering zonder werkwoord vond ik hoogdravend, aanstellerig, behaagziek. Alleen deze manier van spreken was al voldoende geweest om hem tegen me in te nemen. Veel later, tijdens een ontmoeting waarna alles er plotseling anders uitzag, heb ik begrepen dat deze stijl bij hem hoorde, net als het vest, de horlogeketting, de Engelse schoenen. Dat hij een man was als uit een Frans kasteel, die Proust en Apollinaire van buiten kende. Dat hij, waar hij ook heen zou gaan, altijd een kasteel om zich heen zou hebben, gobelins, meubels van uitmuntend hout, glanzend, onaantastbaar. En dat, als hij tegenspoed zou leren kennen, het de tegenspoed van een ontgoochelde, eenzame kasteelheer zou zijn, boven wiens hoofd de houten balken van de hoge plafonds vermolmden en het messing en glas van de kroonluchters dof en vlekkerig werden.

"Vous et moi, nous faisons quelques pas?" Hij kon zien dat Lea, dat wij allemaal zaten te eten. Hij kon het zién. "Avec plaisir," zei Lea en ze stond op.

Ik wist meteen dat het voortaan altijd zo zou zijn: dat ze midden onder het eten en midden onder al het andere voor hem zou opstaan. Hij pakte haar hand en maakte het gebaar van een handkus. Ik verstarde. Er zat minstens tien centimeter tussen zijn lippen en haar hand. Tien centimeter, minstens. En het was alleen maar een ritueel, een verbleekte herinnering aan een kus. Pure conventie. Maar toch.

Hij wendde zich tot ons, een korte blik, het gebaar van een buiging. "Marie. Monsieur."

Marie en ik legden mes en vork aan de kant en schoven de borden van ons af. Het was alsof de tijd voor onze neus werd afgesneden. Lea had zich omgedraaid voordat ze wegging, een zweem van slecht geweten in haar blik. Vervolgens was ze naast Lévy naar buiten gelopen, uit het leven dat ze met Marie en mij had geleid, een leven in met een man van wie ze vijf minuten geleden nog niets wist, een man die haar naar duizelingwekkende hoogten en later naar de rand van de afgrond zou leiden. Mijn maag voelde aan als een klomp lood en in mijn hoofd heerste een doffe, gedachteloze stilte.

Door de glazen deur van het restaurant zagen we hoe Lévy in de foyer op Lea wachtte. Toen ze op hem af liep, had ze haar jas aan. Het haar, dat ze hier de hele tijd opgestoken had gedragen, hing nu los. Het opgestoken haar was als een afgeremde, beteugelde energie en als een onthouding geweest; alle kracht, alle liefde moest in de klanken stromen. Nu stroomde met het golvende haar ook haar lichaam de wereld in, niet alleen haar talent. Ik dacht dat haar spel nu misschien aan kracht zou verliezen. Maar het tegendeel gebeurde, haar toon kreeg zelfs iets lichamelijks en een zinnelijke energie die nieuw was. Ik verlangde vaak terug naar haar koele, sacrale broosheid. Die had zo goed gepast bij Lea's nonachtige schoonheid, die door de stroom golvend haar werd weggespoeld.

Ze liep met Lévy door de foyer naar buiten, de nacht in.

Niets zou meer zo zijn als voorheen. Een lichte duizeligheid maakte zich van me meester, het was alsof het restaurant, het hotel en de hele stad hun normale, compacte werkelijkheid verloren en veranderden in de coulissen van een boze droom.

Pas nu merkte ik hoezeer het gezicht van Marie was veranderd. Het was rood geworden alsof ze koorts had, en uit haar gelaatstrekken sprak iets hards en onverzoenlijks. Marie... Ze kenden elkaar. De blik die hij haar had toegeworpen, was een blik zonder warmte en zonder glimlach geweest, een blik die haar over een grote afstand in de tijd heen begroette. De herinnering aan iets donkers en bitters had eruit gesproken, maar ook de bereidheid het te laten rusten.

"Is hij ook violist?" vroeg ik. Ze sloeg haar handen voor het gezicht. Haar adem ging stokkend. Nu keek ze me aan. Het was een vreemde blik, en pas in mijn herinnering lukte het me hem te ontcijferen: er lag pijn en verbittering in, maar ook een sprankje bewondering en – ik weet het niet – zelfs nog meer.

"Dé violist," zei ze. "Dé violist van Zwitserland. Vooral van Franstalig Zwitserland. Er was geen betere, toen, twintig jaar geleden. Dat vonden de meesten, en hij liet er geen twijfel over bestaan dat hij dat zelf ook dacht. Rijke vader, die een viool van Amati voor hem kocht. Maar het was niet alleen het instrument. Het waren zijn handen. De organisatoren zouden elk concert met hem vijfmaal, tienmaal hebben kunnen verkopen. David Lévy, die naam bezat toentertijd een ongelooflijke glans."

Ze stak een sigaret aan en wreef vervolgens lang met haar duim over de aansteker, zonder iets te zeggen.

"Toen kwam Genève, een hapering van het geheugen tijdens de Oistrach-cadens van het Beethoven-concert, hij verliet overhaast de zaal, de kranten stonden er vol van. Daarna heeft hij nooit meer opgetreden. Jarenlang hoorde men niets meer van hem. Geruchten over een psychiatrische behandeling. Daarna, ongeveer tien jaar geleden, is hij begonnen les te geven. Hij ontwikkelde zich tot een fenomenale leraar, zijn hele charisma stroomde nu in het lesgeven, en ze gaven hem in Bern een masterclass. Plotseling hield hij ermee op, niemand begreep waarom. Trok zich terug in zijn huis in Neuchâtel. Af en toe hoorde ik dat iemand les bij hem nam, maar dat moeten uitzonderingen zijn geweest. In de laatste twee, drie jaar heb ik niets meer over hem gehoord. Ik had geen idee dat hij hier in de jury zou zitten."

Ze wist zeker dat hij Lea lessen zou aanbieden. "De manier waarop hij haar aankeek," zei ze. En ze wist zeker dat Lea het zou doen. "Ik ken haar. Dat is dan de tweede keer dat ik van hem verlies."

In de daaropvolgende tijd stond ik steeds op het punt te vragen waaruit de eerste nederlaag had bestaan. En of dat de reden was dat ze noch als soliste optrad, noch in een orkest speelde. Maar op het laatste moment was er iets wat me waarschuwde. Op een gegeven moment was het te laat, en dus ben ik er nooit achtergekomen.

Toen we voor haar kamer stonden, keek ze me aan. "Het zal niet zo gaan als u misschien denkt," zei ze. "Met hem en Lea, bedoel ik. Dat weet ik zeker. Zo'n man is het niet."

Zo'n man is het niet... Hoe vaak zou ik dat in de jaren daarna niet tegen mezelf zeggen!

De volgend dag nam Lévy haar in zijn groene Jaguar mee naar Neuchâtel.

"Dan kunnen we meteen aan de slag," zei Lea. Ze zat in mijn kamer nadat ze van haar wandeling met hem terug was, het haar nat van de sneeuw. Ik had nooit geweten dat het zo vermoeiend kan zijn om rustig te blijven. Ze zag het. "Dat is... dat is toch goed, hè?"

Ik keek haar aan, en het leek alsof haar vertrouwde gezicht helemaal nieuw voor me was. Het gezicht dat was ontstaan uit het gezicht van mijn kleine dochter die ademloos naar Loyola de Colón in het station had geluisterd. Het gezicht van een klein meisje, een tiener en een jonge, eerzuchtige vrouw die zojuist een man had ontmoet die haar een glansrijke toekomst leek te kunnen bieden. Alles in een. Had ik het moeten verbieden? Mogen verbieden? Wat zou dat tussen ons hebben aangericht? En ik ben er niet eens zeker van of ze het dan niet toch gedaan zou hebben, ze had die rode kleur in haar gezicht, die energie, die hoop. Ik weet niet meer wat ik zei. Toen ze me een kus op mijn wang gaf, verroerde ik geen vin. Bij de deur aarzelde ze een ogenblik, draaide haar hoofd om. Toen was ze weg.

Het grootste deel van die nacht zat ik voor het raam en keek naar de sneeuw buiten. Eerst vroeg ik me af hoe ze het tegen Marie zou zeggen. En toen, heel plotseling, kreeg ik het vermoeden dat ze het helemaal niet tegen haar zou zeggen. Niet uit gevoelloosheid. Uit onzekerheid en angst en een slecht geweten. En omdat ze gewoon niet wist hoe je zoiets onder woorden brengt, en bovendien tegen deze vrouw, die haar moeder had vervangen en acht jaar lang haar leidster was geweest. Hoe langer ik erover nadacht, des te groter werd mijn zekerheid: ze zou vertrekken zonder met Marie te hebben gesproken.

Ik voelde mijn maag. Ik zag Lea, hoe ze Marie in Rome ansichtkaarten schreef en haar probeerde te bellen om de kaarten aan te kondigen. Het was laf, als het zo zou gaan. Ik prevelde verontschuldigingen in mezelf, maar het gevoel bleef. Het duurde jaren voordat het minder werd. "Een Hollander loopt nergens voor weg," zei mijn vader altijd als hij lafheid zag. Het was kitsch en nonsens, vooral omdat hij zelf vaak genoeg een slappeling was, en bovendien waren we al sinds een eeuwigheid geen Hollanders meer. Die nacht dacht ik aan zijn onnozele uitspraak, en die beviel me, ofschoon het alles eigenlijk alleen nog maar erger maakte.

Het ging zoals ik had gedacht, ik zag het toen ik bij Marie aan de ontbijttafel ging zitten waar geen derde couvert lag. "Ze is pas zeventien," zei ik. Ze knikte. Maar het deed haar pijn, mijn god, wat deed het haar pijn.

Toen Lea een paar dagen later een pakje met de gouden ring van de carrousel kreeg – alleen de ring, geen enkel woord –, zag ik Marie's gezicht aan de ontbijttafel voor me, een onuitgeslapen, teleurgesteld, uitgedoofd gezicht.

Lea staarde naar de ring zonder hem aan te raken. Ze staarde en staarde, ongelovige ontzetting in haar blik. Toen stond ze op, de stoel viel om, ze rende naar haar kamer en huilde als een klein kind.

Ik voelde dat ik haar moest gaan troosten. Maar het ging niet. Het ging gewoon niet. Dat bracht me zo in verwarring dat ik mijn huilende kind alleen in de woning achterliet en door de stad liep, tot in Monbijou, waar ik als kind op bed had gelegen en erover had gedroomd valsemunter te worden. *Ik wil die verantwoording niet. Ik weet niet hoe dat moet: de verantwoording voor iemand dragen.* Waarom heb je dat niet gerespecteerd, zei ik tegen Cécile, dat waren toch geen loze woorden, dat moest je toch aanvoelen, waarom dus.

Hoe diep Marie was gekwetst, ervoer ik op het moment dat we op het parkeerterrein in Sankt Moritz naar mijn auto liepen. Toen we langs een groene Jaguar liepen, haalde Marie haar sleutelbos tevoorschijn, zocht de scherpste uit en maakte met een snelle beweging een kras in de lak van de auto. Na een paar passen liep ze terug, en nu trok ze de sleutel over de hele lengte, van het achter- tot het voorspatbord. Ik kon mijn ogen niet geloven en keek rond om te zien of iemand het gezien had. Een ouder paar stond naar ons te kijken. Marie stopte de sleutels weg. Jullie kunnen me rustig arresteren, was op haar gezicht te lezen, nu maakt het toch allemaal niet meer uit.

"In zo'n ding is ze vanmorgen met hem ingestapt," zei ze toen ik wegreed. "Geen woord. Niet één woord."

Het werd een zwijgzame rit; af en toe wreef ze stille tranen uit haar ogen.

We klampten ons aan elkaar vast. Ja, ik denk dat dat de juiste woorden zijn: we klampten ons aan elkaar vast. Dat gebeurde met een zekere verbeten heftigheid, die je voor onbevangen hartstocht kon aanzien, zelfs wij zagen haar aanvankelijk daarvoor aan. Totdat de vertwijfeling die erin besloten lag niet meer viel te ontkennen. Op de avond van de thuisreis uit Sankt Moritz zat ik bij Marie op de bank met de vele kussens van glanzend chintz. Ze droeg een batikjurk van licht, verwassen roze die met fijne Aziatische karakters was overdekt, als met een penseel geschilderd, en daaronder, net als op de avond van onze eerste bezoek, pantoffels van zacht leer die als een tweede huid zaten. Ze was naar binnen gegaan, had de koffer neergezet en was, nog met haar jas aan, naar de vleugel gelopen waarop Lea's muziekstukken lagen. Ze zocht ze tussen de overige muziek uit, schoof ze met pijnlijke zorgvuldigheid tot een nette stapel samen en droeg ze de kamer uit. Ze aarzelde even, en ik dacht dat ze ze aan mij wilde meegeven, omdat ze nu toch nooit meer in dit huis gespeeld zouden worden. Maar toen bracht ze ze weg, en ik hoorde het geluid van een la.'

Van Vliet zweeg en wendde zijn gezicht naar het meer, de ogen gesloten. Het beeld dat hij nu voor zich zag, moet hij duizenden keren voor zich hebben gezien. Het was een beeld van enorme kracht, en het deed hem ook nu nog zo'n pijn dat hij aarzelde erover te spreken.

'Lea legde altijd een doek, een witte doek, over de kinsteun van haar viool. Ze had veel van zulke doeken, de winkel waar je ze kon kopen hebben we samen ontdekt. Een van die doeken lag op de vensterbank. Toen Marie weer binnenkwam, liet ze haar blik rondgaan en vond hem. Ze bracht hem weg. Ik weet zeker dat ze niet wilde dat ik het zag, maar het verlangen was sterker, en dus gebeurde het in de deuropening, nog binnen mijn blikveld: ze rook aan de doek. Ze drukte haar neus er stevig in, gebruikte haar andere hand er ook nog bij en duwde de hele doek tegen haar gezicht. Ze wankelde een beetje terwijl ze daar zo stond en zich blind overgaf aan de geur van Lea.'

Hij heeft me nooit een foto van Marie laten zien. En toch zie ik haar voor me, haar gezicht in de doek geduwd. Ik hoef alleen maar mijn ogen te sluiten en dan zie ik haar al. Ze heeft lichte ogen vol overgave, waar ze ook naar kijkt.

'We probeerden erachter te komen of de tekens op haar jurk Japans of Koreaans waren. Marie deed het licht uit. We voelden de leegte die Lea had achtergelaten in het vertrek dat ze met haar klanken had gevuld. En toen klampten we ons aan elkaar vast, plotseling, heftig, en lieten elkaar pas weer los toen het al licht werd.'

Hij glimlachte, zoals ook Tom Courtenay kon glimlachen, ook al zat alles tegen. 'Liefde omwille van een derde. Liefde uit verstrengelde verlatenheid. Als bolwerk tegen de pijn van het afscheid. Liefde die eigenlijk helemaal niet voor de ander bestemd is. Een liefde die, wat mij betreft, met negen jaar vertraging werd beleefd, in de schaduw van het besef van die vertraging, een schaduw die ertoe leidde dat de gevoelens geleidelijk verbleekten. En zij? Was ik gewoon de band die haar met de verloren Lea verbond? De garantie dat Lea niet helemaal uit de wereld verdwenen was? Het was voor ons beiden lang geleden dat we iemand hadden omhelsd. Wilde ze met mijn verlangen haar verlangen naar Lea verstikken? Ik weet het niet. Weten we óóit iets?

Een half jaar geleden heb ik haar in de verte gezien. Ze is nu drieënvijftig, geen oude vrouw, maar ze zag er moe en uitgeblust uit. "Dank je, dat je Lea bij me hebt gebracht," zei ze toen we elkaar de laatste keer zagen. Die woorden snoerden mijn keel dicht. Ik droomde erover. Ook nu nog word ik af en toe wakker en denk dat ik ze in mijn droom heb gehoord.

Begreep ze wat er gebeurd was? Met Lea en daarna met mij? Het was toch Marie. De vrouw die altijd op zoek was naar helderheid. De vrouw met de hartstocht van het begrijpen. De vrouw die altijd wilde weten waarom de mensen doen wat ze doen, en die dat heel precies wilde weten. Maar misschien wílde ze het deze keer niet eens weten, misschien gebruikte ze het onbegrepene als bolwerk tegen de pijn en verlatenheid. We hebben, tot die woorden tijdens het afscheid, nooit meer over Lea gesproken, geen enkele keer. Aanvankelijk was ze tussen ons aanwezig door haar verdovende afwezigheid. Langzamerhand verdween ook die afwezigheid. Lea werd in Marie's kamers tot een fantasiebeeld.'

Van Vliet kwam terug van het toilet. We bestelden de derde fles wijn. Hij had het meeste gedronken.

'Ik wil Lévy helemaal niet de schuld geven. Hij was gewoon een ramp voor Lea, een grote ramp. Zoals het voor een mens nu eenmaal een ramp kan zijn een ander te ontmoeten.

Maar zo kan ik het nu pas zien. Toen was het heel anders. Het maakte me ziek dat ze om de dag naar Neuchâtel ging. "Zo'n man is het niet..." Ik denk dat Marie gelijk had. Ik lag op de loer. Zocht naar aanwijzingen. Ze kocht kleren en wilde mij er niet bij hebben. Parfum. Lippenstift, die ze afveegde voordat ze het huis binnenkwam, ik heb het gezien. Ze groeide nog iets, werd voller. Als ze bij hem vandaan kwam, leek ze elke keer nog een beetje meer mee te nemen van het hoofse aura, van de glans van het kasteel, die in mijn gedachten inmiddels over de hele stad Neuchâtel lag. Het was alsof de stad door het gemeenschappelijke vioolspel met Lévy een soort patina had gekregen. Ik haatte het, dat ingebeelde, stinkende, naar geld stinkende patina, ik haatte de onmiskenbare vooruitgang die Lea boekte, ik haatte het als ze "Nou, dan ga ik maar" zei op een toon waarin ik het Frans al hoorde dat ze straks met hem zou spreken, ik haatte haar treinabonnement, haar kleine beduimelde spoorboekje en – ja, ik haatte Lévy, David Lévy, die zij Davíd noemde. Eén keer, toen ik me niet meer kon beheersen en in haar spullen snuffelde, vond ik een notitieboekje met een bladzijde waarop ze steeds opnieuw had geschreven: LEAH LÉVY.

Toch gebeurde niet wat ik had gevreesd. Ik zou het gemerkt hebben. Ik weet niet hoe, maar ik zou het gemerkt hebben. In plaats daarvan ontstond er iets bij haar wat me geruststelde, me zelfs ronduit vrolijk stemde: een lichte, heel lichte geprikkeldheid, zoals je die voelt als de vervulling van verwachting en hoop, waarop je al zo lang en met zo veel geduld hebt gewacht, almaar uitblijft, hoewel je er alles aan hebt gedaan om mogelijke en onmogelijke hindernissen uit de weg te ruimen.

"Vandaag ga ik niet," zei ze op een dag, en er lag die geprikkeldheid in haar stem.

Ik schaam me het te zeggen, en ik schaamde me ook voor mezelf toen ik daarna naar de bioscoop ging om het te vieren.

Twee dagen later ging ze weer en zei "bonsoir" toen ze thuiskwam.

Ik vond mezelf lomp, niet in de zin van een onbeholpen Berner, maar – het was bizar, compleet bizar – in de zin van een lompe, onbehouwen Hollander die per abuis en onverdiend een stralende dochter uit de wereld van de schitterende Franse kastelen had, een vergissing, een pure vergissing, die door het opduiken van Lévy aan het licht was gekomen. Lomp en langzaam sleepte ik me door de vertrekken van de universiteit en maakte de ene fout na de andere. Heimelijk sprak ik mijn voornaam op z'n Frans uit, en liet, als ik mijn handtekening zette, een tijdlang de j uit mijn voornaam weg, zodat hij voor een Franse naam kon doorgaan.

Tot er een ommekeer in mij plaatsvond. Ik begon me vast te bijten in de houterige, onbeholpen Hollander die Lévy's luister, Lévy's ingebeelde luister als een heel reële tegenfictie in me had laten ontstaan. Mijn ouders met hun curieuze, maar volstrekt vrijblijvende verknochtheid aan Holland hebben me een tweede voornaam gegeven: Gerrit. Martijn Gerrit van Vliet heet ik voluit. Ik heb hem altijd verafschuwd, die scherpe, gekloofde naam, een naam die klinkt als een jankende zaag, die zich knarsend door openbarstende lak vreet. Maar nu haalde ik hem weer voor de dag. Ik ondertekende ermee en oogstte verbaasde, vragende blikken die ik met een dreigend fronsen van mijn voorhoofd beantwoordde, zodat niemand er ooit echt naar vroeg. Ik kleedde me zo slordig mogelijk, broeken waar de knieën in stonden, verfomfaaide jasjes, gekreukte overhemden, afgetrapte schoenen. Maar dat was nog niet genoeg. Ik reed naar Amsterdam en speelde de Hollander met een paar armzalige woorden Nederlands, waarmee ik me meer dan eens belachelijk maakte. Ik lag daar slapeloos op bed, vervreemd van Lea en van mezelf. Ik dacht aan mijn overgrootvader, de frauduleuze bankier, die in deze stad hele drommen mensen had geruïneerd. En ik dacht eraan hoe ik valsemunter had willen worden. Vaak stond ik op een brug over een van de grachten en keek naar het water beneden me. Maar het had geen zin, die bruggen waren veel te laag.

Lea zei er niets over, hoewel ik stiekem hoopte dat ze de tekenen wist te interpreteren. Want wat had die hele maskerade voor zin als juist zij er niet in zag wat het was: een poging om mijn verdriet door zelfvernietiging de baas te worden? Wat had het voor zin als ze niet begreep dat ik in mijn hulpeloosheid de ingebeelde achterstelling met zelfvernietigend gedrag moest beantwoorden – omdat zielenpijn waaraan je meewerkt, makkelijker te verdragen is dan zielenpijn die je zomaar overkomt?

Voor haar bestond in die tijd alleen Lévy. Ze leefde alleen in Neuchâtel, in Bern was ze alleen maar aanwezig, altijd op het punt om naar het station te gaan. Plotseling – of dat beeldde ik me althans in – sprak ze de naam Bümpliz zo uit dat hij hemeltergend bespottelijk klonk, niet meer liefdevol bespottelijk, zoals uit Cécile's mond, maar bespottelijk door verachting, verachtelijk: hoe kon men in een stadsdeel wonen dat zo heette, onmogelijk. Zichzelf respecterende steden hadden Franse namen, en boven al deze namen schitterde die ene, die koninklijke naam: Neuchâtel. Soms stelde ik me haar voor op het perron, wachtend op de trein naar Bern en ongelukkig uitrekenend hoeveel uur het nog zou duren voordat ze hier weer uit de trein zou moeten stappen. Ze leek me dan vol weerzin, die bleek uit een onregelmatig, lelijk ritme dat ze met haar voet op het beton tikte, het ritme van verlangen en van misnoegen, van ongeduldig wachten en van de weerzinwekkende onbelangrijkheid die elk ding had aangenomen waarop niet het licht van Davíd viel.

Op een dag, ruim een jaar na Sankt Moritz, kwam er een nieuw geluid uit haar kamer toen ik thuiskwam.

Mijn lichaam reageerde sneller dan mijn verstand, en ik sloot me op in het toilet. Hij had haar een andere viool bezorgd – een andere uitleg was er niet. Het instrument dat we samen in Sankt Gallen hadden gekocht, was niet goed genoeg meer voor een leerling van David Lévy. Gespannen probeerde ik erachter te komen waarin de nieuwe tonen zich van de oude onderscheidden; maar door twee deuren heen hoor je weinig. Ik wachtte tot mijn ademhaling rustig was geworden, wachtte vervolgens nog een keer voor Lea's deur, en uiteindelijk klopte ik. Zo deden we het al lang, en dat was goed. Maar ook dit kloppen was door Lévy anders geworden: ik moest toegang vragen tot een vreemde wereld. En nu, nu de vertrouwde deur me van de nieuwe klanken scheidde, die volumineus en krachtig door het hout kwamen, had ik hartkloppingen, want ik voelde dat er weer iets nieuws was begonnen, iets wat Lea nog verder van me zou wegvoeren.

Lea's hals was met rode vlekken overdekt, haar ogen glansden koortsig. De viool die ze in haar hand hield, was van verrassend donker hout. Meer weet ik niet, ik heb hem nooit nauwkeuriger bekeken, ook niet stiekem; het idee dat zijn vingerafdrukken erop stonden en dat zijn vet en zijn zweet nu ook op Lea's vingers overgingen, maakte me onpasselijk. Vooral zijn handen. Toen ik hem een keer in een straatje in Bern zag voorbijlopen, droomde ik later dat hij hinkte en met een stok liep waarvan de

zilveren knop er dof uitzag, afgesleten en verkleurd door het zure zweet van een oudemannenachtig rimpelige hand.
 Lea keek me met een onvaste blik aan. "Het is Davíds viool. Hij heeft me die cadeau gedaan. Nicola Amati heeft hem gebouwd, in Cremona, in 1653.'"

18

Het volgende wat ik me herinner zijn Van Vliet's handen op de sprei. Grote, sterke handen met fijne haartjes op de handrug en opvallend geribbelde nagels. De handen waarmee hij zijn experimenten uitvoerde en zijn schaakzetten deed. De handen die één keer, één enkele keer de snaren van Lea's viool hadden ingedrukt. De handen die iets gedaan hadden wat zijn carrière verwoestte, zodat hij nu op twee kamers woonde. De handen die hij niet meer vertrouwde als hij een vrachtwagen zag aankomen.

Tussen onze kamers in het Geneefse hotel zat een verbindingsdeur waar ik geen aandacht aan schonk. Tot ik het geluid van de deurklink hoorde. Het moest een dubbele deur zijn, want aan mijn kant gebeurde niets. Ik wachtte en hield met tussenpozen mijn oor tegen het hout, tot ik Van Vliet hoorde snurken. Toen het vast en regelmatig was geworden, maakte ik zachtjes de deur aan mijn kant open. De zijne stond wagenwijd open. Zijn kleren lagen slordig over de stoelen verspreid, zijn overhemd lag op de grond. Hij had gedronken en verteld, verteld en gedronken, het had me verbaasd dat hij zich nog steeds kon concentreren ondanks al die wijn, en toen, heel plotseling, was hij ineengezakt en verstomd. Ik had hem niet hoeven ondersteunen, maar het had wel lang geduurd voordat we bij onze kamers waren.

Op een gegeven moment had hij de foto van Lea tevoorschijn gehaald die hij op de avond van haar eerste optreden op school had gemaakt, op de avond dat ze zich vergiste tijdens Mozarts rondo. Als het mijn dochter was geweest, had ik de foto ook in mijn portefeuille laten zitten. Een slank meisje in een eenvoudige zwarte jurk, met lang donker haar dat er door de grofkorrelige resolutie van de foto uitzag alsof het met goudstof was doorspikkeld. Op de volle, gelijkmatige lippen een beetje lippenrood, dat haar een beetje op een kindvrouwtje deed lijken. Een blik uit grijze, misschien ook groenige ogen, spottend, koket en verbazend zelfverzekerd voor een elfjarig meisje. Een lady, die erop wachtte dat de schijnwerpers aangingen.

Op dit meisje kon je al verliefd worden. Maar hoeveel heftiger werden die gevoelens als je Lea op haar achttiende zag! Van Vliet had geaarzeld me deze foto te laten zien, hij had zijn portefeuille eerst weggestopt en toen weer tevoorschijn gehaald. 'Dat was vlak voordat hij haar die viool gaf, die verdomde Amati.'

Ze stond in een grote hal, die op een ruim, elegant ingericht huis leek te duiden, en leunde tegen een commode met spiegel, zodat je over haar schouder ook het achterhoofd met een chignon over de lange, slanke hals kon zien. Die knot... ik weet niet hoe ik het moet uitleggen. Die maakte haar niet oud of ouwelijk, hij had een tegenovergestelde uitwerking: ze zag erdoor uit als een kwetsbaar meisje, een meisje vol orde en discipline, dat het iedereen naar de zin wilde maken. Geen blauwkous, geen pure streber, verre van dat. Daar stond eerder een elegante jonge vrouw in een perfect gesneden rode jurk, en de smalle, glimmende leren ceintuur met de matgouden gesp zette het puntje op de i. De regelmatige, volle lippen waren nu niet meer die van een kindvrouwtje maar van een echte vrouw, een gravin die zich niet bewust leek te zijn van haar uitstraling. In haar blik, die een beetje pathetisch was, vermengden zich twee dingen waarvan ik nooit had gedacht dat ze in één en dezelfde blik konden samenvloeien: kinderlijke kwetsbaarheid, die je ontroerde, en snijdende veeleisendheid, die je deed bevriezen. Van Vliet had gelijk gehad: het was geen arrogantie of verwaandheid, het was veeleisendheid, en die gold haarzelf niet minder dan anderen. Ja, dat was het meisje dat haar viool het publiek in wilde slingeren toen ze een fout had gemaakt. En ja, dat was de vrouw die in staat was midden onder het eten op te staan en Marie, de liefde uit haar kinderjaren, gewoon te laten zitten als iemand als David Lévy op het toneel verscheen en haar in aristocratisch Frans een schitterende toekomst beloofde.

Van Vliet was onrustig geworden toen ik de foto vlak voor mijn ogen hield om elk detail in die blik te kunnen zien. Hij keek me aan, hij had gewild en toch ook niet gewild dat ik me een beeld vormde, en nu het hem te lang duurde en hij er spijt van begon te krijgen, verscheen er een gevaarlijke schittering in zijn ogen. Hij was nog steeds bij haar, hij was nog in hun gemeenschappelijke woning, zijn jaloersheid kon elk ogenblik oplaaien als een steekvlam, en zo zou het blijven.

Ik gaf hem de foto terug. Hij keek me uitdagend aan. Tom Courtenay. Ik knikte alleen. Elk woord kon het verkeerde zijn.

Behoedzaam deed ik de deur aan mijn kant dicht. Hij mocht zich, als hij wakker werd, niet betrapt voelen. Hij had het licht in de badkamer laten branden, het viel door de spleet van de deur op een spiegel, brak en dompelde een deel van de kamer in een diffuus licht. Ik dacht aan iets waaraan ik tientallen jaren niet meer had gedacht: de veilleuse, een nachtlichtje voor kinderen die bang zijn in het donker. Het was een gloeilamp van melkachtig glas, die door mijn moeder 's nachts in de fitting van de plafondlamp werd gedraaid. Ik zag haar hand voor me, hoe ze draaide. Vertrouwen – dat betekende die beweging. Erop vertrouwen dat die hand altijd mijn angst zou kunnen wegnemen, wat er ook mocht gebeuren.

Ik heb haar met een bijl kapotgeslagen, die veilleuse. Ik woelde in een rommelkist in de kelder tot ik haar vond. Pakte haar, legde haar op het houtblok en sloeg toe, een doffe klap, een kraken en rinkelen, duizend scherven. Een terechtstelling. Nee, niet van mijn moeder, maar van mijn eigen blinde vertrouwen; nee, niet alleen in mijn moeder, niet eens speciaal in haar, maar in alles en iedereen. Beter kan ik het niet uitleggen.

Vanaf dat moment vertrouwde ik alleen nog mezelf. Tot die ochtend waarop ik Paul het scalpel aanreikte. Een paar dagen daarna had ik een droom: Paul's ogen boven het mondkapje keken niet geschrokken maar verbaasd, mateloos verbaasd en verheugd dat het eindelijk zo ver was. Wat kon ik eraan doen, dacht ik later, dat Helen, zijn vrouw, me in de tuin achternaliep als ze gasten hadden en ik even alleen wilde zijn? Dat ze uit Boston kwam, was geen afdoende verklaring, dat wist Paul ook.

Had ik ooit vrienden gehad, vroeg ik me af, echte vrienden?

En nu? Nu lag er in de aangrenzende kamer een man die de deur opendeed en het licht liet branden om te kunnen slapen. Hoe zou het andersom zijn? Hoe zou het zijn om Martijn van Vliet te vertrouwen? Hij droeg nog altijd de trouwring die Cécile hem aan de vinger had geschoven. Cécile, die toch moest weten dat hij de verantwoording voor een kind niet wilde.

Als Bern en Neuchâtel met sneeuw bedekt waren, was hij wel eens naar de bergen gereden en had langlaufski's gehuurd. Hij had de zelfverzekerdheid gezocht die alleen de stilte kan geven. Wie hij onafhankelijk van Lea was en hoe het verder moest, had hij zich afgevraagd. Ook beroepsmatig. De feitelijke regie over het onderzoeksproject was allang door Ruth Adamek overgenomen. Hij zette alleen nog maar handtekeningen. Ze stond achter hem toen hij het fijnere ervan wilde weten en begon te bladeren. 'Ondertekenen!' had ze gesnauwd. Toen verscheurde hij het aanvraagformulier. Ze grijnsde.

Daarna had hij het voor het eerst geprobeerd. Pillen. Gaan liggen en in slaap vallen. Ondergesneeuwd worden. Zoals nooit tevoren. Op het laatste moment de gedachte aan Lea. Dat ze hem nodig had, ondanks Lévy. Op zekere dag misschien ook vanwege Lévy.

Ik kon niet slapen. Ik moest het verhinderen. Het leek alsof mijn eigen leven ervan afhing.

Plotseling wilde ik dat ik de tijd kon terugdraaien tot voor die ochtend in Saint-Rémy, met het meisje op de duozit van de knetterende Vespa. Het was fijn geweest in de landelijke pensions met Somerset Maugham bij schemerig licht.

Om vier uur 's ochtends kon ik Leslie niet bellen. En wat had ik ook moeten zeggen.

Ik ging naar de lobby en slenterde door de hotelarcade met etalages. Ik kende het hotel, maar was nog nooit hier achter geweest. Aan het eind ontdekte ik een bibliotheekruimte. Ik deed het licht aan en ging naar binnen. Meters Simenon, stadsgidsen, Stephen King, een boek over Napoleon, een bloemlezing van Apollinaire, gedichten van Robert Frost. *Leaves of Grass*, het boek dat een leven lang in Walt Whitman had gewoekerd. 'I cannot be awake, for nothing looks to me as it did before,/ Or else I am awake for the first time, and all before has been/ a mean sleep.' Begeerte doorstroomde me, begeerte naar Whitman. Ik ging in een stoel zitten en las tot het buiten licht werd. Ik las met mijn tong. Ik wilde leven, leven, leven.

19

David Lévy maakte van Lea mademoiselle Bach. MADEMOISELLE BACH. De kranten drukten beide woorden telkens weer, eerst in het laatste katern en met kleine letters, vervolgens werden de letters groter en de artikelen langer, er kwamen foto's bij, ook die werden steeds groter, en uiteindelijk prijkte haar gezicht boven de viool op de voorpagina van de boulevardkranten. Dit alles ervoer Van Vliet als een chronologische, schoksgewijze zoombeweging, die in haar onstuitbaarheid iets onheilspellends had. Of ik er ooit iets van had meegekregen, vroeg hij. 'Ik lees geen kranten,' zei ik, 'het interesseert me niet wat journalisten denken, ik wil alleen de feiten, droog als persberichten; wat ik daarover moet denken, weet ik zelf wel.' Hij keek me aan en glimlachte. Het mag vreemd klinken, want al die dingen over zijn leven had hij me immers al verteld, maar toen had ik voor het eerst het gevoel dat hij me mocht. Niet alleen de luisteraar. Mij.

De eerste optredens begonnen enkele weken nadat Lévy haar zijn viool had gegeven. Hij had nog steeds invloed in de muziekwereld, zoals bleek. Neuchâtel, Biel, Lausanne. Verbazing over het jonge meisje dat de muziek van Johann Sebastian Bach met een helderheid speelde die iedereen fascineerde, en dat de steeds vollere zalen met klanken vulde zoals men die al lang niet meer had gehoord. De journalisten schreven over een ongelooflijke energie die in haar spel lag, en één keer las Van Vliet ook het woord dat hem in Sankt Moritz door het hoofd was geschoten: sacraal.

Hij las alles, de kartonnen doos met krantenknipsels werd steeds voller. Hij bekeek elke foto en bestudeerde die langdurig. Lea's buigingen werden zekerder, damesachtiger, geroutineerder, het glimlachen werd vastberadener, betrouwbaarder, geprononceerder. Zijn dochter werd hem steeds vreemder.

'Ik was blij toen ze weer eens een van haar merkwaardige zinnen uitsprak – het herinnerde me eraan dat ze achter de façade van mademoiselle Bach nog steeds mijn dochter was, het meisje met wie ik tien jaar geleden in het station had gestaan en naar Loyola de Colón had geluisterd.'

Maar soms sloop er nu ook de angst in, echte angst, en die kwam vaker, en werd opdringeriger. Want er kwamen dagen dat Lea's zinnen nog verwarder waren dan anders. 'Ik heb tegen de technicus gezegd dat het in de zaal te donker is, veel te donker;

het zou helemaal mooi worden als ik elk afzonderlijk gezicht in het publiek zou moeten herkennen.' 'Stel je voor, mijn rij-instructeur heeft me gevraagd of het een viool of altviool is. Hij weet niet eens wat een verschil dat is. Terwijl hij toch de hele dag naar operamuziek luistert, vooral die nieuwe basbariton uit Peru.' 'Davíd had zoals altijd gelijk met het platencontract; waarom vergeet hij elke keer dat ik absoluut geen rook verdraag, dat interesseert toch niemand bij dat bedrijf.' Op zulke dagen had haar vader het idee dat niet alleen de taal van zijn dochter verwarder werd, maar ook haar geest. Hij las er boeken over en zorgde ervoor dat Lea die niet te zien kreeg.

Dat was niet nodig geweest. Wat haar vader deed, leek haar helemaal niet meer te interesseren. Dat maakte hem zo wanhopig dat hij in huis begon te roken in de hoop dat ze op zijn minst zou protesteren. Niets. Hij stopte weer en liet het hele huis schoonmaken. Ook daarover geen woord van Lea. Hij ging op reis, ging weer eens naar een congres en bleef nog een paar dagen om Marie met een andere vrouw te vergeten. 'Wat was jij lang weg,' zei Lea. Had ze overnacht in Neuchâtel? *Zo'n man is het niet.*

Van Vliet werd bij de rector van Lea's school ontboden. Over een half jaar waren de eindexamens. Het zag er niet best uit voor Lea. Met de vakken waarbij het vooral op intelligentie aankwam, viel het wel mee. Het zag er catastrofaal uit voor de vakken waarvoor iedereen moest blokken. En ze was te vaak afwezig, veel te vaak. De rector was vol begrip, genereus, hij was ook trots op mademoiselle Bach, de hele school was trots. Maar ook hij kon niet alle regels aan zijn laars lappen. Of hij als vader niet eens met haar wilde praten.

Was Marie er nog maar geweest. Maar Marie was er al twee jaar niet meer voor Lea. Ze had geen krimp gegeven toen Van Vliet in de tijd na Sankt Moritz gevraagd had of ze niet eens bij haar langs wilde gaan; praten, geen verontschuldigingen, alleen praten.

Van Marie naar Lévy: er moest een enorme krachtsverschuiving in haar hebben plaatsgevonden. Hij zou haar graag begrepen hebben. Was hij er gewoon de man niet naar om zoiets te begrijpen? Zou Cécile het begrepen hebben, de wijze vrouw die zo vaak moest lachen om zijn naïviteit?

Hij probeerde er met Katharina Walther over te praten. *Marie Pasteur. Ja, ja, Marie Pasteur.* Hij was haar woorden niet vergeten, en daarom had hij geaarzeld. Ze koos meteen de kant van Lévy. Een natuurlijk verwijderingsproces. Een normalisatie. En die man was een geniaal leraar!

Een normalisatie. Daar moest Van Vliet aan denken toen hij later tegenover de Maghrebijn zat en diens röntgenblik moest verdragen.

Marie was er niet meer. Moest hij over zijn eigen schaduw springen en met Lévy praten? 'Oui?' zei Lévy aan de telefoon. 'Votre jeu: sublime', hoorde Van Vliet de stem zeggen. Hij hing op.

Hij sprak met Lea. Of beter: tegen haar. Hij ging in haar kamer op de stoel zitten, wat hij al lang niet meer had gedaan. Hij vertelde over het gesprek met de rector, over zijn welwillendheid en zijn bezorgdheid. Hij waarschuwde, dreigde, bedelde. Ik denk dat hij vooral bedelde. Dat ze haar eindexamen zou doen. Dat ze haar optredens zou onderbreken en haar achterstand inhalen. Samen met hem, als ze wilde.

Het hielp, in elk geval tijdelijk. Ze was vaker thuis, ze aten weer vaker samen. Van Vliet putte er hoop uit, ook wat hun verloren vertrouwdheid betrof. Nog maar een paar weken tot de examens. Twee dagen na het laatste examen stond een groot optreden in Genève op het programma, Orchestre de la Suisse romande, het concert in E groot van Bach. In plaats van haar diploma in ontvangst te nemen, zou ze in de trein naar Genève zitten om bijtijds op de repetities te zijn.

Tijdens het overhoren van jaartallen en chemische verbindingen werd haar blik ineens leeg en ze zei niets meer. Van Vliet maakte zich zorgen om haar hersenen. Maar het waren geen black-outs, ze dacht alleen plotseling aan Genève en de beroemde dirigent die ze niet wilde teleurstellen. Hij zag de angst in de lege ogen, en weer vervloekte hij haar roem, en hij vervloekte Joe, de muziekleraar die haar destijds voor Sankt Moritz had aangemeld.

En toen kwam de dag waarop Van Vliet in Jean-Louis Trintignant veranderde, die hij, naast Cécile zittend, een hele nacht achter het stuur van zijn vuile raceauto had gezien, hoe hij van de Côte d'Azur naar Parijs scheurde. Maar Trintignant, stelde ik me voor, had het gezicht van Tom Courtenay. Hij rookte aan één stuk door, de rook vertroebelde het zicht, zijn ogen brandden en hij had, denk ik, barstende hoofdpijn terwijl hij van Bern naar Ins en verder naar Neuchâtel joeg, afgesneden bochten, piepende banden, lichtsignalen en vloeken, en daarbij steeds de tijd voor ogen: 12.00, Lea's examen biologie, hij moest haar opvangen en terugbrengen, met een beetje geluk kon hij het nog net halen. Het examenrooster had op de keukentafel gelegen, hij was wantrouwig geworden, vervolgens de ziedend hete zekerheid dat Lea zich in de dag had vergist en naar Neuchâtel was gegaan, want haar viool lag er niet. Op het station van Ins had hij de trein waarin ze moest zitten net gemist, dus verder naar Neuchâtel, één keer nam hij een verkeerde afslag en moest keren, bij het station van Neuchâtel geen parkeerplaats, vloekende taxichauffeurs toen hij bij hen in de rij ging staan, maar niet lang want de trein stond er al een paar minuten, LÉVY DAVID, hectisch bladeren in het telefoonboek, hij wilde van de taxichauffeurs de weg weten, boosaardig grijnzen en hoofdschudden, hij reed door rood licht, na wat doelloos rondrijden een politieagent die de weg wist. Kort daarna zag hij haar, de vioolkist hing over haar schouder.

Ze was verward, koppig, geloofde niet, wilde niet. Toch op zijn minst iets laten weten. Twee huizen verder belde ze aan,

Lévy in ochtendjas, daaronder volledig gekleed, maar toch: ochtendjas, 'Je me suis trompée, je suis désolée', hij hoorde het half, las het half van haar lippen af, haar verontschuldigende blik, onderdanig, vond hij, haar handbeweging in zijn richting, Lévy's blik zonder teken van herkenning en zonder groet. De vioolkist bleef achter de deur van de auto haken, een verwijtende blik, alsof het allemaal zijn schuld was. Gregor Mendel, Charles Darwin, dna, nuclease, nucleonen, nucleotide, in de bochten moest ze zich vasthouden, de klok op het dashboard tikte de minuten weg, en toen, plotseling, stortte ze in en begon te huilen, haar schouders schokten, ze boog voorover tot haar hoofd tussen haar knieën hing.

Hij stopte om de hoek bij de school en nam haar in zijn armen. Kostbare minuten hield hij zijn kind vast, dat met harde, onregelmatige schokken haar angst uitsnikte, de angst voor het examen, voor Genève, voor de vochtige handen, voor Lévy's oordeel en voor de eenzaamheid in de hotelkamer. Van Vliet wreef in zijn ogen toen hij erover vertelde.

Langzaam was ze rustiger geworden. Hij had haar tranen weggeveegd, haar haren glad gestreken en haar op het voorhoofd gekust. 'Je bent toch Lea van Vliet,' had hij gezegd. Ze had geglimlacht als een schipbreukeling. Op de hoek had ze gezwaaid.

Een paar straten verder, op een rustig parkeerterrein, was Van Vliet vervolgens zelf ingestort. Hij deed het raam dicht zodat niemand hem zou horen huilen. Met een hard dierlijk gekreun was alles uit hem losgebroken: de angst om Lea, de heimwee naar vroeger, zijn eigen eenzaamheid, de jaloezie en de haat jegens de man in de ochtendjas, die haar met een viool van Nicola Amati aan zich had gebonden. Hij opende de vioolkist, één dwaas, onzinnig moment overwoog hij het instrument voor de wielen te leggen en gas te geven. Om daarna naar de bergen te rijden en onder de sneeuw te gaan liggen.

Daarna was er geen tijd meer om naar huis te rijden. Hij waste zijn gezicht bij een fontein en haalde Lea op. Ze had het gehaald, al was het niet met glans. Ze viel hem om de nek, en moest een restje van het water van de fontein hebben gevoeld en keek hem aan. 'Je hebt gehuild,' zei ze.

Ze reden naar de rozentuin voor een etentje. Hij had gehoopt dat het een etentje zou worden waarbij ze over haar gevoelens zouden kunnen spreken, die onder het huilen naar boven waren gekomen. Maar nadat ze hadden besteld, pakte Lea haar telefoon en belde Lévy op. 'Heel eventjes maar,' zei ze verontschuldigend. 'Je suis désolée, je me suis trompée de jour... non, l'oral... oui, réussi... non, pas très bien... oui, à très bientôt.' Bientôt was niet genoeg geweest, het moest très bientôt zijn. Dat kleine, nare woordje had alles bedorven. Toen Van Vliet erover sprak leek het alsof hij die vervloekte woorden op dat moment hoorde. Hij had de helft van zijn eten laten staan, en ze waren zwijgend naar huis gereden. De harde bolster over de gevoelens had zich weer gesloten, bij beiden.

Hij deed nog één keer een poging, haalde haar na het laatste examen op en reed naar Genève. Hij ging ook naar het concert. Hij liep door de stad en zag de affiches: LEA VAN VLIET. Hij had van die affiches leren houden en ze leren haten. Soms streek hij met zijn hand over het gladde, glanzende papier. Dan weer had hij ze, als hij dacht dat niemand hem zag, aan flarden gescheurd, vandalisme tegen de roem van zijn dochter. De politie had hem een keer betrapt en aangehouden. 'Ik ben haar vader,' had hij gezegd en zijn identiteitsbewijs laten zien. De politieagent had hem verwonderd aangekeken. 'Hoe is het om zo'n beroemde dochter te hebben?' 'Moeilijk,' had Van Vliet geantwoord. De politieagent had gelachen. Terwijl hij verder liep had het Van Vliet geërgerd dat het voorval op deze manier in een grap was veranderd, en hij had op de grond gespuugd. De politieagent, die was blijven staan, had het gezien. Even hielden hun blikken elkaar gevangen, zoals die van vijanden. Zo was het in elk geval op Van Vliet overgekomen.

Hij was al lang niet meer bij een concert van Lea geweest. Het was onverdraaglijk de grijze manen van Lévy in de zaal te zien. Ook nu was dat onverdraaglijk. Maar toen lukte het hem ze te vergeten, want zijn dochter speelde zoals hij nog nooit had gehoord. Sankt Moritz viel daarbij in het niet. Toen al had hij gedacht: een kathedraal van klanken. Maar het was een kerkje geweest vergeleken met de dom die ze met haar Amati-klanken over de hele stad Genève en al het water bouwde. Voor haar vader bestond alleen nog deze dom van helderheid en nachtzwart azuur, vertaald in muziek. En er bestond een bron voor die monumentale, sacrale architectuur: Lea's handen, die met de zekerheid van Marie's handen dit weergaloze instrument, in 1653 gebouwd door Nicola Amati, tot klinken brachten,. Daarboven haar gezicht op de kinsteun, de ogen meestal gesloten. Sinds die avond in Sankt Moritz, waarop David Lévy als vanuit het niets aan tafel was verschenen, had ze nooit meer een witte doek voor haar kin gebruikt. De kleur was nu mauve, zoals Lea het noemde. Hij had de doeken onderzocht en gevonden wat hij zocht: LUC BLANC, NEUCHÂTEL, de firmanaam in minuscule zwarte letters. Ook nu drukte Lea haar kin op zo'n doek. De spieren van haar gezicht volgden de muziek, zowel de lijn van de melodie als de curve van de technische moeilijkheden. Hij dacht eraan hoe dit gezicht een paar dagen eerder uitgeput en nat tegen zijn wang had gelegen. *Très bientôt.* Lévy zat onbeweeglijk op zijn plaats op de eerste rij.

Ze keek eerst naar hem voordat ze boog. De blik van een dankbare, trotse en, ja, verliefde leerling. De dirigent gaf een vluchtige handkus. Ze schudde de concertmeester de hand. Pas in de auto wist Van Vliet wat hem daaraan had gestoord: het gebaar was voorspelbaar geweest, vreselijk voorspelbaar. Het was op hem overgekomen alsof Lea door een reusachtig raderwerk was gegrepen, het gigantische mechaniek van het concertwezen, en nu voerde ze alle bewegingen uit die de uitgestippelde ballistische curve haar voorschreef. Zo was het ook met haar buigingen gegaan, die ze onder stampvoeten en bewonderend gefluit herhaalde en herhaalde. De vader dacht aan de buigingen tijdens haar eerste optreden op school. Ze hadden, hoewel gracieus, iets schuws gehad, een schuwheid die nu ontbrak; die was bezweken onder de glans van de ster.

Lévy was eerder bij Lea dan haar vader. Ze liepen naar hem toe. 'Davíd, je vous présente mon père,' zei ze tegen de man die van Neuchâtel een gehate burcht had gemaakt. Lévy's gezicht was gelaten, gedistantieerd. De twee zo volstrekt verschillende mannen gaven elkaar de hand. Lévy's hand was koud, anemisch.

'Sublime, n'est-ce pas?' zei hij.

'Divin, céleste,' zei Van Vliet.

Hij had die woorden lang geleden opgezocht om voorbereid te zijn als hij de sublieme, aanbeden leraar van zijn dochter zou ontmoeten. Een Frans-Zwitserse schoolvriendin die hij om advies had gevraagd, had gelachen. 'De ironie druipt ervan af,' had ze gezegd, 'vooral dat céleste, mijn god, céleste in zo'n gesprek! Sublime!'

Af en toe had hij over deze ontmoeting gedroomd, en dan waren de woorden hem niet te binnen geschoten. Nu kwamen ze. Op Lea's gezicht vermengden zich verontwaardiging over de ironie en trots op haar vader vanwege zijn slagvaardigheid en een talenkennis die ze niet van hem had verwacht. 'Er is nu een feest,' zei ze aarzelend, 'Davíd neemt me mee in zijn auto, hij moet toch naar Bern.'

Davíd, maar nog steeds vous, had Van Vliet in de auto gedacht. Hij voelde Lévy's koude hand, die hij bij het afscheid nog een keer had moeten vastpakken. Lea had niet gevraagd of hij ook naar het feest wilde gaan. Natuurlijk zou hij er niet heen gegaan zijn. Maar buitengesloten worden wilde hij ook niet, zelfs niet door Lea, vooral niet door haar. Hij dacht aan de rozentuin en aan de beweging waarmee ze haar telefoon had gepakt. Het was een beweging geweest als een muur, en die muur was met elke seconde dat ze vol voorpret erop had gewacht tot Lévy zich met zijn melodieuze stem zou melden, hoger geworden. Nu had hij weer verloren, en zij zou midden in de nacht naast Lévy in de groene Jaguar zitten.

Van Vliet zei het niet, maar we wisten allebei dat hij aan Marie's hand had gedacht, die met een scherpe sleutel een groene Jaguar over de hele lengte had bekrast.

Ik zie je naar Ins en Neuchâtel scheuren, Martijn, je dochter en een doel voor ogen. En ik zie je 's nachts van Genève naar Bern rijden, zonder vrouw, zonder hoge snelheid, zonder doel. Een beetje als Tom Courtenay, toen hij de volgende dag terug moest naar de tredmolen van pesterijen, voor een paar minuten een winnaar, voor jaren een verliezer.

20

Thuis had Van Vliet een slaappil genomen. Hij wilde Lea niet horen thuiskomen. De volgende ochtend dekte ze de tafel voor een gezamenlijk ontbijt. Het was de eerste keer dat hij een vredesaanbod van zijn dochter afwees. Staande dronk hij een kop koffie.

'Ik ga een paar dagen op reis,' zei hij.

Lea keek angstig. Alsof haar onverschilligheid van de afgelopen maanden niet had bestaan.

'Hoelang?'
'Geen idee.'
'Waarheen?'
'Geen idee.'

Haar blik was onrustig. 'Alleen?'

Van Vliet gaf geen antwoord. Ook voor het eerst. Haar blik had gezegd: Marie. Ze moet het gevoeld hebben. Ze had er nooit iets over gezegd, maar ze moet het gevoeld hebben. Marie was een taboe geworden, een kristallisatiepunt van verwonding, schuld en pijn. Hij had het nooit voor mogelijk gehouden dat er tussen hem en zijn dochter een taboe zou kunnen bestaan. Dat ze zich destijds in het station, na Loyola's optreden, tegen zijn beschermende gebaar had verzet – dat was het ontwaken van een eigen wil geweest; dat had pijn gedaan, maar hij had geleerd het te begrijpen, te accepteren en uiteindelijk te steunen. Net zoals de andere varianten van zelfstandigheid die ze sindsdien had ontwikkeld. Maar die verboden zone rond Marie, die ijstijd van verzwijgen en verloochenen: hij werd er door verscheurd dat het tussen hen zo ver was gekomen.

'Nou, dan ga ik maar,' zei hij ten afscheid. Hij was er zeker van, heel zeker dat ze wist dat hij haar rituele woorden voor haar vertrek naar Neuchâtel citeerde. Ze zag er verloren uit, zoals ze daar stond in de hal: een meisje dat binnenkort de uitslag van haar eindexamen in de brievenbus zou vinden; een ster van wie de naam op alle zuilen en in alle kranten stond; een vioolleerling die haar leraar liefhad, ook al mocht ze nooit blijven overnachten. Van Vliet verstarde toen hij haar verlorenheid zag. Het scheelde een haar of hij had de deur weer dichtgedaan en was aan de ontbijttafel gaan zitten. Maar het incident met het feest van de vorige avond was de druppel geweest. Hij ging.

Dat had hij mij allemaal tijdens het ontbijt verteld. Hij had op mijn kamerdeur geklopt, niet op de verbindingsdeur. Hij had lang moeten kloppen, het was al bijna acht uur toen ik met de versregels van Walt Whitman in mijn hoofd in slaap was gevallen. De tijd om te ontbijten was voorbij, maar we hadden de bediening weten te vermurwen. En nu zaten we in onze jassen aan het meer, klaar om te vertrekken en toch ook weer niet. Hij wilde niet naar zijn twee kamers vol stilte, en ik was bang voor

Bern. Hoe zou dat gaan? Zouden we voor mijn huis gewoon afscheid nemen, en zou hij naar het zijne rijden door de straten van Bern, waar geen denderende vrachtwagens doorheen raasden? Wat zou ik met zijn ongeluk doen? Wat zou hij met de wetenschap doen dat ik dat kende? Zo'n grote intimiteit die plotseling werd doorbroken, was dat niet iets verschrikkelijks, iets barbaars? Iets absoluut onmogelijks? Maar wat dan?

En dus bleven we zitten, kleumend, kijkend naar de zwanen, en Van Vliet vertelde hoe hij er weer bovenop gekomen was.

'Na lange tijd kwam ik er weer bovenop. Bovendien voelde ik hoe klein ik me door Ruth Adamek had laten maken. Eerst zat ik met mijn reistas in mijn kantoor en bekeek het bureau dat steeds leger werd; omdat ik er maar zo zelden was, namen ze mij de zaken uit handen en handelden ze ze zelf af. Ik had geen idee wat er zich in mijn instituut afspeelde.' Hij knipte zijn peuk in het meer. 'Toen ik dat daar boven, met uitzicht op de bergen, besefte, ging het niet eens zo slecht met me. Althans, dat maakte ik mezelf wijs. Geld vervalsen, vrijheid, onbezorgdheid, de dingen gewoon loslaten: waarom niet! Maar de waarheid was het niet. In werkelijkheid voelde ik dat mijn waardigheid in gevaar was. Groot woord, pathetisch woord, ik had nooit gedacht dat ik het op een dag zou moeten gebruiken. Maar het was het juiste woord. Misschien ook vanwege die avond in Genève, ik weet het niet. Het lege bureau was niet leuk meer. Ik ging.'

Hij ging niet naar de bergen. Hij nam de trein naar Milaan.

'Geschikte kleding voor de opera had ik niet bij me. Heb ik ook helemaal niet. Maar de tweede avond stond daar iemand die me een kaartje voor de Scala aanbood. *Idomeneo*. Ik liet me afzetten, meer dan dat. En zo zat ik twee dagen na Lea's concert in afgedragen kleren in de opera van Milaan en keek naar de violisten in de orkestbak. Ik stelde me voor dat Lea daar zat. En op de een of andere manier was dat de vonk: ze zou aan het conservatorium muziek gaan studeren, ze was nu mijn volwassen dochter die met concerten en platen geld verdiende, waar het nu op aankwam was haar los te laten, vroeg of laat zou ook Lévy voorbij zijn, een eigen woning, eigen verantwoordelijkheid, vrijheid, vrijheid voor ons allebei. Daarna was *Idomeneo* míjn opera, ik had geen idee wat erin gebeurde en hoe hij klonk, maar het was een prachtige opera, de opera van mijn bevrijding van de verantwoordelijkheid waarmee Cécile me had opgezadeld en waar ik bijna aan onderdoor was gegaan.

Het probleem was alleen dat ik er zelf geen woord van geloofde. Maar dat wilde ik niet toegeven, en zo werkte ik aan dit zelfbedrog met alle nieuwe energie die ik mezelf aanpraatte.

Maar eerst gunde ik mezelf een paar dagen in Noord-Italiaanse steden en aan het Gardameer. Een vader die eindelijk de juiste houding tegenover zijn volwassen dochter had gevonden. Een man die aan het begin van een nieuwe levensfase stond, vol nieuwe vrijheid. Blikken van vrouwen, ook van jonge. Een nieuwe reistas.

En toen, in Cremona, dat boek over vioolbouwkunst. Amati, Stradivari, de Guarneri's. Ik weet nog: helemaal goed voelde ik me niet, toen ik bij de kassa stond. Alsof de branding van een gevaarlijke, verraderlijke toekomst op me afkwam. Alsof het boek me iets duidelijk maakte, een maalstroom waarin ik zou verdwijnen. Maar ik wilde van dit gevoel niets weten. Ik zou het boek voor Lea meenemen: een gebaar van verzoening, een grootmoedig gebaar dat via Amati ook Lévy omsloot.

Na mijn terugkeer pakte ik mijn beroep weer op, om zo te zeggen. Ik was vroeger dan de anderen op kantoor en ging later weg. Ik liet me alle stukken van de laatste maanden brengen. Ik liet de resultaten beschrijven van experimenten waarvoor we geld hadden gekregen, en vroeg naar de details van nieuwe projecten. Ik was rustig en bondig. Ze werden bang voor mijn energie en mijn concentratie, die ze al bijna waren vergeten. Want er kwamen fouten aan het licht: verkeerde berekeningen, verkeerde inschattingen, verkeerde vraagstellingen. De contracten met twee medewerkers moesten verlengd worden. Ik weigerde te ondertekenen. Toen ik ontdekte dat Ruth Adamek in mijn plaats had ondertekend, belde ik naar de personeelsafdeling en maakte de zaak ongedaan. Ik ontbood Ruth bij me. Ik gaf haar ervan langs. Ze wilde protesteren, maar dat was pas het begin. "Niet nu!" zei ik, toen iemand binnenkwam. Ik moet het zo snijdend gezegd hebben, dat ze verbleekte. Ik trok een stapel papieren naar me toe die ik die nacht had doorgenomen. Ze herkende de stapel en hapte naar lucht. Ik wees haar op de verkeerde beslissingen, de ene na de andere. Ze wilde het op mij afschuiven, op mijn constante afwezigheid. Ik viel haar in de rede. Ik keek haar aan en voelde haar adem in mijn nek, net als toen ze "ondertekenen!" had gesnauwd. Ik zag haar grijnzen, nadat ik de aanvraag had verscheurd. Ik las haar de foutieve berekeningen voor, de verkeerde premissen, de verkeerde interpretaties van de gegevens. Ik las ze haar voor, de ene na de andere. Ik herhaalde ze. Ik scandeerde ze. Ik vernietigde Ruth Adamek, die het me nooit had vergeven dat haar minirok me koud had gelaten. Een ijzige wind trok door de gangen. Ik genoot ervan.

En dat was nog niet alles. Ik sloeg mijn slag bij de industrie en wierf tientallen miljoenen onderzoeksgeld. Toen ik de bestuursvergadering verliet, moest ik me in de lift vasthouden. Mijn onverschilligheid had hen geprikkeld, ik had het aan hun gezichten gezien, en het bedrag was er steeds verder door opgedreven. Het was geen bedrog, maar het was een riskante zaak, mild uitgedrukt.

Ik werd bij de rector ontboden. Hij feliciteerde me met mijn succes. "Kinderspel," zei ik, "en van geen enkele betekenis. Mijn onderzoek, bedoel ik. Heeft niemand wat aan. Zou men net zo goed achterwege kunnen laten." Hij kwam de schok snel te boven, dat moet ik hem nageven, en barstte in lachen uit. "Ik wist niet dat u zo'n grappenmaker bent!" Ik trok een bloedserieus gezicht. "Niks geen grap, ik ben volkomen serieus." En toen probeerde ik iets wat ik een keer bij een komiek had gezien; ik begon opeens bulderend te lachen, alsof zijn bloedserieuze gezicht de kunstige opmaat van dit lachen was, ik gooide alle remmen los. Nu begon ook de rector te lachen, ik voerde het steeds verder op en brulde, tot ook hij brulde, het brullen klonk alsof het in de hele universiteit te horen moest zijn, ik voerde het nog een keer op, want ik vond dit brullen nu werkelijk om me dood te lachen, ik lachte tranen, en ten slotte haalde ook de rector zijn zakdoek tevoorschijn. "Van Vliet," zei hij, "u bent een kanjer, ik heb het altijd geweten, alle Hollanders zijn kanjers." Dat was zo dom, zo verdomd onnozel, dat ik weer in lachen uitbarstte, en nu ging ons brullen de tweede ronde in. Toen ik wegging vroeg hij naar mademoiselle Mozart. "Bach," zei ik, "Johann Sebastian Bach." "Zeg ik toch," zei hij en sloeg me op mijn schouder.

Hoe anders zou onze volgende ontmoeting verlopen!'

21

Op 5 januari werd Lea twintig. Drie dagen later vertelde Lévy haar dat hij binnenkort zou trouwen en met zijn vrouw een tijdje op reis zou gaan. Dat was het begin van de catastrofe.

Er waren voortekens geweest. De voorgaande jaren had hij ook tussen kerst en Nieuwjaar met Lea gewerkt, en na Nieuwjaar ging het meteen door. Dit keer zat er een pauze rond de jaarwisseling. Van Vliet stelde geen vragen, hij hoorde het alleen maar dankbaar aan. Er was weer eens kerstversiering in huis, en Lea hielp mee. Maar ze was er met haar gedachten niet bij. En wat haar vader alarmeerde: ze speelde niet, geen noot. Sliep tot diep in de middag, hing maar wat rond. Hij gaf haar het boek over de Cremonese vioolbouwers dat hij op zijn reis naar Milaan had gekocht. Een paar dagen lag het boek ongeopend op de tafel, toen begon ze er in te bladeren. Ze las eerst alles over Nicola Amati, wiens handen haar viool hadden gebouwd. Ze kreeg weer kleur in haar gezicht. Van Vliet voelde dat ze voortdurend aan Lévy dacht, Nicola Amati was alleen maar een plaatsvervanger. 'Hij was het die de puntige vorm van de gamba in de huidige vorm heeft veranderd,' zei ze. Haar vader ging naast haar aan de keukentafel zitten, en samen lazen ze alles over de maten van een vioolkast, de lak, de houtsterkte van de afzonderlijke delen, de vorm van het f-gat en de krul. Het instrument, dat daarginds in de muziekkamer lag, was een zogeheten Groot Amati-model, ze kende deze benaming niet. Ze wist ook niet dat men zulke violen vanwege hun klank Mozart-violen noemde. Haar wangen begonnen te gloeien, er verschenen een paar rode vlekken in haar hals. Met elk minuscuul detail kwam Neuchâtel dichterbij. Het deed haar vader pijn, maar hij bleef zitten, en daarna namen ze samen de stamboom van de Amati-dynastie door.

Guarneri del Gesù. Daar aan de keukentafel, tijdens de laatste dagen van het jaar, had Van Vliet er geen idee van wat voor rampspoed achter die naam op haar wachtte. Wat voor onheil hij voor hen beiden zou betekenen. Eerst was het gewoon de naam die Lea boeide en die haar aandacht van Amati en Lévy afleidde. Plotseling verscheen er in haar ogen en haar stem een frisse, onbevangen nieuwsgierigheid die niets met Neuchâtel te maken had. Ook deze stamboom leerden ze kennen. Andrea, de grootvader; Giuseppe Giovanni, die later de bijnaam Filius Andreae kreeg; en inderdaad, zijn zoon Giuseppe, die zich op zijn viooletiket Joseph Guarnerius noemde. Hij voegde er een kruis aan toe evenals de letters IHS, die IN HOC SIGNO of IESUS HOMINUM SALVATOR konden betekenen. Om die reden werd hij later Guarneri del Gesù genoemd. Deze bijnaam beviel Lea, hij beviel haar zo goed dat Van Vliet aan het kruisteken dacht dat Marie haar op het voorhoofd placht te maken. Een kort, gevaarlijk moment kwam hij in de verleiding haar ernaar te vragen. Gelukkig had Lea net iets gelezen wat haar vrolijk en opgewonden maakte.

'Kijk eens, papa, ook Niccolò had een Guarneri del Gesù! Hij heet Il Cannone. Hij heeft hem aan de stad Genua vermaakt, je kunt hem daar in het stadhuis bezichtigen. Kunnen we er niet heen?'

Nog diezelfde dag kocht Van Vliet de vliegtickets en boekte hij het hotel. Ze zouden Lea's verjaardag in Genua doorbrengen, voor de vitrine met Paganini's viool. Wat kon toepasselijker zijn! Het was het volmaakte cadeau voor deze verjaardag. En wat veel belangrijker was: het was na vele jaren weer een reis die hij met zijn dochter, helemaal alleen met haar, zou maken. De laatste hadden ze moeten afbreken omdat Lea naar Marie terug wilde. Deze, zwoer haar vader, zou niet afgebroken worden, desnoods zou Lea's telefoon onderweg zoekraken. Hij was blij, hij was zo blij dat hij een luxe koffer voor Lea kocht, de duurste die ze hadden, en hij nam ook een enorm fotoboek over Genua en een plattegrond mee. Het nieuwe jaar in Genua beginnen, samen met zijn dochter: eigenlijk moest het dan ook voor de rest een jaar worden waarin de dingen zich ten goede zouden keren. Zo optimistisch was hij sinds tijden niet meer geweest.

Maar opeens wilde Lea niet meer. Ze wilde liever die tentoonstelling in Neuchâtel zien, waarover ze in de krant had gelezen. Van Vliet keek naar de nieuwe koffer. Het leek allemaal een droom die in het ochtendlicht vergaat. 'Ik geloof dat ik nog nooit zo teleurgesteld was,' zei hij. 'Het was alsof ik tegen onzichtbaar pantserglas was gelopen, mijn hele gezicht deed pijn.' Hij annuleerde het hotel en verscheurde de vliegtickets. Op Lea's verjaardag ging hij vroeg naar het instituut en bleef tot diep in de nacht achter zijn computer zitten. Voor het eerst dacht hij eraan om ergens alleen te gaan wonen.

Drie dagen later kwam ze zonder viool uit Neuchâtel terug. Ze was overvallen door de regen, haar haren hingen in pieken in haar gezicht. Maar dat was niet wat hem deed huiveren. Het was haar blik.

'Een waanzinnige blik. Nee, je kunt het niet anders zeggen: waanzinnig. Een blik die van een vreselijke innerlijke chaos getuigde. Dat ze haar psychische evenwicht volledig kwijt was en op een vloedgolf van verwonding wegdreef. Het ergste moment was toen die blik over mij heen gleed. "Ach, ben jij er ook," leek hij te zeggen, "waarom eigenlijk, je kunt me toch niet helpen, jij niet, jij bent de laatste die dat kan." Ze kroop in haar natte kleren onder de dekens. Ze trok niet eens haar schoenen uit. Toen ik de deur op een kiertje opende, lag ze in het kussen te snikken.'

Van Vliet ging aan de keukentafel zitten en wachtte. Probeerde zich voor te bereiden, zijn gevoelens te ordenen. Een breuk met Lévy. Een breuk die zover ging, dat ze hem de viool had teruggegeven. Hij probeerde eerlijk tegenover zichzelf te zijn. De opluchting niet te ontkennen. Dat was dus voorbij. Maar wat nu? Betekende dat ook het einde van haar carrière, van haar leven als musicienne? Men zou zien en vooral horen dat ze niet meer op de Amati speelde. De viool uit Sankt Gallen vulde geen concertzalen. En nog afgezien daarvan: wie zou nu de concerten voor haar arrangeren?

Hij vergat de slaappillen te verstoppen. Lea vond ze, maar er zaten nog maar een paar pillen in de verpakking. Toen hij het merkte, maakte hij haar wakker, zette koffie en liep met haar op en neer door het huis. De pillen hadden de barrière van de censuur geslecht en nu barstte ze los, ruw, rauw en onsamenhangend. Lévy had haar aan zijn toekomstige vrouw voorgesteld. 'Tieten en kont!' schreeuwde Lea met een hese stem. Ze zou Lévy geil maken en het vel over de oren trekken, verder niets. Het viel Van Vliet zwaar de woorden voor mij te herhalen, hij had geaarzeld, en het was duidelijk dat Lea nog heel andere dingen had uitgekraamd. Haar vader, op straat opgegroeid, vond het schokkend om te horen hoe ordinair zijn verafgode dochter kon zijn. Hij merkte dat hij zich haar als een fee had voorgesteld, een karakterfee, wie al het ordinaire en alledaagse vreemd was. En er was nog iets wat hem schokte, iets wat hem al bij het concert in Genève had gestoord toen Lea de concertmeester de hand schudde: dat ze dingen deed die zo exact voorspelbaar waren. Want haar woeste scheldwoorden met het steeds terugkerende *putain* waren even schematisch en voorspelbaar als de orgieën van jaloezie in een soapopera. Na de razende autorit van Neuchâtel naar Bern had hij ervan genoten zijn huilende dochter in zijn armen te houden. Nu, nu hij haar door het huis moest slepen, voelde hij voor het eerst sinds haar geboorte een weerzin bij het aanraken van het slaperige lichaam waaruit al die ordinaire en voorspelbare dingen kwamen.

Ik dacht aan de eerste keer dat ik Leslie shit en bitch hoorde zeggen. Ze zat voor de televisie, en ook ik was ineengekrompen. 'Growing up,' had Joanne glimlachend gezegd.

'De meeste dingen die we zeggen zijn voorspelbaar,' zei ik.

Van Vliet nam een trek van zijn sigaret en keek naar het meer. 'Mogelijk,' zei hij. 'Kan misschien ook niet anders. Maar toch, dat ze allemaal dingen zei die een of andere bezopen scenarioschrijver haar in de mond had kunnen leggen – dat was verschrikkelijk, gewoon afschuwelijk. Het was alsof ik een willekeurig jong meisje door het huis sleepte, en niet gewoon Lea. Er was al zo veel afstand tussen ons. Waarom kwam dit er ook nog bij?'

Jaren later, toen Lea al in het hospitium van Saint-Rémy woonde en onder het toezicht van de Maghrebijn stond, belde Van Vliet Lévy op en vroeg hem om een gesprek. Net als tijdens het eerste telefoontje kromp hij ineen toen hij het 'Oui?' van de melodieuze stem hoorde. Maar nu sprak hij verder, en vervolgens reed hij naar Neuchâtel. Lévy en zijn mooie, jonge vrouw, wier schilderijen aan de muren hingen en die in niets op de vrouw leek over wie Lea's door de slaappillen benevelde stem had gesproken, vertelden over het dramatische moment waarop Lea bijna een miljoen dollar had vernietigd. Ze had de Amati-viool in haar hand toen Lévy haar zijn aanstaande voorstelde.

'Haar blik... ik moet een voorgevoel hebben gehad,' zei Lévy, 'want ik deed een paar stappen naar haar toe. En zo kon ik nog net haar pols pakken voordat ze de viool kon wegslingeren. Dat was op het nippertje, het allerlaatste nippertje. Ze liet de viool los, en ik kreeg het instrument met mijn andere hand te pakken. Het is meer waard dan alles wat hier staat.' Hij maakte een beweging die het hele huis omvatte.

Op de terugweg herinnerde Van Vliet zich hoe zijn kleine Lea na de fout tijdens het rondo het liefst de viool het publiek in had geslingerd. Ook de plaat van Dinu Lipatti herinnerde hij zich, die ze uit het raam had gegooid en waarvan de hoes zo'n akelig geluid op het asfalt had gemaakt.

Maar nu was het allereerst zaak elke dag te nemen zoals hij kwam. Het was zaak de miljoenen te beheren die hij met zijn coupe had losgekregen. Juist nu kon hij het zich niet veroorloven weg te blijven. Ruth Adamek zou elke gelegenheid aangrijpen om wraak te nemen. Verschillende keren per dag belde hij naar huis om zich ervan te verzekeren dat Lea geen domme dingen deed. De hoofdpijn tijdens het werk werd heviger.

Hij stond een keer vroeg in de ochtend voor Krompholz te wachten om met Katharina Walther te spreken voordat de eerste klanten kwamen. Er waren jaren overheen gegaan, hij had het haar lange tijd kwalijk genomen dat ze over Lea's overgang van Marie naar Lévy had gesproken alsof er een eind was gekomen aan iets ziekelijks. Ze had de carrière van mademoiselle Bach in de kranten gevolgd en was ook naar een van haar concerten geweest. Het concert in Genève had ze op de televisie gezien. Ze stond perplex toen Van Vliet haar over Lea's inzinking vertelde.

'Ze is twintig,' zei ze na een poosje, 'ze zal eroverheen komen. En concerten... Dan maar een poosje niet. De rust zal haar goeddoen. Er zullen zich vast wel andere impresario's aandienen.'

Van Vliet was teleurgesteld. Wat had hij verwacht? Wat kon hij verwachten als hij het belangrijkste verzweeg?

Het belangrijkste was dat Lea's gedachten verwarder werden. Niet alleen haar gevoelens waren in beroering. Het leek alsof er uit de diepte van haar verwarde gevoelens een aantrekkingskracht kwam die ook haar denken de duisternis in trok.

Er waren dagen dat het leek alsof alles weer in orde was. Maar de prijs daarvoor was de ontkenning van de tijd. Dan sprak Lea over Neuchâtel en Lévy alsof alles nog was zoals vroeger. Zonder te merken dat dat niet bij de feiten paste, dat ze er niet meer heen ging en geen Amati meer had. Ze kwam met nieuwe kleren thuis, die ze voor fictieve concerten had gekocht. Het waren kleren met glitter, die haar een hoerig uiterlijk gaven en die niet in een concertzaal pasten. Dan weer liep ze door het huis in een hemdje dat haar vader deed blozen, met slordig gestifte lippen, waardoor haar mond opzwol. Ze las de krant van eergisteren en merkte het niet. Zelden wist ze welke dag het was. Ze verwisselde *Idomeneo* met *Fidelio*, Tsjetsjenië met Tsjechië. Ze begon te roken, ook in huis, terwijl ze geen rook kon verdragen en voortdurend hoestte. 'Vandaag heb ik Caroline in de stad gezien, je kunt toch niet alles vergeten,' zei ze. 'Joe is gepensioneerd, nu heeft hij eindelijk zijn doel bereikt, hij gaf zo graag les.' En: 'Mozart nam het altijd heel nauw met de tempi, die waren niet zo belangrijk voor hem, de noten kwamen zo snel dat hij niet op het tempo kon letten.'

Van Vliet bleef vaak tot diep in de nacht op het instituut. Daar kon hij zijn hoofd op tafel leggen en zijn tranen de vrije loop laten.

Of hij nooit aan een psychiater had gedacht, vroeg ik. Natuurlijk. Maar hij had niet geweten hoe hij er met haar over had moeten beginnen zonder dat ze uit haar vel zou zijn gesprongen. En hij had zich geschaamd, dacht ik.

Geschaamd? Was dat het juiste woord? Hij zou het niet hebben kunnen verdragen dat iemand ook maar iets over de rampspoed te weten kwam die hem met zijn dochter verbond. Dat iemand zijn neus erin zou steken. Zelfs al was het een arts. En bovendien: hoe zou een vreemde iets van zijn dochter kunnen begrijpen, wat hij, haar vader, niet eens begreep? Hij, die haar toch door en door kende omdat hij haar al twintig jaar elke dag meemaakte en elke tweesprong, elke zijweg, elke bocht van haar levenspad kende?

Maar in feite kwam het hierop neer: hij wilde andermans blik niet, de onderzoekende blik van een ander. Hij zou die niet anders dan als vernietigend hebben kunnen ervaren, vernietigend voor Lea en voor hemzelf. Ja, ook voor hemzelf. Net zoals hij toen de blik van de Maghrebijn ervoer, de zwarte, Arabische blik, die hij in zijn haat het liefst had vastgepakt en in de donkere ogen had teruggeduwd, helemaal naar achteren, tot hij zou ophouden te bestaan.

Bovendien lukte hem iets wat hem in de overtuiging sterkte dat hij en Lea de crisis alleen zouden kunnen overwinnen. Op een dag zag hij hoe een klein meisje zich door een hond haar hand en gezicht liet likken. Op dat moment herinnerde hij zich de genegenheid die Lea vroeger van dieren had ondervonden. Hij ging met haar naar het asiel. 's Avonds gaf ze de nieuwe hond al te eten.

Ze klampte zich meteen aan het dier vast, een zwarte Riesenschnauzer, en dat maakte haar rustiger, soms leek ze bijna ontspannen. Ze was lief voor hem, en als haar vader haar zo zag, kon hij de heftige en wrede kant, die ze ook had, bijna vergeten. Alleen als een vreemde te dicht bij de hond in de buurt kwam, stoof ze op. Dan had haar blik een snijdende scherpte.

Ze hield van de hond en beschermde hem. Haar vader werd rustiger, het gevaar van de slaappillen was geweken, ze zou de hond niet in de steek laten. Maar langzaam en ongemerkt ontstond er een nieuw gevaar: de beschermster veranderde in een kind dat bij de hond bescherming zocht als bij een mens. In plaats van zich naar hem voorover te buigen of op haar hurken te gaan zitten om hem te aaien, ging Lea naast hem op de grond zitten zonder zich iets aan te trekken van alle viezigheid, legde haar hoofd tegen het zijne en sloeg haar armen om hem heen. Van Vliet zocht er niet meteen iets achter, de opluchting te weten dat ze zich geborgen voelde, woog zwaarder, ofschoon het soms een treurig komische uitwerking had als de hond zich loswrong omdat hij geen lucht meer kreeg, of zich gewoon beklemd voelde.

'Nikki,' zei ze dan teleurgesteld en ook een beetje geërgerd, 'waarom blijf je niet bij me.'

Het was de naam waaraan de hond van oudsher was gewend. In aanwezigheid van haar vader noemde ze hem ook nooit anders. Maar toen Van Vliet op een dag langs haar deur liep, hoorde hij hoe ze hem Nicola of Niccolò noemde, beide namen vloeiden in elkaar over. Het leek wel een stroomstoot. Op zijn kantoor probeerde hij tot bedaren te komen, helder te denken. Waarom zou hij het niet gewoon zien als een onschuldig, grappig woordenspel? Maar waarom dan in het geheim? Wás het eigenlijk wel in het geheim? En zelfs als het iets meer was en ze de hond op een of andere manier, uit een vaag en verward gevoel, met Amati en Paganini in verband bracht: was dat werkelijk een reden voor bezorgdheid? Ze was een beetje eigenaardig en in de war, maar niet gek.

Van Vliet concentreerde zich op zijn werk. Tot plotseling de angst als een fontein in hem omhoogschoot: wat, als ze dat toch was? Als zich achter het onschuldige spel met de namen een aanval van psychische verwarring aankondigde, die alles als een tektonische aardbeving in haar innerlijke wereld verschoof?

Op dat moment, waarop hij door paniek werd bevangen, moet Ruth Adamek binnengekomen zijn. Ze moet de witte laboratoriumjas gedragen hebben en een sleutelbos in haar hand gehouden hebben. Toen moet er iets met Van Vliet zijn gebeurd, iets wat ik eerder uit zijn koortsachtige blik en zijn rauwe stem afleidde dan uit zijn woorden, die hij zuinig en haperend uitsprak: zijn assistente, die hij hier nog maar kort geleden – zoals hij het uitdrukte – had verpletterd, kwam op hem over als een gebiedende, meedogenloze verpleegster van een gesloten psychiatrische afdeling. En als ik zeg: kwam op hem over, dan bedoel ik dat ze overkwam als een verschijning, een duivelse theofanie, die van plan was hem en zijn dochter achter de hoge, duistere muren van een inrichting te stoppen.

Van Vliet zette haar buiten de deur en werd bijna handtastelijk. De knal van de deur van zijn kamer was in het hele gebouw te horen. Als er misschien ergens in hem, in een verborgen, verloochende kamer de bereidheid was geweest een psychiater te raadplegen, dan was die vanaf nu voorgoed gesloten.

'Een gekkenhuis. Een gékkenhuis. Ik stop Lea toch niet in een gékkenhuis.'

We hadden een poosje gelopen en stonden nu weer aan de oever van het Meer van Genève. Het keiharde woord was als een mes waarmee hij zich sneed, een keer, twee keer, drie keer. Ik dacht aan zijn woorden toen hij over Amsterdam, de te lage bruggen over de grachten en de maskerade met de oude kleren had verteld, die hij had aangetrokken om zich als Martijn Gerrit van Vliet, de onbehouwen Hollander, tegen de stralende Davíd Lévy te verweren: omdat zielenpijn waaraan je meewerkt, makkelijker te verdragen is dan zielenpijn die je zomaar overkomt.

'Ik breng Lea toch niet naar een gekkenhuis.' Hij sprak in de tegenwoordige tijd. Een verschrikkelijke tegenwoordige tijd. Niet alleen omdat die Lea's dood ontkende. Maar ook omdat daarin een hulpeloze, ijzige woede meetrilde, woede jegens de

Maghrebijn die hem de toegang tot zijn dochter had ontzegd en wiens bestaan alleen te verdragen was, als hij hem met de keuze van de tijdsvorm simpelweg doorstreepte. Nee, witte jassen, sleutels en vergrendelde inrichtingsdeuren, geen denken aan.

Zelfs niet toen Lea na het bezoek aan Marie volledig instortte. Van Vliet had haar in de verte gezien, de oude viool over de schouder, Nikki aan de lijn. Zijn maag kromp samen. Marie... Hij wist het zeker toen ze in de tram stapte. Van Vliet rende naar de taxistandplaats en volgde haar. Zoals je een slaapwandelaarster volgt, om haar te beschermen en voor de afgrond te behoeden.

Toen Lea met aarzelende passen en eigenaardig gebogen hoofd op Marie's huis afliep, verstopte hij zich in het portiek van een huis aan de overkant van de straat. De schemering was ingevallen en hij zag meteen dat er geen licht brandde achter de ramen van Marie's woning. Lea aarzelde, even leek ze rechtsomkeer te willen maken en belde toen toch aan. Niets. Ze aaide de hond, wachtte, belde nog een keer aan. Van Vliet haalde diep adem: het was nog net goed gegaan. Hoewel de hond begon te trekken liep Lea niet weg, maar nam de viool van haar schouder en ging op het stoepje voor de deur zitten. Nu stonden vader en dochter in de invallende duisternis te wachten, zwijgend en gescheiden door het avondverkeer, waaruit Marie op zeker moment moest opduiken.

Moest hij naar haar toegaan en haar naar huis brengen? Haar eraan herinneren dat Marie bang voor honden was? Als ze de viool niet had meegenomen, had hij dat misschien wel gedaan. Maar de viool betekende dat ze niet alleen met Marie wilde praten, ze wilde les, en dat betekende dat ze de tijd wilde terugdraaien, ze wilde dat alles weer hetzelfde was als voorheen. Er was geen vertrek naar Sankt Moritz, geen breuk, geen David Lévy, geen Neuchâtel, ze wilde terug naar Marie's batikjurken en naar het vele chintz, waarin ze eens had willen baden. Van

Vliet voelde dat ze daar aan de overkant, op het stoepje, aan de rand van een afgrond stond. Ze tolde in de tijd, of beter: ze kende geen tijd meer, er bestónd in haar geen tijd meer – er was alleen die ene wens: dat het weer goed zou komen met Marie, met de vrouw aan wie ze de gouden ring had gegeven en vanuit Rome zo veel kaarten had gestuurd, met de vrouw die bij haar voor elk optreden het kruisteken op het voorhoofd had gemaakt.

En haar vader wilde niet degene zijn die deze hoop en dit verlangen vertrapte, en die ze daarna zou haten.

Het was al na tienen en pikdonker toen Marie haar auto voor het huis parkeerde. Van Vliet staarde naar de overkant tot zijn ogen begonnen te tranen. De hond sprong op en rukte aan de lijn. Marie deinsde terug, keek verrast op, verstarde. Lea stond nu naar haar uit te kijken. Van Vliet was blij dat het te donker was om de blik te kunnen herkennen. Maar misschien was het nog erger om zich die blik te moeten voorstellen: de dringende, smekende blik van zijn dochter, voor wie Marie misschien de laatste redding was.

Van Vliet kwam in de verleiding om naar de overkant te gaan, naar de overkant te rennen, om zijn dochter te helpen. Maar dat zou alles nog chaotischer hebben gemaakt, en dus bleef hij in het donker turen en probeerde te verstaan wat Marie zei. Ze móést toch iets zeggen, ze kon na drie jaar volledig zwijgen niet zomaar zonder een woord te zeggen langs Lea het huis in gaan en de deur achter zich dichtdoen. Of toch?

Marie was bij de deur, het leek alsof ze de sleutel in slot stak. Lea was opzijgestapt, ze had zich tegen een struik moeten persen en Nikki aan de halsband moeten vasthouden om Marie te laten passeren. Haar vader voelde een steek door zich heen gaan toen hij zag hoe ze terugweek, als een slavin die geen recht had daar te zijn. Nu hoorde hij haar iets tegen Marie zeggen. In de halfgeopende deur, waarachter het licht was aangegaan, keerde Marie zich om en keek Lea aan. Een auto reed voorbij. '... laat...

spijt...' was alles wat hij verstond. Lea liet de hond los, struikelde over de lijn, spreidde haar armen, het moet haar vader verscheurd hebben toen hij de smekende, verlangende beweging van zijn dochter zag, die zich geen raad wist en een onzinnige poging ondernam om buiten de tijd te treden en alles wat die met mensen doet, en daar verder te leven waar het het minste pijn deed.

Marie, een silhouet in het lichtschijnsel dat uit de deur drong, leek zich op te richten en heel groot te worden, Van Vliet had deze beweging van het oprichten leren kennen en vrezen. 'Nee,' zei ze, en nog eens: 'Nee.' Toen keerde ze zich om, ging naar binnen en liet de deur achter zich dichtvallen.

Een hele tijd bleef Lea gewoon staan, haar blik op de deur gericht, waarachter het licht uitging. Voor haar vader leek het alsof met het uitgaan van het licht elke hoop en elke toekomst voor zijn dochter werd vernietigd. Nu ging het licht in de muziekkamer aan, Marie's silhouet werd zichtbaar. Van Vliet herinnerde zich hoe hij lang geleden, heel lang geleden het schaduwspel had gadegeslagen dat Marie en Lea in die kamer opvoerden, en hoe hij zich buitengesloten had gevoeld en beiden had benijd om de intimiteit die uit de gebaren sprak. Nu stond ook Lea buiten, buitengesloten door een zwakker wordend licht, een verstoten klein meisje, dat wankelde en elk moment kon vallen, zowel innerlijk als uiterlijk.

Ze liep de verkeerde kant op. Dat was niet de goede weg naar huis en ook geen weg naar een ander voor de hand liggend doel. Weer kromp Van Vliet's maag samen. Het beeld van zijn werkelijke dochter werd bedekt door een imaginair beeld waarin ze steeds verder die straat in liep, steeds verder, de straat was een eindeloze rechte lijn, Lea liep en liep, de hond was verdwenen, nu verbleekte de gestalte van zijn dochter, werd almaar lichter en lichter, doorzichtig, etherisch als de gestalte van een fee, en toen was ze verdwenen.

Toen hij het beeld, dat sterker en sterker was geworden, eindelijk kon afschudden, was het alsof hij na een korte maar hevige ziekte ontwaakte.

'Later, toen ik wakker lag,' zei hij, 'dacht ik erover na hoe mijn eigen geest zich nu ook begon te vervormen. Het was heel vreemd: ik had bij die gedachte paniek verwacht – de angst om gek te worden. In plaats daarvan voelde ik me er goed bij. Het was niet zozeer een geluksgevoel als wel een soort tevredenheid, ik denk dat het het gevoel was dat ik op het punt stond hetzelfde te worden als Lea – hoe wonderlijk dat ook mag klinken. Of misschien moet ik niet zeggen: hetzelfde worden, maar beantwoorden aan. Ja, dat was het. Het was het gevoel dat ik met mijn beeld van Lea beantwoordde aan de eindeloze, verblekende weg naar het realiteitsverlies dat zich in mijn dochter onstuitbaar uitbreidde. Het was gevaarlijk, dat had ik wel in de gaten. Maar het bestaat wel: dat je gewillig, berustend en op een bepaalde manier tevreden een afgrond tegemoet ziet.'

Daarna vertelde hij over *Thelma and Louise*, de film waarin twee vrouwen, door de politie opgejaagd, op de rand van de canyon afstuiven. Ze zijn het met een paar woorden eens geworden, blikken van medeplichtigheid, ze pakken elkaar bij de hand en rijden in innerlijke harmonie de dodelijke vrijheid tegemoet.

'Het beeld van die twee handen,' zei hij, 'is een van de mooiste filmbeelden die ik ken. Het ziet er zo ongecompliceerd en lief uit, zoals beide handen elkaar aanraken, helemaal niet als vertwijfeling, eerder als geluk, een geluk zoals je dat alleen kunt bereiken door alles in te zetten, ook het leven. Een ongelooflijk, doldriest gambiet waarmee beide vrouwen boven alle macht van de wereld oprijzen, al is het maar voor de laatste seconden van hun leven.'

Ja, Martijn, dat is een beeld dat je heel diep moet hebben geraakt. Ik zie je handen voor me, hoe je ze van het stuur haalde toen de vrachtwagens naderden, groot, luidruchtig en verpletterend.

Toen hield Van Vliet een taxi aan, liet hem om het blok rijden en naast Lea stoppen. 'Ach, papa,' zei ze alleen maar en stapte in met Nikki. Ze kreeg geen argwaan, dacht waarschijnlijk dat het een toevallige ontmoeting was. Zwijgend reden ze naar huis. Hij kookte, maar ze zat met een lege blik voor het bord eten en liet het uiteindelijk staan.

Toen hij tegen de ochtend wakker werd, hoorde hij een geluid in de gang. In een hoek zat Lea naast Nikki op de grond, haar armen om de hond geslagen, huilend. Hij droeg haar naar bed en ging op de stoel zitten wachten tot ze in slaap was gevallen. Met haar praten was niet mogelijk geweest. 'Ze was niet meer bereikbaar, voor niemand,' zei hij.

22

Het was tijdens die ochtenduren dat hij het fatale idee kreeg: hij zou Lea een viool van Guarneri del Gesù bezorgen – koste wat het kost.

Het instrument – moet hij gedacht hebben – zou zijn dochter weer op de been helpen en haar het trotse uiterlijk en het innerlijk evenwicht teruggeven, die haar ware wezen vormden. Het zou haar doelloos drijvende, niet vastgelegde wil weer verankeren. Ze zou weer aan de top staan en haar weergaloze kathedraal van sacrale klanken bouwen. LEA VAN VLIET – hij moet de trotse, stralende letters voor zich hebben gezien. In het publiek zouden niet David Lévy en ook niet Marie Pasteur zitten, maar hij, haar vader. Hij had nog geen duidelijk plan voor ogen hoe hij aan het geld kon komen om een van de duurste violen ter wereld te kopen. Maar hij zou het voor elkaar krijgen. Met een doldrieste schaakzet zou hij zijn dochter behoeden voor het afglijden in het duister en haar naar de wereld van de gezonden terughalen.

Je kunt van alles verzinnen, allerlei verklaringen geven: het boek over de vioolbouwer uit Cremona dat hij en Lea samen aan de keukentafel hadden gelezen; Guarneri als vervanger voor Amati; Lévy overtroeven; de eerzucht haar weer op het podium te zien; de onstuitbare, ja, gewetenloze wil om alle concurrenten uit te schakelen en de liefde, alle liefde van zijn dochter terug te winnen en die voortaan helemaal voor zich alleen te hebben.

Dat alles gaat ook door mijn hoofd. En toch: om te begrijpen wat Van Vliet in de daaropvolgende periode deed, om dat echt te kunnen begríjpen, moet je hem gezien, gehoord en – hoe vreemd dat ook klinkt – geroken hebben. Je zou ook kunnen zeggen: je moet hem gevóéld hebben. Je moet hem gezien hebben, die grote, zware man, hoe hij koppig de heupfles vasthield, een waaghals in het uiterlijke en nog veel meer in het innerlijke. Je moet de trilling in zijn stem hebben gehoord als hij de geliefde, geheiligde naam Lea uitsprak, en de heel andere trilling als hij over Marie en Lévy sprak. Je moet zijn grote handen op de deken gezien en de door de alcohol verzuurde adem geroken hebben, die de nachtelijke kamer vulde waarin het beschermende lichtschijnsel uit de badkamer viel. *Wat, verdomd nog aan toe, weten we nu eigenlijk* – ook de klank van deze woorden, die in mijn herinnering vaker voorkomen dan in de werkelijkheid, moet je gehoord hebben. Je moet dat allemaal hebben meegemaakt, om met het oog op wat er nu gebeurde, de indruk, de dwingende indruk te hebben: ja, precies dat en niets anders moest hij nu doen.

Ik doe mijn ogen dicht, laat hem voor me verschijnen en denk: ja, Martijn, zo móést je voelen en handelen, precies zo. Want zo is het ritme van je ziel. Er waren veel andere violen, evenzeer edele instrumenten die in Lea's handen goed geklonken zouden hebben, en die hadden je niet tot deze doldrieste, waanzinnige gok hoeven te verleiden. Maar nee, het moest een Guarneri del Gesù zijn, omdat dat de naam was die Lea aan de keukentafel had gefascineerd en haar aandacht van Amati en

Lévy had afgeleid. Het moest tegen elke prijs een viool zijn zoals die van Paganini, die in het stadhuis van Genua tentoongesteld wordt. En het verbaast me niet dat je je toen, in de ochtendschemering, naast Lea's bed, eerst voorstelde hoe je deze viool uit de vitrine zou stelen. Een Guarneri del Gesù. Ik kende je nog geen drie dagen en het verwonderde me zelfs niet een beetje dat er geen andere mogelijkheid was.

23

In het bleke ochtendlicht ging Van Vliet achter de computer zitten. De eerste stappen waren kinderlijk eenvoudig. Een paar klikken en de zoekmachine leidde hem naar de pagina's met de gewenste informatie. Er waren 164 geregistreerde violen van Guarneri del Gesù. Er stond er maar één te koop, de handelaar zat in Chicago. Om de prijs te weten te komen, moest hij lid worden van de internetonderneming, waar alle informatie over oude muziekinstrumenten samenkwam. Hij aarzelde. Als hij het nummer van zijn creditcard invoerde, kostte dat een paar dollar, verder niets. Toch had hij, toen hij het uiteindelijk deed, het gevoel dingen in gang te zetten die hij niet meer in de hand zou hebben.

De viool kostte 1,8 miljoen dollar. Van Vliet stuurde een e-mail naar de handelaar en vroeg hoe het in zijn werk ging als hij het instrument wilde kopen. Maar in Chicago was het nu midden in de nacht, een antwoord was niet eerder dan in de late namiddag te verwachten.

Toen Lea tegen de middag wakker werd, was het alsof er niets was gebeurd. Ze leek zich noch het bezoek aan Marie noch de nachtelijke scène met de hond te herinneren. Van Vliet schrok. Zo duidelijk was het nog nooit geweest dat Lea's geest op het punt stond in stukken uiteen te vallen, in sequensen die niet met elkaar in verband stonden. Tegelijkertijd was hij ook opgelucht en blij toen hij hoorde dat ze aan de telefoon met Caroline afsprak.

Op kantoor nam hij de stukken over de verworven miljoenen door. Hij schrok toen hem duidelijk werd dat hij, verborgen voor zichzelf, er vanaf het begin over had gedacht de viool te betalen met het onderzoeksgeld. Hij bekeek de bedragen op het beeldscherm: hij zou meer dan de helft van de eerste tranche voor de viool achterover moeten drukken. Dat betekende dat hij een paar projecten moest uitstellen om ze daarna uit de tweede tranche te betalen. Hij liep naar het raam en dacht na. Toen een medewerker binnenkwam en een blik op het beeldscherm wierp, kromp Van Vliet ineen, hoewel er niets verdachts te zien was. Toen hij weer alleen was, schermde hij het hele bestand met een wachtwoord af. Vervolgens reed hij naar Thun, naar een kleine particuliere bank die hij van naam kende, en opende een rekening op nummer.

'Toen ik weer buiten liep, had ik hetzelfde gevoel als destijds, toen ik de aandelen had verkocht om Lea's eerste hele viool te kunnen betalen,' zei hij. 'Alleen was het gevoel nu veel sterker, hoewel ik nog niets verkeerds had gedaan en alles met één pennenstreek weer ongedaan te maken was.'

Toen hij op het instituut terugkwam, beklaagde Ruth Adamek zich erover dat ze door het wachtwoord geen toegang meer tot de gegevens had. Koel zei hij iets over veiligheid en schudde het hoofd toen ze naar het woord vroeg. Later nam hij in gedachten haar woorden en blikken door. Nee, het was onmogelijk dat ze argwaan koesterde. Ze kon immers helemaal niets weten over zijn gedachten.

Tegen de avond kwam het antwoord uit Chicago: de viool was een paar dagen eerder verkocht. Op weg naar huis voelde Van Vliet afwisselend teleurstelling en opluchting. De gegevens van de bank uit Thun verstopte hij in zijn slaapkamer. Het gevaar leek geweken.

Caroline kwam nu vaker langs, en Lea ging met haar op stap. Van Vliet werd rustiger. Misschien had hij in Lea's bezoek aan Marie te veel dramatiek gezien. En was het niet heel normaal dat ze troost zocht bij haar hond?

Maar toen kwam hij Caroline in de stad tegen. Of ze samen koffie konden drinken, vroeg ze verlegen. En toen vertelde ze dat ze zich zorgen maakte om Lea. Hij schrok, want eerst dacht hij dat zij ook iets van de barsten en sprongen in Lea's geest had gemerkt. Maar dat was het niet. Het waren Lea's herinneringen aan de concerten, de glans, de plankenkoorts en het applaus, die Caroline zorgen baarden. Als ze samen waren, sprak Lea alleen daarover, urenlang. Ze vergat alles om zich heen en reisde terug in de tijd, bloeide op, haar ogen schitterden, ze keek uit het raam van het café naar een denkbeeldige toekomst en ontwierp concertprogramma's, het ene na het andere. Als het tijd was om te betalen verdween dat allemaal, ze leek dan nauwelijks meer te weten waar ze was, en ineens vond Caroline haar op een oude vrouw lijken, die het leven al achter zich had. 'Caro,' had ze bij het laatste afscheid gezegd, 'je helpt me toch wel, hè?'

Van Vliet en Caroline stonden op straat. Ze zag wat hij zich afvroeg. 'Ze denkt dat u het prima vindt. Dat het afgelopen is met de concerten, bedoel ik. Dat u het allemaal maar niks vond. Vanwege Davíd, Davíd Lévy.'

Van Vliet bleef de hele nacht op het instituut. De eerste uren vocht hij met zijn woede jegens Lea. 'Dat u het prima vindt.' Hoe kon ze zo iets denken! Kwam dat doordat hij zich bij veel concerten niet had vertoond om de grijze manen van Lévy niet te hoeven zien? Hij liep op en neer in zijn werkkamer, keek over de nachtelijke stad en sprak met Lea. Hij sprak en debatteerde net zo lang met haar totdat de woede was bekoeld en er alleen nog het vreselijke gevoel overbleef dat hij kennelijk van haar was vervreemd. Hij die in het station naast haar had gestaan toen Loyola de Colón haar met haar klanken uit de verstarring bevrijdde. Hij aan wie ze aan de keukentafel de vraag had gesteld: 'Is een viool duur?'

Ik geloof dat het vooral dit gevoel, dit onverdraaglijke gevoel van vervreemding tussen hen was, dat Van Vliet tijdens de vroege ochtenduren ertoe bracht nogmaals op zoek te gaan naar een viool die zijn dochter weer tot leven zou wekken en haar zou bewijzen dat ze zich had vergist, dat ze hem verkeerd had begrepen. Deze viool, die moest het levende, materiële bewijs zijn dat hij bereid was alles, werkelijk álles te doen om haar het geluk van de muziek en de concertkoorts terug te geven. En toen hij me vertelde over de doldrieste, koortsachtige vastberadenheid waarmee hij achter de computer ging zitten, begreep ik voor het eerst de kracht van de woede die in hem was opgelaaid toen de Maghrebijn met snijdende stem die zin tegen hem zei: 'C'est de votre fille qu'il s'agit.'

Hij ontdekte dat er op internet een forum voor mensen was die berichten en vragen over de violen van de familie Guarneri wilden uitwisselen. Met branderige ogen las hij de hele discussie.

'Het was alsof ik in een hete, borrelende heksenketel dook,' zei hij. 'Daarbij was de taal van de berichten koel en gedistantieerd, er kwamen zeldzame, uitgelezen woorden in voor, het had iets van een geheime loge waarvan de leden in hun woordkeus speciale regels volgden, waardoor ze zich als ingewijden legitimeerden.'

En toen stuitte hij op signor Buio. 'Hebben jullie al gehoord dat sr. Buio zijn Guarneri's wil veilen?' stond er. 'Ongelooflijk, na al die jaren. Het moeten er minstens tien zijn. Ook Del Gesù's. Het schijnt bij hem thuis te gebeuren, heb ik gehoord, en hij accepteert alleen contant geld. Het komt allemaal op me over alsof hij een schaakpartij tegen de rest van de wereld aan het plannen is, misschien wel de laatste partij van zijn leven.'

Van Vliet aarzelde zich aan te melden, want dan hadden ze zijn adres. Maar het was gewoon te sterk.

Wat hij te weten kwam, was net een verhaal uit een sprookjesboek. Signor Buio was een legendarische man uit Cremona; ze hadden hem deze naam – heer Donker – gegeven omdat hij nooit anders dan in zwart gekleed ging: armoedig zwart pak, afgedragen zwarte schoenen die er als pantoffels uitzagen, zwart overhemd, daarboven de witte, gerimpelde hals van een man die tussen de tachtig en negentig moest zijn. Steenrijk en gierig tot de hongerdood aan toe. Een woning in een armoedig huis met vochtige muren. De violen, zei men, zou hij in kasten en onder het bed bewaren. Een Filius Andreae was, naar men beweerde, door de spiralen van het bed platgedrukt.

Hij slofte door Cremona met een plastic tas vol gaten, waarin hij goedkope groente, vleesresten en inferieure jenever naar huis droeg. Nergens een vrouw te bekennen, maar het gerucht ging dat hij een dochter had die hij verafgoodde, hoewel ze hem verloochende. De bankbiljetten droeg hij, meerdere keren gevouwen, in een minuscuul rood etui bij zich, er bestonden honderden hypothesen over de vraag waarom het rood en niet zwart was. Toen een kelner ooit weigerde een van deze verfomfaaide bankbiljetten aan te nemen, kocht signor Buio het café en gooide hem eruit.

Hij beweerde familie te zijn van Caterina Rota, de vrouw van Guarneri del Gesù. En hij koesterde een mateloze haat tegen alle buitenlandse ondernemingen die met violen uit Cremona handelden. Als hij hoorde dat een handelaar een Guarneri bezat, kende zijn haat geen grenzen meer, en zou hij het liefst iemand inhuren om hem te stelen en naar huis te brengen. Niemand wist waarom, maar zijn haat gold speciaal de Amerikaanse handelaren in Chicago, Boston en New York. Hij sprak geen Engels, maar de scheldwoorden kende hij allemaal. Volgens de legende was er een Italiaanse violiste geweest, wier spel hij boven alles liefhad en op wie hij ook nog stapelverliefd was. Hij herkende elke viool uit Cremona aan de klank en hoorde door welke handen hij was gemaakt, daarom wist hij dat ze op een Guarneri Filius Andreae speelde. Er ging bijna geen dag voorbij waarop hij niet een plaat van haar draaide. Op een dag hoorde hij dat ze de viool bij een handelaar in Boston had gekocht. Hij sloeg al haar platen met een bijl kapot en scheurde de foto's van haar in duizend stukken. Hij is gek, zei iedereen, maar er bestaat niemand op deze planeet die meer verstand heeft van violen uit Cremona.

Van Vliet vroeg naar de datum en de plaats van de veiling. Die zou over drie dagen plaatsvinden en om middernacht beginnen. Het huis had geen nummer, maar was aan de blauwe huisdeur te herkennen. Dat signor Buio alleen contant geld accepteerde… betekende dit, dat de mensen met geldkoffers arriveerden? Niemand wist het precies, maar het moest wel zo zijn. Van Vliet voelde zich alsof hij een verdovend middel had ingenomen dat hem tegelijkertijd oppepte en vreselijk moe maakte. Hij deed zijn kantoordeur op slot en ging op de bank liggen. De flarden van dromen waren vaag en verflauwden snel, maar op een of andere manier gingen ze allemaal over de donkere man, die geld van hem wilde dat hij niet bij zich had. Hij hoorde het hatelijke lachen van de ouwe niet, maar het was er wel.

Hij werd wakker toen Ruth Adamek aan de deur rammelde. Ze keek hem met een vreemde blik aan toen hij met een slaperig gezicht en verwarde haren opendeed. Weer vroeg ze hem naar het wachtwoord. Weer weigerde hij. Nu waren ze alleen nog maar tegenstanders, en op een haar na vijanden. Hij wiste het wachtwoord, dat ze misschien zou kunnen raden, en verving het door een nieuw, waar ze onmogelijk op kon komen: DELGESÙ. Toen reed hij naar huis.

24

'Als Lea, toen ik binnenkwam, niet met die blik op bed zou hebben gezeten – misschien had ik het dan niet gedaan,' zei Van Vliet.

We hadden onze hotelkamers voor nog een nacht gereserveerd en zaten in de mijne. Hoe dichter zijn verhaal de catastrofe naderde, hoe vaker hij een pauze nodig had. Aan het meer was er soms wel een half uur voorbijgegaan zonder dat hij een woord had gesproken. Af en toe had hij een slok uit de heupfles genomen, maar slechts één slok. Het was onmogelijk nu naar Bern te rijden; daardoor zou hij verstard zijn en zou het vertellend herinneren zijn opgedroogd. En dus loodste ik hem terug naar het hotel. Toen ik hem zijn sleutel gaf, wierp hij me een schuwe en dankbare blik toe.

'Ze zat daar met haar benen opgetrokken, met louter foto's van haar optredens om zich heen,' ging hij nu verder. 'Foto's waarop ze speelde, andere waarop ze boog, nog andere waarop de dirigent haar hand kuste. Het waren er zo veel en ze lagen zo dicht bij elkaar dat ze een tweede deken leken, waarin alleen een opening voor haar weggedoken lichaam zat, een kleine opening, want ze at nauwelijks nog iets en werd steeds magerder. Haar blik was leeg en ver weg, waardoor ik dacht: zo zit ze al uren.

Ze keek me aan met een blik die me meteen aan de woorden van Caroline herinnerde: *Dat u het prima vindt.* Was het maar op z'n minst een woedende blik geweest! Een blik die een strijd had kunnen ontketenen, zoals ik die 's nachts op mijn werkkamer met haar had gevoerd. Maar het was een blik bijna zonder verwijt, alleen maar vol teleurstelling, een blik zonder toekomst. Of ik iets te eten moest maken, vroeg ik. Ze schudde onmerkbaar het hoofd, het was bijna het citaat van hoofdschudden. Toen ik daarna in de keuken stond, waarheen haar blik me volgde, dacht ik iets wat ik nog nooit had gedacht, en dat deed me zo'n pijn dat ik me moest vasthouden. Wat ik dacht was: ze wilde dat ze een andere vader had. Begrijpt u nu dat ik naar Cremona moest? Dat ik gewoon móést?'

Ik had hem geen teken gegeven dat ik het niet begreep, integendeel. Maar hoe dichter we bij de daad kwamen waarmee hij een grens had overschreden, des te meer veranderde ik, leek het, voor hem in een rechter, in elk geval een rechter wie je om begrip kon vragen en die je voor je kon winnen. Hij zat op de rand van mijn bed, zijn handen, die de heupfles omklemden, tussen zijn knieën. Hij keek me bijna geen enkele keer aan, leek tegen het vloerkleed te praten. Maar elke beweging die ik in de stoel maakte, irriteerde hem, zijn concentratie flakkerde dan, een glimp van boosheid flitste over zijn vermoeide gelaatstrekken.

Toen had hij de huisdeur zachtjes achter zich dichtgedaan en was naar het instituut teruggegaan. Hij sloot zich op in zijn werkkamer en maakte de helft van de binnengekomen onderzoeksgelden met één muisklik over op zijn rekening in Thun. 'Die ene klik met mijn vinger op de muisknop,' zei hij schor, 'een klik als honderdduizenden, niet te onderscheiden van alle andere en toch daarboven uit rijzend – ik zal die nooit vergeten. Ook de spieren van mijn gezicht op dat moment zullen voor altijd in mijn herinnering blijven, ze trokken samen en waren helemaal warm.'

Martijn van Vliet, die als jongen op bed had gelegen en valsemunter had willen worden. Martijn van Vliet, die bij het schaken elke uitdaging aannam en de verleiding niet kon weerstaan een onbezonnen, voor de tegenstander onbegrijpelijk gambiet te spelen. Nu, vlak na de fatale muisklik, was hij bang. Het moet een helse angst zijn geweest, die nu nog als een schaduw in zijn duistere blik was te herkennen.

Maar hij vertrok. Eerst naar Thun, vervolgens met een koffer vol bankbiljetten naar Cremona.

Ik keek naar hem, zoals hij op de rand van het bed zat en over de Italiaanse douanebeambte vertelde, die langs zijn coupé liep zonder hem een blik waardig te keuren. Onder een heldere, blauwe hemel was hij door de Povlakte gereden, duizelig van opwinding. Er zat ook angst bij, de angst van de muisklik, maar hoe verder hij naar het zuiden reed, hoe meer deze veranderde in de opwinding van de speler.

'Ik rookte, ik hield mijn hoofd in de wind, ik rookte en dronk uit een kartonnen beker de belabberde koffie van de restauratiewagen.' Hij klemde zijn handen om de heupfles, zijn knokkels waren wit.

Het was vreemd: er was die kracht, ja, het geweld van de grote handen, waarin het slechte geweten en de woede over het slechte geweten tot uitdrukking kwamen. Daar, tussen zijn knieën, vond de strijd met zijn innerlijke rechter plaats. En daarboven, ter hoogte van blik en stem, kwamen nu al die woorden waarin je de wind voelde, de wind van een rit die hem naar het krankzinnigste avontuur van zijn leven had gedreven. Ik keek van de witte knokkels weg, ik wilde niet dat hij zichzelf martelde, hij moest leven, leven. Ik dacht aan Liliane en aan andere momenten waarop ik niet had geleefd wat ik zou hebben kunnen leven en misschien zou hebben moeten leven.

'Het was gek, compleet waanzinnig, om rond middernacht met een koffer vol verdonkeremaand geld naar een veiling van een zonderlinge, ziekelijk gierige grijsaard te gaan om een van de duurste violen ter wereld te kopen. Eigenlijk kon het helemaal niet waar zijn dat ik daarheen ging. Maar het was waar, ik hoorde mijn voetstappen op de straatstenen en toen ik naar hun zachte echo in de uitgestorven steeg luisterde, zag ik ineens weer de straat voor me die Lea was afgelopen toen ze van Marie kwam en de verkeerde kant op liep.

Ook nu vervaagde de eindeloze, kaarsrechte straat, het schijnsel van dat andere verre vervagen lag over het mistroostige schijnsel van de naakte gloeilampen die, in plaats van straatlantaarns, de steeg in Cremona schaars verlichtten. En ook nu voelde ik weer hoe sterk het onwezenlijke van mijn nachtelijke tocht op het onwezenlijke leek dat in Lea om zich heen greep.'

Van Vliet deed zijn ogen dicht. Er liepen luidruchtige hotelgasten langs de deur. Hij wachtte tot het weer stil was.

'Ik wou dat ik het niet had gedaan. Het heeft zo veel, het heeft alles verwoest. En toch: ik zou het moment niet hebben willen missen dat ik door de blauwe deur stapte, tussen vochtige muren de trap op liep en bij de oude man op de deur klopte. Het was alsof ik in een toestand van hoogste waakzaamheid een volledig lucide droom beleefde en gewichtloos, door niets anders beheerst dan door de absurditeit, in een imaginaire kamer stond, die een kamer op een schilderij van Chagall had kunnen zijn, sprookjesachtig en heel erg mooi. En ook de volgende uren had ik niet willen missen; die dwaze, krankzinnige uren, waarin ik ze allemaal overtroefde.'

De oude man woonde in twee kamers, gescheiden door een schuifdeur. De deur stond open, zodat er plaats was voor de zeven mannen die op hun gammele stoelen meeboden. Toch was het zo smal dat ze elkaar onvermijdelijk aanraakten. Het moet er benauwd zijn geweest, overal lagen stofnesten, en uit elke hoek kwam de zurige geur van de ouderdom. Een van de mannen, aan wie je de onpasselijkheid kon zien, stond zwijgend op en vertrok.

Signor Buio, precies zo gekleed als de legende vertelde, zat in een smerig uitziende leunstoel in de hoek. Vandaaruit kon hij alles overzien en de blik in zijn heldere ogen, die in de loop van de nacht steeds meer leken te verkleuren en waanzinniger leken te worden, op ieder afzonderlijk richten. Niemand was bij het binnenkomen begroet, de deur werd als door magische kracht geopend door een onooglijk meisje dat daar stond alsof er niemand stond. Niemand leek de anderen te kennen, niemand stelde zich voor, men keek elkaar bevreemd, calculerend en wantrouwig aan.

Van Vliet vertelde het op zo'n manier dat ik dacht: hij heeft ervan genoten, van die surrealistische situatie.

'Het leek een beetje op een vergadering van vleermuizen, we konden elkaar niet echt goed zien, maar hoorden en voelden elkaar alleen maar,' zei hij. Het was, denk ik, die absolute, spookachtige vreemdheid, waarvan hij genoot. Niet zoals je van iets aangenaams geniet. Eerder zoals je je ergens op stort en je eraan vastklampt als gebleken is dat een ravenzwart, vertwijfeld vermoeden overeenkomt met de waarheid.

Bij hem was dat het vermoeden van een laatste, onoverbrugbare vreemdheid tussen de mensen. En eigenlijk is het verkeerd om het een vermoeden te noemen. Het was voor hem eerder een gerijpte ervaring, het bezinksel van alle andere gevoelens. Ik heb het woord vreemdheid niet uit zijn mond gehoord. Maar als ik mijn ogen dicht doe en naar zijn verhaal luister als naar een muziekstuk, dan wordt me duidelijk dat hij de hele tijd over niets anders sprak dan over die vreemdheid. Hij kende haar al als straatjongen en sleutelkind. Toen kwam de leraar die hem de boeken over Louis Pasteur en Marie Curie gaf. Vervolgens kwamen Jean-Louis Trintignant en Cécile. En vooral kwam er gedurende een paar jaar Lea, die hij als bolwerk tegen de vreemdheid ervoer of in elk geval wilde ervaren, tot ze in de rozentuin 'à très bientôt' tegen Lévy zei en hij haar enige tijd later beneveld door slaappillen door het huis moest slepen en haar ordinaire uitbarstingen moest aanhoren, om uiteindelijk van Caroline te horen dat ze hem zo onbegrijpelijk verkeerd begreep. En toen ging deze man met een miljoenenbedrag aan gestolen geld op reis om met een Guarneri del Gesù het voorwerp – een echt magisch voorwerp – in zijn bezit te krijgen, dat als enige, naar hij dacht, het misverstand uit de wereld zou kunnen helpen en de vreemdheid zou kunnen overwinnen, en raakte verzeild in een vergadering van vleermuizen, die hem die hele vreemdheid in ruwe, niet mis te verstane vorm onder ogen bracht. Die fulminante, hemeltergende paradox, dat was het waarvan hij genoot. Het moet een duizelingwekkende ervaring zijn geweest, een vertigo van eenzaamheid, een razende, neerwaartse spiraal van zelfverscheurend inzicht. En ja: Martijn van Vliet was er de man naar om ervan te genieten.

Ik vroeg me af hoe het zou zijn als de vreemdheid tussen hem en mij doorbroken zou worden. En die zou doorbroken worden. Ik deed mijn ogen dicht, luisterde en stelde me voor dat we weer door de Camargue reden, rechts en links rijstvelden en water, waarin de overtrekkende wolken zich onder de hoge hemel spiegelden. 'Le bout du monde.' We hadden daar in het zuiden moeten blijven, lachend voor de witte muur en drinkend in het tegenlicht, en het einde had als een bevroren beeld aan het einde van een film moeten zijn.

'De violen kwamen uit een grote scheepskist, die naast de stoel van de oude man stond,' ging Van Vliet verder. 'Geschilderde ankers op de zijkanten, afbladderende verf. Een reusachtig ding, zeker een meter hoog en minstens twee keer zo lang. Daarin en niet in de kast of onder het bed, zoals verteld werd, lagen de violen voorzichtig opgestapeld, met witte doeken ertussen. De enorme messing sloten piepten toen de oude man de kist opende en de eerste viool eruit haalde.

Het was een viool van Pietro Guarneri, de oudste zoon van Andrea en oom van Del Gesù, ik herinner het me omdat ik van hem het minst wist: in het boek dat ik destijds uit Milaan had meegenomen, stond over hem het minst te lezen.

"Mille milioni!" riep de oude man, het was nog de tijd van de lire. Bij een van de minder waardevolle Guarneri's paste deze prijs. Maar hoe langer de nacht duurde, hoe beter ik begreep dat deze woorden voor de oude man veel meer betekenden dan een aanduiding van een zakelijk bedrag. Het waren woorden die natuurlijk veel geld betekenden, maar bovenal stonden ze voor een afgeronde, lichtende eenheid van rijkdom, de oereenheid van rijkdom, voor de idee van geld in alle opzichten. Mille milioni – dat was de ultieme geldsom, een grotere bestond er niet. Due mila milioni, tre mila milioni – dat zou, hoewel een veelvoud, minder zijn.

De viool werd gekocht door een man in een pak dat van Armani moest zijn, en dat bij de povere omgeving paste als een vlag op een modderschuit. Op mij en een Fransman na zaten er alleen Italianen, tenminste wat de taal betrof. Maar toen liet één van hen, toen hij iets tussen zijn papieren zocht, zijn paspoort op de grond vallen, praktisch voor de voeten van de oude man. Het was een Amerikaans paspoort. "Fuori!" schreeuwde hij, "fuori!" De man wilde het uitleggen, zich verdedigen, maar de oude man herhaalde zijn kreet, en ten slotte vertrok de man. Hoewel het ijskoud was in de kamer, transpireerden we allemaal.

Het onooglijke meisje, dat stilletjes was binnengekomen en aan de tafel in de hoek was gaan zitten, schreef alles op. De violen gingen van hand tot hand, de anderen hadden allemaal kleine lampjes in de vorm van een vulpen waarmee ze naar binnen schenen om het viooletiket te kunnen bekijken. Deze mannen waren ervaren lui die je niet makkelijk bij de neus kon nemen, dat zag je aan de manier waarop hun handen langs de C-beugel en de f-gaten gleden, de krul aftastten en de lak keurden. En toch vulde wantrouwen het vertrek. Voordat ze een bod deden, leunden de meesten achterover en bekeken de oude man vanuit hun halfgeopende ogen met een taxerende blik. Hoe het met echtheidscertificaten zat, vroeg iemand. "Sono io il certificato, ík ben het certificaat," zei de oude man. Eigenlijk kocht hij nooit zonder de viool van tevoren gehoord te hebben, zei een oudere heer met een voornaam uiterlijk, die je je in een Venetiaans paleis kon voorstellen. Niemand werd gedwongen te kopen, antwoordde de oude man droog en onherroepelijk.

De Guarneri del Gesù was als negende of tiende aan de beurt. Ik leende een lampje. JOSEPH GUARNERIUS FECIT CREMONAE anno 1743 † ihs stond op het vergeelde viooletiket. Het moest een van zijn laatste werkstukken zijn, hij was in 1744 overleden, niet ver hier vandaan. Kon je zo'n etiket vervalsen en het er later inplakken? Het was een kleiner formaat, het meetlint ging van hand tot hand. Geringe onder- en bovenbladwelving, open C-beugel, korte hoeken, lange f-gaten, prachtige lak. De typische kenmerken. Bovendien zat er een lichte vlek waar de kinsteun had gezeten, zoals bij Il Cannone, waarop Paganini had gespeeld.

"Mille milioni e mille milioni e mille milioni!" kraste de oude man. Wat hield en genoot hij van deze woorden! Ik begon hem te mogen. Toch was ik ook wantrouwig. Het krassen, dat wist ik inmiddels zeker, was show, een show voor ons arme dwazen, die midden in de nacht bij hem kwamen aanzetten om onze begeerte naar Guarneri's te bevredigen. Wat was nog meer allemaal show?

Drie miljard lire. Dat was bijna zoveel als ik bij me had. De duurste Del Gesù had bij Sotheby's in Londen zes miljoen pond opgebracht. Daarmee vergeleken was deze goedkoop. Ik wilde hem hebben. Ik dacht eraan terug hoe ik met Lea aan de keukentafel had gezeten en Il Cannone had bekeken. Eerst had de lichte plek haar gestoord, daarna had ze gezegd: "Eigenlijk is het precies goed, op de een of andere manier echt en levend, je kunt bijna de warmte van Niccolò's kin voelen." Ik wilde weer met haar aan de keukentafel zitten. Ze moest haar ogen dichtdoen, ik legde deze viool hier voor haar op tafel, daarna mocht ze haar ogen opendoen. Ze stond op, en ons huis veranderde in een kathedraal van sacrale Guarneri-klanken. Uit haar stralende ogen was alle matheid en leegte verdwenen, de onaangename dingen van de laatste tijd waren in één klap vergeten. Lévy was ver verleden tijd, Marie's "Nee!" was er nooit geweest, de gefotografeerde taferelen op het bed waren tot schaduwen gereduceerd. Ik moest de viool hebben. Voortaan zou alleen nog maar de open, gelukkige toekomst van lea van vliet bestaan, die veel schitterender was dan het verleden van mademoiselle Bach. En deze Lea van Vliet zou terugkomen met een viool die de Amati van vroeger ver overtrof. Ik moest hem hebben, tegen elke prijs.'

Hij wierp me een schuwe, vragende blik toe: of ik het begreep. Natúúrlijk begreep ik het, Martijn. Niemand die jou daarover had horen vertellen, zou het anders zijn vergaan. Nu, terwijl ik het opschrijf, komen de tranen die ik toen onderdrukte. Je zat weer achter het stuur van de racewagen waarmee Jean-Louis Trintignant van de Côte d'Azur naar Parijs reed, een man, die alles had gegeven, gewoon alles, zoals je zei, en je zocht nogmaals de hele stad af om het parfum van Dior te vinden dat Cécile had gebruikt.

Waarom heb je me niet gebeld.

'Ik begon te bieden. Het was de eerste keer, tot nu toe had ik alleen maar zwijgend tussen de anderen gezeten, als ik erop terugkijk lijkt het alsof ik tot dat moment op mijn ongemakkelijke stoel in een denkbeeldige kamer had gezweefd, in een kamer als bij Chagall, ergens op halve hoogte, gedragen door niets anders dan de absurditeit van de situatie. En nu stapte ik de echte, warme kamer binnen, waarin de lucht te snijden en de geur misselijkmakend was.

Ik had de viool zo lang in mijn handen gehouden dat de anderen er onrustig van waren geworden. Toen mijn blik op dat ogenblik langs de oude man gleed, dacht ik: hij heeft doorzien hoeveel hij voor me betekent. Was het een glimlach die uit de pientere ogen en het uitgemergelde gezicht sprak? Ik wist het niet, maar zijn gelaatsuitdrukking verleidde me ertoe meer te bieden, steeds meer, het bedrag was inmiddels veel hoger dan wat ik in mijn koffer had, maar het gezicht van de oude man gaf me de vertwijfelde moed daartoe. Hij zou me uitstel verlenen voor het verschil, dacht ik vaag, terwijl ik de vijf-miljard-grens overschreed. Vijf miljard lire, ongeveer vier miljoen frank – nu was elk ander bedrag ook mogelijk. Ik was in een andere denkbeeldige kamer aangekomen, de kamer van het vederlichte speelgeld, dat alles en niets waard is. Aan de zorgelijke gezichten van de anderen kon je de buitensporige bedragen aflezen. Maar ik ontspande steeds meer, het was een razende achtbaanrit, ik leunde achterover en genoot van het vooruitzicht dat ik snel uit de bocht zou vliegen, ver naar buiten, waar de dingen verbleken. Ten slotte was ik de enige die nog bood. Zes miljard lire, ruim vierenhalf miljoen frank. Het meisje keek rond, toen schreef ze het bedrag op.

De oude man keek me aan. Zijn blik was niet snijdend, zoals eerder die nacht. Er zat ook geen glimlach in zijn blik. Maar er lag iets zachts in zijn ogen, een welwillendheid die moeilijk te duiden was, en daardoor keken de pientere ogen plotseling heel normaal de wereld in. Het waanzinnige in die blik was verdwenen, zodat ik dacht: die waanzinnige blik, dat is alleen maar show, net als dat krassen; de oude man mag dan eigenaardig zijn, de kist met violen bewijst het, maar gek is hij niet, en hij neemt ons allemaal in de maling.

"I violini non sono in vendita, de violen zijn niet te koop." De oude man zei het zachtjes en toch heel duidelijk. Daarna plooide hij zijn lippen tot een spottend, verachtelijk grijnzen. Ik weet het niet, voor mij kwam het niet als een complete verrassing. Ik vond de oude man steeds meer op een speler lijken, een clown, een charlatan. Maar de anderen zaten erbij alsof ze een klap in het gezicht hadden gekregen. Niemand zei een woord. Ik keek naar het meisje: was ze ingewijd, ingehuurd, om de show de schijn van echtheid te geven?

De man in het Armani-pak kwam als eerste weer tot leven. Hij was bleek van woede. "Che impertinenza…" mompelde hij. Bij het opstaan stootte zijn stoel omver en stormde toen naar buiten. Twee anderen kwamen overeind, bleven even staan en keken de oude man aan alsof ze hem het liefst de nek wilden omdraaien.

De heer die ik me in een Venetiaans paleis had voorgesteld, was blijven zitten en worstelde met zijn gevoelens. Zoals hij eruitzag moet er woede in het spel zijn geweest, maar ook een poging de zaak met humor te bekijken. Uiteindelijk vertrok ook hij, de enige die zich tot een "Buona notte!" kon vermannen.

Ik was blijven zitten, ik weet niet waarom. Misschien vanwege de manier waarop de oude me op het laatst had aangekeken. Hij deed alsof ook ik er niet meer was, stond met verrassend elastische bewegingen op en opende het raam. Koele nachtlucht stroomde naar binnen, boven de daken was een eerste lichtschijnsel te zien. Ik wist niet wat ik moest zeggen of doen, wist eigenlijk helemaal niet wat ik wilde. Ik had net besloten te gaan, toen de oude man voor me kwam staan en me een sigaret aanbood. "Fumi?" Geen spoor van krassen meer, en de aanspreekvorm met je klonk als een ondefinieerbare belofte.

Het was gewoon een rare snuiter die ervan genoot een rare snuiter met een hoop geld te zijn. Ik had de indruk dat dat het enige was waarvan hij in zijn leven had kunnen genieten. Niet dat hij iets over zichzelf had verteld. En hem vragen stellen – dat werd verboden door het spanningsveld dat hem omringde en dat hem, als hij niet goed werd behandeld, gevaarlijk kon maken. In plaats daarvan vroeg hij mij waarom ik de Del Gesù tegen elke prijs wilde hebben.

Wat moest ik doen? Of ik vertelde hem over Lea, of ik vertrok. En dus vertelde ik tijdens die vroege ochtenduren, waarin ik de torenklok hoorde slaan, een zonderlinge, steenrijke Italiaanse grijsaard, die in een sjofel krot in Cremona zat, met een kist vol violen naast zich, over alle rampspoed van mijn dochter.'

Toen, in die hotelkamer, heb ik het niet gemerkt, maar nu voel ik dat ik jaloers was op de oude man en teleurgesteld omdat ik niet de enige was aan wie Van Vliet over de rampspoed van zijn dochter had verteld. Ik was blij dat signor Buio niet te horen had gekregen wat er daarna was gebeurd.

'De oude man wees naar de tafel waar het meisje aan had zitten schrijven. Nu zag ik pas dat het ook een schaaktafel was. "Speel je?" Ik knikte. "We sluiten een deal," zei hij. "Eén partij, eentje maar. Jij wint – je krijgt de Del Gesù voor niets; je verliest – je betaalt me er mille milioni voor." Hij haalde de schaakstukken en stelde ze op.

Het zou de belangrijkste partij worden die ik ooit moest spelen.

Ik wil niet eens proberen te beschrijven wat ik voelde. Ik kon al het geld in Thun weer overmaken en terugstorten, het wachtwoord wissen. Alsof er nooit iets was gebeurd. En toch zou Lea aan de keukentafel haar ogen opendoen, de viool pakken en van het huis een Guarneri-kathedraal maken. Het was waanzinnig, mijn god, het was zo waanzinnig dat ik om de paar minuten naar het toilet moest, hoewel er allang niets meer kwam. De oude man daarentegen zat de hele tijd bijna roerloos achter het schaakbord, zijn ogen halfgesloten.

Hij opende Siciliaans, we deden negen of tien zetten, toen was hij uitgeput en moest naar bed, we spraken voor 's avonds af. Daarmee begonnen drie totaal krankzinnige dagen. Dagen van schaaktrance, euforie en angst, dagen die volledig geleefd werden met het oog op de volgende avond waarop de partij werd voortgezet. Ik kocht een schaakbord en stukken, nam een rustiger hotel, kocht een leerboek over schaken en nam alles door wat me zou kunnen helpen deze waanzinnige partij te winnen die de oude man met een enorm raffinement en overzicht speelde, alsof het niets was. Na de tweede nacht nam ik een slaapmiddel en sliep twaalf uur, toen ging het weer.

Ik ging naar de kathedraal, ik hunkerde plotseling naar religieuze muziek. Ik zag hoe Marie het kruisteken op Lea's voorhoofd maakte. Toen ik mijn ogen dichtdeed en de reusachtige ruimte door zijn bittere koelte en de geur van wierook voelde, leek het alsof ik midden in de kathedraal zat die Lea elke keer als ze de strijkstok aanzette, met haar heldere, warme klanken voor zichzelf bouwde – een kathedraal die haar bescherming bood tegen het leven en die tegelijkertijd ook leven was.

Er was een plaat te koop, waarop de muziek van Bach op beroemde violen uit Cremona werd gespeeld, zodat je kon vergelijken. Ik lag op bed en luisterde naar de verschillende klanken: Guarneri, Amati, Stradivari. Het duurt een tijd voordat je ze kunt onderscheiden. Natuurlijk wist ik dat niet alle Guarneri's hetzelfde klinken, ook niet alle Del Gesù's. Toch reisde ik met de Guarneri-klank van de plaat naar onze keuken en liet Lea de kathedraal bouwen. De klanken hadden de kleur sepia, dat leek me duidelijk, ook al had ik het aan niemand kunnen uitleggen.

Het was aan het eind van de tweede nacht dat ik doorkreeg dat ik zou verliezen. Toch zag het daar, toen ik wegging, niet echt naar uit. Maar de gelaatstrekken van de oude man hadden iets dwingends, waar ik me alleen maar tegen verzette zonder zijn aanval te kunnen pareren. In het hotel heb ik de partij urenlang geanalyseerd, en ook later heb ik haar tientallen keren nagespeeld, ik zou haar kunnen opzeggen als een kinderversje dat je niet alleen in je hoofd, maar in je hele lichaam hebt. Grote fouten heb ik niet gemaakt, maar een ingeving die alles een andere wending had kunnen geven, had ik ook niet. We speelden met schaakstukken van jade, de enige luxe in de verre omtrek. En er was iets verwarrends; het normale groene jade in de stukken vermengde zich met het zeldzame roodachtige jade, roodachtige aderen liepen door de groene lichamen van de schaakstukken. Dat was onrustig voor de ogen en op een of andere manier ook voor de gedachten, ik had voortdurend het gevoel dat ik de uiterste concentratie miste die er anders achter een schaakbord altijd was. Maar eigenlijk kan het dat niet geweest zijn, want ik vond de oplossing ook niet achter het schaakbord in het hotel. Op een gegeven moment waren mijn Parisiennes op, en alle andere sigaretten die ik probeerde, brachten me in verwarring. Toch ging het ook thuis, met een Parisienne tussen mijn lippen, niet beter. Hij was gewoon te goed voor me.

Tegen vier uur in de laatste nacht keek ik hem aan. Hij las de capitulatie in mijn blik. "Ecco!" zei hij en glimlachte mat, ook hij was uitgeput. Hij haalde twee glazen en schonk grappa in. Onze blikken ontmoetten elkaar.

Als ik bedenk dat ik hem in deze minuten misschien had kunnen ompraten en op de gedachte had kunnen brengen me de viool te geven! Drie nachten met iemand aan het schaakbord, eindeloos lang wachten op de volgende zet, het binnendringen in de gedachten van de ander, in zijn plannen en listen, in de gedachten over de eigen gedachten, de ander als doelwit van hoop en angst – dat alles had een grote intimiteit voortgebracht, waardoor het misschien mogelijk was geweest. Een ander woord van mij, een andere toon, en alles had anders kunnen aflopen. Iets in mijn verhaal over Lea had de oude man geraakt. Als ik aan hem denk, denk ik aan een man met veel bestorven gevoelens, veel bezinksel, dikke lagen ervan, en iets daarvan was opgedwarreld, misschien vanwege zijn vermeende verafgode dochter, misschien ook gewoon zomaar. Wie weet had ik hem kunnen overhalen de viool niet aan mij, maar bij wijze van spreken aan Lea te geven, hij had er heel stil bij gezeten toen ik hem over de avond had verteld dat ze zonder de Amati uit Neuchâtel was teruggekomen.

Maar ik heb het verknald, ik heb het, verdomme nog aan toe, verknald. Je moet je meer voor me openstellen, Martijn, zei Cécile vaak, je kunt niet verwachten dat de mensen achter je aanlopen om naar je gevoelens te raden. Ook voor mij moet je je openstellen, anders gaat het mis met ons, zei ze. Tegen het eind zei ze het heel vaak. Toen ik tijdens mijn laatste bezoek door de lange ziekenhuisgang naar haar kamer liep, nam ik me heilig voor haar te zeggen hoeveel ze voor me betekende. Maar toen zei ze die woorden: 'Je moet me beloven dat je goed op Lea...' Toen kon ik het niet, ik kon het gewoon niet. Merde. Waar had ik het ook moeten leren. Mijn moeder kwam uit Tessin, er waren wel woede-uitbarstingen maar de taal van de gevoelens, het vermogen te zeggen hoe het met je gaat – dat heeft niemand me geleerd.'

Hij wierp me een vragende blik toe. 'Mij ook niet,' zei ik. En toen vroeg ik hem waarom hij de oude man niet over de fraude had verteld, dat had misschien indruk op hem gemaakt.

'Ja, dat heb ik me op de terugweg ook afgevraagd. Eigenlijk was hij precies de man daarvoor. Het zal er wel mee te maken hebben gehad dat de zaak loodzwaar op me drukte en me in mijn slaap achtervolgde. Ruth Adamek bleef me in mijn dromen naar het wachtwoord vragen, en het was duidelijk van haar gezicht af te lezen dat ze álles wist. Daarom. Ik heb overwogen in Milaan de trein terug te nemen en nog eens met hem te praten. Maar hem vragen me het geld terug te geven – nee, dat ging niet. Dat hij het geld nu had, maakte dat onmogelijk.'

Van Vliet nam een hap van het eten dat we op onze kamer hadden laten brengen. Je zag dat hij heen en weer werd geslingerd tussen honger en weerzin.

'Die zaak met het geld zou iemand eens moeten opschrijven. Gewoon alles vertellen: armoede, rijkdom, de euforie van het goud, verlies, bedrog, schaamte, vernedering, ongeschreven regels – alles. Rechttoe rechtaan. Onopgesmukt. Het hele verdomde verhaal over het gif van het geld. Over hoe het de gevoelens aantast.'

Hij had het geld voor signor Buio op de tafel uitgeteld, *mille milioni*, een koopje, zakelijk bekeken. Een stapel biljetten, die daar op tafel lag. De oude man had er niet gretig naar gegrepen, integendeel, hij had het geld laten liggen en met een houding bekeken die duidelijk maakte dat het hem koud liet of hij het had of niet, hij had het niet nodig.

'Dat was het allerlaatste moment,' zei Van Vliet, 'en ik heb het voorbij laten gaan.'

Bij het overstappen in Milaan werd hij door de gedachte achtervolgd dat iemand tegen de viool zou kunnen stoten en hem kapot kon maken. Angstvallig nam hij de koffer onder de arm en perste die tegen zich aan. Het was een armoedige koffer, die bij de oude man paste. Hij had aan Van Vliet gezien dat hij hem armoedig vond. 'Il suono!' zei hij spottend. De klank, díé is belangrijk!

De andere mensen in de trein schonken noch aan de viool noch aan de geldkoffer speciale aandacht. Toch was zijn overhemd nat van het zweet toen hij in Thun uitstapte. Hij stortte het resterende geld terug, daarna reisde hij door naar Bern en ging rechtstreeks naar Krompholz om nieuwe snaren op de viool te laten zetten.

Katharina Walther wierp een verwonderde blik op de armoedige kist, toen maakte ze hem open.

'Ik geloof niet dat ze meteen wist dat ze een Guarneri voor zich had. Maar dat het een kostbaar instrument was – dat zag ze. Ze keek me aan en zei niets. Vervolgens ging ze naar achteren. Toen ze terugkwam, had ze een eigenaardige uitdrukking op haar gezicht. "Een Del Gesù," zei ze, "een echte Guarneri del Gesù." Haar ogen vernauwden zich een beetje. "Die moet een vermogen hebben gekost."

Ik knikte en keek naar de grond. Ze was niet Ruth Adamek in mijn dromen, ze kon het niet weten. Maar in de droom van de nacht erna wist ze het. En daarom leken haar woorden op die van een rechter en hadden ze iets bedreigends toen ze zei: "Dat moet u echt niet doen, echt niet." In werkelijkheid zei ze iets anders: "Om haar de Amati te laten vergeten, ik begrijp het. Toch... Ik weet het niet... Denkt u niet dat het haar zou kunnen... laten we zeggen: overvragen? Dat ze dan denkt dat ze per se terug moet in die mallemolen, die waanzinnige mallemolen?

Ik wil me er niet mee bemoeien, maar denkt u niet dat ze eerst maar eens tot zichzelf moet komen? Hoelang is het geleden dat u de eerste viool voor haar kocht? Twaalf, dertien jaar? Een beetje te snel allemaal, vond ik altijd, en toen hebt u me over die crisis verteld... Maar natuurlijk zetten we vóór vanavond snaren op de viool voor u, mijn collega zal het een eer vinden, hij is helemaal door het dolle heen."

Waarom heb ik niet naar haar geluisterd!'

Van Vliet ging naar zijn werkkamer en stortte het resterende geld terug op de rekening van het onderzoeksproject. Op de gang liep Ruth Adamek zwijgend langs hem heen. Hij ging op de bank liggen en werd korte tijd later met bonzend hart wakker. Voor het eerst had hij het gevoel dat zijn hart hem op een dag in de steek zou kunnen laten.

Katharina Walther bracht hem de viool in een nieuwe, elegante kist. Een cadeau van het huis, zoals ze zei. En ze verontschuldigde zich voor haar bemoeizucht. De collega verscheen. Hij had erop gespeeld. 'Die klank,' zei hij alleen, 'die klank...'

Van Vliet ging naar huis. Voordat hij naar boven liep, ging hij in het café op de hoek zitten. Na twee, drie slokken liet hij de koffie staan. Zijn hart bonsde. Hij concentreerde zich op zijn ademhaling tot het beter ging. Daarna liep hij naar boven en betrad het huis met een van de kostbaarste violen ter wereld, die alles weer in orde moest brengen.

25

Lea lag te slapen. Ze sliep op de onmogelijkste tijden, maar 's nachts spookte ze door het huis en liet de hond schrikken. Nu keek ze haar vader verward aan, met een slaapdronken, onrustige blik. 'Je bent zo lang... Ik wist niet...' zei ze met een dikke tong. In de keuken vond haar vader later lege wijnflessen.

'Ik dacht terug aan die langvervlogen nachten, waarin ik achter de computer had gezeten tot ik haar rustig hoorde ademen,' zei Van Vliet. 'Wat was dat een gelukkige tijd vergeleken met nu! Sindsdien waren er meer dan tien jaar verstreken. Ik stond daar, zag mijn slaperige en een beetje verwaarloosde dochter voor me, en had het liefst de tijd teruggedraaid. Als ik 's nachts wakker lag, marchandeerde ik voortaan met de duivel, dat hij die ene wens voor me zou vervullen: met Lea terug te kunnen reizen naar de dag waarop we Loyola de Colón in het station hadden gehoord. Hij had er mijn ziel voor kunnen krijgen. Ik stelde me die reis in de tijd zo levendig voor dat het me even lukte erin te geloven. Dan maakte ik tussen waken en dromen bevrijdende, gelukkige momenten mee. Daarvan wilde ik er steeds meer hebben. Zo raakte ik verslaafd aan die dagdromende reizen in de tijd.'

Maar nu ging het erom die andere dagdroom waar te maken: dat Lea de Guarneri zou pakken, zou opstaan en het huis zou vullen met zijn sacrale klanken. Ze was inmiddels wakker en wierp een onderzoekende blik op de vioolkist. Van Vliet zette koffie terwijl ze zich aankleedde. Toen ze daarna, als op bevel, met gesloten ogen aan de keukentafel zat, legde hij de viool voor haar neer, ging tegenover haar zitten en gaf het commando.

Lange tijd zei ze geen woord, gleed met haar vingers zwijgend langs de omtrek van het instrument. Toen ze met haar hand over de lichte plek van de kinsteun streek, hoopte Van Vliet op een teken van herkenning, een opmerking over Il Cannone. Maar Lea's gezicht bleef uitdrukkingsloos, de blik was mat. Hij ging achter haar staan en scheen met een zaklamp naar binnen. Ze hield de viool schuin en las het etiket. Haar adem ging sneller. Ze pakte de zaklamp uit zijn hand en richtte de lichtstraal zelf naar binnen. Hoe langer het duurde, des te meer hoop Van Vliet kreeg: de letters met de grote, de heilige naam zouden diep bij haar binnendringen, en dan zou ze van verrassing en vreugde ontploffen. Maar het duurde en duurde, en plotseling werd hij overvallen door die angst, dezelfde angst als toen, toen hij door de kier van de deur had gehoord hoe ze Nikki Niccolò noemde. Was ze al te diep in zichzelf verzonken om nog door de betovering van de magische naam gegrepen te kunnen worden?

Van Vliet moet het zwijgen niet meer hebben kunnen verdragen, hij liep naar de slaapkamer en deed de deur dicht. Een misdaad en een waanzinnige reis voor niets. De vermoeidheid overspoelde hem, verdoofde teleurstelling en vertwijfeling, en deed hem in slaap vallen.

Toen Lea midden in de nacht begon te spelen, was hij meteen klaarwakker en stormde naar buiten. Ze had in de muziekkamer alle meubelen tegen de muur geschoven en stond in een van haar lange, zwarte concertjurken, gekapt en geschminkt, midden in de kamer. Ze speelde de partita in E groot van Bach. Even moet Van Vliet iets van gevaar hebben gevoeld, want het was de muziek die Loyola de Colón had gespeeld. Het was, dacht hij vaag, niet goed dat het nieuwe begin uit een reminiscentie bestond, een terugkeer naar de opwekkingsmuziek. Er kleefde iets ritueels aan, iets onpersoonlijks waarvan ze alleen maar de draagster was, in plaats van dat ze in de keuze van de nieuwe klanken helemaal zichzelf was geweest. Maar toen werd hij overweldigd door de warme, gouden klanken, die met hun kracht en helderheid de muren leken op te blazen. En hij werd nog veel meer overweldigd door de concentratie op Lea's gezicht. Na maanden waarin dit gezicht alle veerkracht had verloren en vroegtijdig was verouderd, was het nu weer het gezicht van Lea van Vliet, de stralende violiste die de concertzalen vulde.

En toch was er ook iets wat hem verontrustte, toen hij in de hal op een stoel ging zitten en door de openstaande deur naar haar keek.

'Waarom vond ze het nodig zich op te doffen alsof ze in een concertzaal stond? Ze had haar nagels geknipt, het was een grote opluchting dat te zien. Het is verschrikkelijk, een boodschap van pure vertwijfeling, als een violiste haar nagels zo lang laat groeien dat ze er niet meer mee kan spelen. Maar de jurk, het poeder, de lippenstift – en dat allemaal midden in de nacht?

Maandenlang had ze in elkaar gedoken geleefd, innerlijk en vaak ook uiterlijk. Nu had ze zich weer opgericht en was in contact getreden met die laag van haarzelf waarmee ze zich vroeger aan de wereld had getoond. Toen ik zo naar haar keek en luisterde, verontrust door het spookachtige karakter van de nachtelijke scène, vormde zich deze gedachte in me: mijn dochter is een gelaagd wezen; ze bestaat uit innerlijke lagen, leeft op verschillende plateaus die ze kan betreden en verlaten, en nu heeft ze weer het plateau teruggevonden dat lange tijd leeg en onbelicht was gebleven, een beetje zoals het verlaten perron van een in onbruik geraakt station.

Ik keek naar haar mimiek, die nog niet zo vloeiend was als vroeger en die in haar incidentele haperen de sporen van de voorafgaande verstarring in zich droeg. En op dat moment schoot er voor het eerst nog een andere gedachte door mijn hoofd, een gedachte die de komende tijd vaak door mijn hoofd zou schieten en waarvan ik elke keer opnieuw zou schrikken: ze heeft geen controle over die wisseling van lagen, ze heeft niet de regie over dit drama; als ze een innerlijk plateau betreedt of verlaat is dat een toevallige gebeurtenis, te vergelijken met een geologische verschuiving, waar ook geen handelende persoon achter zit.

Misschien denkt u, en ik dacht het zelf soms ook: zo is het bij ons allemaal. En dat is ook zo. Maar in het innerlijke drama dat zich vanaf nu in Lea ontvouwde, zaten breuken en abrupte, schoksgewijze veranderingen, die een heel doordringend licht lieten schijnen op het feit dat de ziel eerder een plaats is waar dingen gebeuren dan waar dingen gedaan worden.'

Van Vliet zweeg even en zei toen iets wat ik me goed herinner omdat er een onbevreesdheid van denken uit sprak die deel uitmaakte van zijn wezen: 'De beleving van de innerlijke perfectie is te danken aan de kwikzilveren soepelheid van verandering en de virtuositeit waarmee we alle breuken onmiddellijk wegretoucheren. En die virtuositeit is des te groter als ze niets van zichzelf weet.'

Ik kijk naar de foto die tegen de lamp staat, het silhouet van de drinkende man in het tegenlicht. Uit de brutale straatjongen, de anarchistische scholier en de schuwe schaker was een man ontstaan die wist hoe broos het zielenleven is en hoeveel hulpmiddelen en illusies ervoor nodig zijn om op een of andere manier met onszelf overweg te kunnen. Een man, die vanuit dit inzicht een grote solidariteit voelde met alle anderen – hoewel ik hem dit woord nooit heb horen uitspreken en hij het zeker van de hand zou hebben gewezen. Ja, ik geloof dat hij het van de hand zou hebben gewezen, hij zou het te gezapig hebben gevonden. Toch is dat het juiste woord voor wat hij die nacht in zich voelde groeien en wat hem vanaf nu, boven alle genegenheid en bewondering uit, met zijn dochter verbond, die in die nacht met haar Guarneriklanken het hele huis betoverde.

Eerst had de man die boven hen woonde woedend aangebeld. Hij was pas onlangs in de woning getrokken en wist niets van Lea. Van Vliet deed iets ontwapenends: hij trok hem naar binnen en bood hem een stoel aan, zodat hij Lea kon zien. Daar zat hij in zijn pyjama en werd steeds stiller. Door de open deur drong de muziek door het hele trappenhuis, en toen Van Vliet ging kijken, zaten alle andere huurders, die Lea kenden, op de traptreden en legden hun vinger tegen hun lippen als iemand een storend geluid maakte. Het applaus vulde het trappenhuis. 'Bis, bis!' riep iemand.

Van Vliet aarzelde. Kon je Lea in haar denkbeeldige concertzaal storen? Was dat wat zich in haar had opgebouwd niet veel te broos? Maar Lea had het klappen gehoord en liep nu uit zichzelf met ritselende jurk het trappenhuis in. Ze boog, begon te spelen en hield niet meer op tot er nog een uur was verstreken. Inmiddels was haar mimiek even levendig en vloeiend als vroeger, je zag en hoorde hoe ze van minuut tot minuut vertrouwder raakte met het instrument, ze koos stukken van een steeds hogere moeilijkheidsgraad, de oude virtuositeit was weer terug, en hoewel de mensen het koud begonnen te krijgen, bleven ze zitten.

'Het was het eerste concert na haar ineenstorting,' zei van Vliet. 'In zekere zin het mooiste. Mijn dochter stapte vanuit het donker in het licht.'

MADEMOISELLE BACH IS TERUG! kopten de kranten. De impresario's vochten om haar, Lea werd overstelpt met aanbiedingen. Was dat wat Van Vliet had gewild?

Hij had gemeend van wel. Hij merkte echter al snel dat hij zijn dochter niet, zoals gehoopt, had teruggewonnen. Ze had succes, daar lag het niet aan. Maar ze leek niet zichzelf te zijn. Porselein – dat was het woord dat hij telkens gebruikte als hij over die tijd sprak. Zij en haar handelingen leken van doorschijnend porselein te zijn gemaakt: filigraan, kostbaar en heel broos. Hij koesterde de hoop dat daarachter een vaste kern zou zitten, die zou blijven bestaan als het porselein zou breken. Maar de hoop maakte steeds meer plaats voor de angst dat als het zou breken, erachter alleen een leegte zou opdoemen, een leegte waarin zijn dochter voor altijd zou verdwijnen.

Lea's huid, die altijd al heel wit was geweest, werd nog bleker, bijna doorzichtig, en als ze sliep was steeds vaker een blauwige ader te zien, waarin het klopte, wonderlijk langzaam, een rapsodisch schokken, voorbode van een gebeurtenis waarin alle orde verloren zou gaan. En ook al oogstten haar nieuwe klanken veel lof – iets, vond haar vader, was niet helemaal in orde. Uiteindelijk kwam hij erachter: 'Nu de muziek niet meer werd omlijst door de liefde voor Marie en Lévy, nu ze daardoor niet meer werd beheerst en gedragen, klonk ze me onpersoonlijk, glashelder en koud in de oren. Soms dacht ik: het klinkt alsof Lea voor een lichte, droge muur van harde, koude leisteen staat. Daar kon ook Joseph Guarneri niets aan veranderen. Het lag niet aan de viool. Het lag aan haar.'

Er waren uitzonderingen, avonden waarop alles als vroeger klonk, van binnenuit gespeeld. Maar dan was er iets anders wat Van Vliet kwelde: het leek alsof Lea in gedachten op Lévy's Amati speelde – alsof de Guarneri het kristallisatiepunt was geworden van de waan dat met Lévy weer alles in orde was. De nieuwe viool, die een bevrijdend tegenwicht voor het verleden had moeten vormen, was – dacht hij op zulke momenten – een nieuw gravitatiecentrum voor de oude fantasieën geworden.

Hoewel het anders was afgesproken, verried haar impresario de pers om wat voor viool het ging. Van Vliet's medewerkers lazen het, en je kon in hun blik de vraag lezen hoe hij aan het geld was gekomen. Door de open deur van Ruth Adamek's kamer zag hij dat ze de internetsite bestudeerde waarop ook hij informatie had gevonden over de violen van de familie Guarneri. Die nacht veranderde hij het wachtwoord van het bestand met zijn onderzoeksgelden. Van DELGESÙ maakte hij ÙSEGLED en later ÙSEDEGL.

Hij voelde dat hij op een tijdbom zat. Hij kon het geldtekort een paar maanden verdoezelen, misschien een jaar, langer niet. Hij dacht aan rekeningen van een dekmantelfirma. Hij begon in de lotto mee te spelen. Hij kreeg een soort bankfobie die zich uitte in gedachteblokkades tijdens het internetbankieren en in fouten die hij maakte bij doodeenvoudige transacties. De naam Thun spookte vaak als een dwaallicht door zijn dromen.

In het ergste geval, zei hij tegen zichzelf, kon hij nog altijd de viool verkopen. Eigenlijk vond hij het onvoorstelbaar dat hij hem weer van Lea zou afnemen, en als hij dacht aan de woorden die hij zou moeten uitspreken, werd hij duizelig. Maar hij was miljoenen waard, en de gedachte daaraan stelde hem ondanks alles gerust.

Er volgden concerten in het buitenland. Parijs, Milaan, Rome. De organisatoren en impresario's hadden liever dat de vader niet aanwezig was. Niet dat ze dat gezegd zouden hebben. Maar de handdruk was koel, gereserveerd, en ze richtten zich demonstratief alleen tot de dochter. Het was een wisselbad van gevoelens: nu eens leek ze dankbaar voor zijn aanwezigheid, dan weer gaf ze hem het gevoel dat ze liever zonder hem op pad ging. Er waren gelukkige momenten, als ze haar hoofd tegen zijn schouder legde. Er waren vernederende momenten, als ze hem gewoon liet staan om een praatje met de dirigent te maken.

In Rome was hij het liefst met haar naar de kerk op het kleine plein gegaan, waaruit destijds de muziek had geklonken die het ijs had gebroken en de gevoelens voor Marie had genormaliseerd. Dat was tien jaar geleden.

'Ik zou het liefst met haar op de bank zijn gaan zitten en over al die dingen hebben gepraat die in de tussentijd waren gebeurd,' zei hij. 'Ik had niet in de gaten dat het de wens van een vijftigjarige was, waar een jong meisje geen boodschap aan had. Pas op het moment dat ik daar alleen zat, drong dat langzaam tot me door. Toch deed het pijn, ze had er namelijk wel de tijd voor gehad. Ook de muziek in de kerk deed pijn, zodat ik vluchtte en in een buurt waar we destijds niet waren geweest, in een bar ging zitten. Ik was te dronken om naar het concert te gaan. Het had me beter geleken om de avond alleen door te brengen, zei ik tijdens het ontbijt. Nu was zij het die treurig keek.'

26

En toen kwam de reis naar Stockholm, een reis die op Van Vliet's innerlijke landkaart heel Scandinavië zou uitgummen.

Het begon met Lea's vliegangst, een angst die ze tot dusver niet had gekend. Ze was bleek, rilde en moest naar het toilet.

'Achteraf denk ik dat het een bijzonder slimme angst was,' zei Van Vliet. 'De zwaartekracht was haar bondgenoot in de strijd tegen de innerlijke middelpuntvliedende kracht. Als die werd opgeheven, bestond het gevaar dat Lea zou exploderen, dat ze haar innerlijke centrum zou verliezen, de fragmenten van haar ziel zouden in het rond wervelen en ze zou het als een vernietiging ervaren.

Dit dacht ik toen we tijdens de terugreis op het dek van de veerpont zaten. Toen Helsingborg in de schemering verdween, wilde ik dat het daar nooit meer licht zou worden.'

'En als ik nu ineens niet meer weet hoe ik verder moet spelen?' vroeg Lea in het vliegtuig. En toen deed ze wat ze nog nooit had gedaan, ze vertelde over een gesprek met David Lévy. Ze moet met hem over haar angst hebben gesproken dat haar geheugen haar in de steek zou kunnen laten. Van Vliet kromp ineen toen hij het hoorde. Hij dacht terug aan het moment dat hij nooit had vergeten: toen Lea in de aula van de school tijdens haar eerste optreden voor publiek haar stok aanzette en hij zich, zonder enige aanleiding, had afgevraagd of haar geheugen onder de belasting zou standhouden. Lévy had Lea zwijgend aangekeken, was vervolgens opgestaan en de muziekkamer op en neer gelopen. En toen had hij haar over zijn gevoelens verteld die hem op het vreselijkste moment in zijn leven hadden overvallen, toen hij midden in de Oistrach-cadens van het Beethoven-concert niet meer wist hoe hij verder moest spelen. De paniek was als een ijskoud, verlammend gif door hem heen gestroomd, moet hij hebben gezegd. En het gif had nog uren daarna elk ander gevoel vernietigd. Dat en hoe hij van het podium gevlucht was, wist hij niet meer, al die bewegingen waren, als hij ze trouwens al gevoeld had, direct uit zijn geheugen gewist. In de garderobe had hij naar de Amati gekeken en geweten: nooit meer.

Daarboven, boven de wolken, had Van Vliet plotseling begrepen dat deze angst zijn dochter met Lévy had verbonden op een manier die zijn eigen jaloezie er belachelijk en kleinzielig deed uitzien. Het was de solidariteit van diegenen geweest die weten dat het verlies van geheugen en zelfvertrouwen hen onder het felle schijnwerperlicht, vanuit de innerlijke duisternis, elk moment kan overvallen. Nu begreep de vader plotseling ook hoe veelbetekenend het cadeau van de Amati was geweest: Lévy had Lea de viool gegeven om die gevaarlijke duisternis in haar voor altijd te verzegelen; en ook opdat ze, vanuit die verzegelde veiligheid, met onaantastbare, onverstoorbare zekerheid zijn – Lévy's – klanken, die toen zomaar afgebroken en door de innerlijke leegte opgeslokt waren, verder zou spinnen en zo tot de genezing van de toenmalige verwonding zou kunnen bijdragen. En toen had ze dat instrument, waarin zoveel pijn en hoop verborgen zat, voor zijn ogen willen stukslaan!

Van Vliet pakte haar koude, vochtige handen in de zijne, voor het eerst sinds lange tijd. Hij dacht daarbij aan de angstige dagen en nachten die op de uitbraak van het eczeem waren gevolgd. Het was allemaal te veel voor haar, gewoon te veel.

Toen ze in de aankomsthal arriveerden, wilde hij haar voorstellen het concert af te zeggen en met de boot en de trein naar huis te gaan. Maar de chauffeur stond er al.

'Waarom heb ik hem niet gewoon weggestuurd!' zei Van Vliet. 'Gewoon weggestuurd!'

De schemering was ingevallen. Of ik het licht aan moest doen, vroeg ik. Van Vliet schudde zijn hoofd. Hij wilde geen licht op zijn gezicht nu hij over de catastrofe vertelde die mij, als ik er later aan terugdacht, als de climax van een tragedie voorkwam, waarop alles wat ik tot dusver had gehoord met onverbiddelijke, onbuigzame vanzelfsprekendheid afstevende.

'Toen ik in de duisternis van de zaal zat, wenste ik dat Lea in het vliegtuig niet over de ineenstorting van Lévy's geheugen had verteld. Want nu verwachtte ik elk moment die van haar. Mijn blik hing aan haar gelaatstrekken, haar ogen, steeds erop gespitst voortekenen te herkennen. Het was een vioolconcert van Mozart, ze wilde niet meer alleen met Bach in verband worden gebracht. Ze had inmiddels zo'n gevoel voor de Guarneri ontwikkeld, dat de klanken nog veel voller en dwingender klonken dan toen, in het trappenhuis. De kranten hadden over de Del Gesù geschreven, één had er een heel essay over gepubliceerd, waarin ook Paganini en Il Cannone werden vermeld. Ik geloof dat de eerbiedige stilte van het publiek nog groter was dan anders, en er wilde maar geen einde komen aan het applaus.

Zoals altijd ergerde ik me aan de voorspelbare afgepaste manier waarop Lea de ovaties in ontvangst nam. Maar er was nog iets anders, en ik geloof dat ik er diep van binnen van ben geschrokken zonder het ten volle te beseffen: Lea's bewegingen bij het betreden en het verlaten van het podium hadden niet hun normale vloeiendheid, ze waren eigenlijk helemaal niet zo vloeiend zoals menselijke bewegingen gewoonlijk vloeiend zijn. Ze waren ook niet alleen maar stroef en traag. Er zat eerder iets schokkerigs in, iets schuifelends, een staccato, onderbroken door minuscule hiaten van roerloosheid. Het deed me denken aan de bewegingsproblemen bij robots, die ik uit het onderzoek van collega's kende. Maar het was mijn dochter!'

Het was alsof de stille ontzetting, die hij destijds niet helemaal goed had ingeschat, nu pas, met een vertraging van jaren, zijn volle omvang kreeg. Van Vliet's stem veranderde en kreeg de rauwheid van een menselijke stem waarin een kokende lava van gevoelens tot uiting kwam. En als ik aan het verhaal van de daaropvolgende uren denk, hoor ik die rauwheid, die beter dan alle tranen de pijn tot uitdrukking bracht die zijn ziel had verzengd.

'Van het feest na het concert herinner ik me maar weinig. Lea's bewegingen waren weer normaal, zodat ik de eerdere schrik bijna vergat. Tot ik de zijwaarts gestrekte pink zag toen ze haar kopje pakte. Ik weet niet hoe ik het precies moet uitdrukken, maar het was niet het geaffecteerde zijwaarts strekken in een elegante burgerlijke salon tijdens de middagthee. Het leek meer op een in verkeerde banen geleide, zinloze beweging, een nerveuze tic. Ik ging naar het toilet en gooide koud water in mijn gezicht. Maar in plaats van dat het water de constatering wegwiste, kwam de herinnering aan een mislukte triller tijdens het concert. Trillers waren immers Lea's zwakke punt, en bij eentje was er een moment geweest waarop het leek alsof haar vinger bizarre, ongecontroleerde bewegingen maakte. Ik drukte mijn voorhoofd tegen de muur tot het pijn deed. Ik moest van die verdomde hysterie afkomen!'

Van Vliet zakte ineen, de rauwheid verdween uit zijn stem. 'Was het maar hysterie geweest! Een onzinnige, ongegronde opwinding!' zei hij zachtjes.

Er was hem tijdens het eten nog iets anders opgevallen: Lea's geprikkeldheid. 'Ze was de laatste tijd wel vaker geprikkeld geweest, vooral in de periode na de breuk met Lévy. Maar wat ik nu zag en voelde was anders, omvangrijker en van een lichamelijke opdringerigheid, alsof ze gloeide.' Ook in de auto die hen naar het hotel bracht voelde hij dit gloeien, die onderdrukte woede, die als zweet uit haar drong.

'Hij was tegen mij gericht en tegelijk ook niet, begrijp je? Begríjp je?' zei hij.

De laatste twee woorden klonken als een rauwe kreet. Het leek alsof hij met jaren vertraging probeerde een deel van Lea's woede aan mij door te geven, opdat die zou ophouden hem te wurgen. Tegelijkertijd klonk dat vertrouwelijke jij als de laatste, schorre hulpkreet van iemand die door de onbarmhartige stroming onherroepelijk wordt weggedreven.

Tegen mij gericht en tegelijk ook niet – dat was de formule voor zijn diepste vertwijfeling, voor schuld en eenzaamheid, die een verschrikkelijke, een dodelijke verbinding waren aangegaan. En tegelijk ook niet – je voelde hoe hij met de logica en het gebrek aan logica streed, een grote, zware Buster Keaton die niemand meer aan het lachen maakte. Hij sprak de formule maar één keer uit, maar ik hoorde en hoor nog steeds de duizendvoudige echo die de woorden in hem veroorzaakten. Ze vormden de melodie die sinds Stockholm al het andere overstemde, echt alles. Een gedachte die nooit zweeg, overdag niet en ook niet 's nachts. Een gevoel waarin alles geschreven stond wat nu gebeurde.

'Of ze iets voor hem wilde spelen, een paar maten maar, vroeg de receptionist van het hotel; hij had er jammer genoeg niet bij kunnen zijn. Hij had een onnodig rechte scheiding en droeg een bril met een lelijk montuur, een onhandige jongen die zich al uren op dit verzoek had voorbereid. Misschien, als hij niet… Maar nee, ik moet ophouden mezelf iets wijs te maken. Anders was het later gebeurd. Het zat in haar, wat het ook was, ja, wat het ook was. Als ik bedenk dat ze het tijdens het concert zou hebben gedaan… Hoe vaak heb ik er sindsdien niet van gedroomd! Die droom heeft in me gewoed, heeft alles verbrand en platgewalst, ik voel me erdoor uitgehold.

Wat ik in de droom altijd voel is de koelte van de gietijzeren punt van de trappost waarin de trapleuning onderaan eindigde. Al bij aankomst had ik het korrelige metaal aangeraakt en gedacht: net zoals boven aan een trap in de metro van Parijs. Nu viel mijn blik weer op de metalen punt, die als de kop van een slang uit een kegelvormige opbouw van metalen uitwassen groeide. En vanaf dat moment, begrijpt u, kan ik geen onderscheid meer maken tussen echte herinnering en innerlijke beelden die gemanipuleerd en vervormd zijn, wie weet door wat voor krachten. De metalen punt komt, als ik mijn ogen sluit, met de heftigheid van een razendsnelle zoombeweging op me af. Bovendien heb ik het gevoel dat ik het onheil al zag aankomen op het moment dat Lea aarzelend en met een nors gezicht de vioolkist opende om aan het verzoek van de jongen te voldoen. Verlegen liep hij naar haar toe om de beroemde viool van dichtbij te bekijken. Lea liet hem niet los, maar hij mocht over de lak strijken. Inmiddels was er nog meer hotelpersoneel verschenen, en in de hal stonden ook een paar verwachtingsvolle gasten. Lea stemde kort, het waren achteloze bewegingen, routine zonder zorgvuldigheid. Ik dacht dat ze daar midden in de hal zou beginnen te spelen. Maar het liep anders, en de volgende minuten zijn in mij aanwezig als een tot brekens toe gerekte film. Ik heb een keer gedroomd dat ik hem uit mijn hoofd zou snijden, die film. Ook al zou ik daarbij mijn hoofd verliezen – dat was altijd nog beter dan die film steeds opnieuw te moeten zien.

Lea liep naar de trap, tilde de lange jurk op om niet te struikelen, en bleef op de derde trede staan, ja, het was de derde, precies de derde. Ze draaide zich om en wendde zich naar het publiek, om zo te zeggen. Maar ze keek ons niet aan, haar blik was naar beneden gericht, duister en verstrooid, zo kwam het me voor. Er was geen reden waarom ze nu niet meteen begon te spelen. Geen aanwijsbare reden. Naast me klikte een aansteker. Driftig draaide ik me om en verbood de man met een gebiedend gebaar de sigaret aan te steken. Lea keek voor zich uit, als een zielloos standbeeld. In die seconden moet het zich voorbereid hebben.

Ten slotte pakte ze de viool en begon te spelen. Het waren maten uit het begin van het Mozart-concert van die avond. Volkomen onverwachts, praktisch midden in een noot, stopte ze. Het stoppen was zo abrupt dat de daaropvolgende stilte bijna pijn deed. Even dacht ik: dat was het dan, ze heeft er genoeg van en wil naar bed. Of ik dat werkelijk dacht? Zelfs voor een kort voorproefje was het stoppen te abrupt, bizar, zonder enig muzikaal gevoel. En de vervreemding die erin lag, was in overeenstemming met Lea's gezicht. Al tijdens de rit naar het concert was me opgevallen dat ze haar gezicht heel bleek had gepoederd. Dat deed ze soms, we konden het er nooit over eens worden. En nu ze opnieuw begon te spelen, veranderde het lichte poeder in het witte masker van Loyola de Colón.

Want Lea speelde, net als een tijdje geleden thuis in het trappenhuis, de muziek die we destijds in het station van Bern hadden gehoord. Ze speelde de muziek zoals ik dat nog nooit van haar had gehoord: woedend, met stokstreken die zo heftig waren dat ze krasten, verschillende haren van de strijkstok braken af en sloegen haar in het gezicht, het was een schouwspel van koppigheid, vertwijfeling en verwaarlozing, onder de gesloten oogleden welden stroompjes mascara op, nu zag je ook de tranen, Lea vocht ertegen, een laatste gevecht, nog was ze een violiste die zich met stevige vingergrepen tegen de innerlijke aanval verzette, ze perste haar oogleden tegen haar oogbollen, perste en perste, de stok begon te slingeren, de tonen gleden weg, een vrouw naast me hapte ontzet naar lucht, en toen liet Lea, haar ogen vol tranen, de viool zakken.

Het had pijn gedaan, en ook nu deed het pijn, haar daar op de trap te zien staan, uitgeput, verslagen, vernietigd. Maar het was nog geen catastrofe. Slechts een paar mensen hadden het gezien en die zouden het aan de uitputting na het concert toeschrijven. "Pobrecita!" fluisterde iemand achter me.

Pas toen Lea de stok liet vallen en de viool met beide handen bij de hals vastpakte, wist ik: dit is het einde.'

Van Vliet stond op en liep naar het raam. Hij deed zijn armen omhoog, leunde naar voren en drukte zijn open handpalmen tegen het raam. In deze vreemde houding, die een ondersteuning was en tegelijkertijd een poging leek om zich door de ruit in de diepte te storten, beschreef hij rauw en hortend de gebeurtenis die hij met alle geweld uit zijn hoofd had willen verwijderen.

'Ze tilde de viool hoog boven haar hoofd, zwaaide hem een beetje naar achteren om nog meer kracht te kunnen zetten, en toen liet ze hem met de achterkant op de metalen punt van de trapstijl neersuizen. Had ze tenminste maar haar ogen gesloten, als teken dat een deel van haarzelf het ook zonde vond het kostbare instrument te vernielen. Maar haar blik volgde alles, de zwaai en het versplinteren, een blik uit wijd geopende, ontstelde ogen. En dat was pas het begin. De rugzijde van de viool was opengebarsten, de metalen punt was in de versplinterde rand van het gat blijven steken, Lea trok en wrikte, het knarste en kraakte, hulpeloze woede vervormde haar gelaatstrekken tot een grimas, nu kwam de viool weer los, ze tilde hem opnieuw op, en nu knalde hij met de kam op de metalen punt, de snaren zoemden en gonsden, de kam was kapot gesprongen, het metaal had zich in één van de f-gaten geboord en het opengereten.

Een man in kelnerjasje liep naar haar toe en wilde haar tegenhouden. Hij was de eerste die de algemene verlamming overwon. Ik kan het mezelf niet vergeven dat niet ik als eerste bij haar was. Ze had de viool weer los gekregen en gebruikte hem als een wapen tegen de man. Hij week achteruit en liet zijn armen hangen. Toen ging Lea door met het verwoestende werk, steeds weer liet ze de kapotte viool op het metaal neerkomen, van voren en van achteren, haar haar stak alle kanten uit, nee, ze zag er nu niet meer als een furie uit, dat was maar een moment geweest, ze leek steeds meer op een vertwijfeld klein meisje dat uit woede en verdriet haar speelgoed kapotslaat, schokkend van snikaanvallen die niet om aan te horen waren, zodat de mensen wegliepen.

De viool bleef op het metaal steken toen Lea uiteindelijk ineenzonk, een trede naar beneden gleed en met krachteloze armen naar de leuning greep. Nu pas was ik bij haar, sloeg mijn armen om haar heen en streek haar over het haar. Het snikken hield op. Ik hoopte dat ze tenminste een paar ogenblikken van ontspannende uitputting zou kunnen voelen. Maar haar lichaam verstijfde al weer, ik voelde hoe het gebeuren haar al begon te verstikken, een verstikking die zich steeds verder naar binnen vrat. Toen ik haar in Saint-Rémy achter het brandhout zag – en waar dan ook als ze in de verrekijker verscheen –, voelde ik dit verstijfde, verstikte lichaam in mijn armen.'

Tegen mij gericht en tegelijk ook niet. Hij zei het niet, maar de stilte in de kamer was er vol van. Ik begreep nu pas helemaal, hoe het voor hem geklonken moet hebben toen de arts had gezegd: 'C'est de votre fille qu'il s'agit', en: 'U gaat niet in Saint-Rémy wonen'.

's Nachts probeerde ik iets van het drama in me te reproduceren. Leslie had een tijd geschilderd, heel verdienstelijk, en ik had voor haar schilderspullen via het internet besteld, ook een schildersezel. Toen haar belangstelling verflauwde, spoorde ik haar aan ermee door te gaan en vroeg er aan de telefoon naar. Ik stelde me voor hoe het geweest zou zijn als ze op een dag een keukenmes had gepakt en haar schilderijen aan flarden had gesneden, vooral die waar ik op gesteld was en die ik in mijn kamer in de kliniek had opgehangen. Dat was slechts fantasie, slechts een schaduw, een waas vergeleken met de beelden die Van Vliet van het hotel in Stockholm had meegenomen. En toch huiverde ik.

Geen alcohol meer, zei ik tegen hem en gaf hem wat later een slaappil. Zoals de Zweedse arts die Lea een kalmerende injectie had gegeven. Van Vliet had aan haar bed gezeten, de hele nacht. Dit is het einde. Steeds weer die gedachte, dat innerlijke ritme, die klank van onherroepelijkheid. Het einde van Lea's leven met de muziek. Het einde van zijn beroepsleven, want nu was het niet meer mogelijk het verduisterde geld terug te betalen. Het einde van de vrijheid, want vroeg of laat zou het aan het licht komen. Was het ook het einde van haar genegenheid voor hem?

Ze zaten bij Marie op de bank met de kussens van chintz. Hij liep met haar door Rome. Hij zat met haar aan de keukentafel en hoorde haar vragen of ze niet naar Genua zouden kunnen gaan om Paganini's viool te bekijken. Hij hield haar in zijn armen voordat ze naar haar eindexamen ging. Hij herinnerde zich ook dat ze geen lijst konden samenstellen toen ze haar eerste hele viool wilden vieren. *Ik wil liever oefenen.* Ook deze zin, die hij later in de duistere blik van de Maghrebijn wilde duwen, haalde hij zich voor de geest, samen met Lea's vreugdetranen op de kermis toen ze de gouden ring te pakken kreeg. Wat had hij verkeerd gedaan? Wat moest hij zichzelf verwijten? Verkeerd handelen? Verkeerd voelen? Bestond dat eigenlijk wel: juist en verkeerd voelen? Gevoelens – waren ze niet gewoon zoals ze waren, punt?

Hij had in Stockholm een auto gehuurd en was met Lea naar huis gereden. Ze slikte medicijnen en sliep veel. Als ze wakker was en hun blikken elkaar ontmoetten, verscheen die glimlach op haar gezicht.

'Zoals je tegen iemand glimlacht bij wie je een schuld hebt die nooit afgelost kan worden, een schuld die alles onder zich begraaft, en je geeft met het glimlachen te verstaan dat je dat weet. Een glimlach die begint waar elke smeekbede om vergeving ophoudt. Een glimlach als laatste redmiddel om niet te verstarren.'

Soms dacht hij dat ze in de verkeerde richting reden: het Noorden zou beter zijn, Lapland, duisternis, vlucht. Dan wilde hij weer vergeten dat Scandinavië zelfs maar bestond. De brokstukken van de viool aan elkaar lijmen, splinter voor splinter, en als de laatste in de oude, gave vorm was ingepast en bedekt was met de magische lak, waarvan de samenstelling toch bekend moest zijn: alles vergeten wat met de trappost en zijn slangenpunt te maken had. Vergeten, gewoon vergeten. Ze waren naar het hotel teruggegaan en rustig de trap opgelopen, 'Bonne nuit,' had Lea gezegd, dat zei ze altijd als ze op reis was.

De jongen met de belachelijke scheiding en de lelijke bril had, zoals men hem vertelde, urenlang op de grond rondgekropen en naar elke splinter gezocht, zelfs de kleinste, die tussen de polen van het tapijt verdwenen waren. Een viool van Guarneri del Gesù die onherroepelijk vernietigd was, die gedachte was voor hem gewoonweg niet te verdragen.

Af en toe wierp Van Vliet een blik op de achterbank: de brokstukken hadden niet goed in de vioolkist gepast en lagen in een grote plastic tas ernaast. Op parkeerterreinen viel zijn blik regelmatig op de vuilcontainers. De naam van een warenhuis in Stockholm stond op de zak. Dit spoor moest verdwijnen. Maar het was onmogelijk. Signor Buio had met zijn knokige, met ouderdomsvlekken bedekte hand over de viool gestreken, voordat hij de deksel sloot en Van Vliet de armoedige kist toeschoof. Ecco!

'Le violon,' murmelde Lea af en toe half in haar slaap. Dan streek hij met zijn hand zwijgend over haar schouder en arm. Sinds de catastrofe was het hem niet gelukt zijn armen om haar heen te slaan, hij had haar zelfs niet over het haar gestreken. Toch verlangde hij ernaar en was vertwijfeld over de verlamming, die het verbood. Toen hij haar 's nachts het zweet van het voorhoofd had geveegd, was het de beweging van een verpleger geweest. Eén keer had hij zich naar haar voorovergebogen om haar op het voorhoofd te kussen. Hij had het niet voor elkaar gekregen.

Toen hij tegen de morgen indommelde, overviel hem een droombeeld dat hij tot nu toe niet van zich af had kunnen zetten: de jongen van de receptie probeerde tevergeefs de gespietste viool van de trappost los te maken. Hij trok en rukte en draaide, het knarste en kraakte en splinterde. Het lukte hem niet, het lukte hem gewoon niet.

Hij had lang aan de reling van de veerboot gestaan en de nacht in gekeken voordat hij zijn telefoon pakte en zijn zuster Agnetha opbelde. Drie dagen waren we nu samen, drie lange dagen van vertellen waarin we door dertien jaren waren gegleden, en hij had zijn zus met geen woord genoemd, het had steeds geklonken alsof hij enig kind was geweest.

'Waarom, verdomd, moest ze uitgerekend die Zweedse naam hebben! De mensen zeiden altijd: Abba! Terwijl die groep in 1955 nog niet eens bestond. Het was een fotomodel in een tijdschrift die moeder op het idee had gebracht, ze was verslaafd aan roddelbladen. "Stel je voor: niet Agnes en niet Agatha, nee: Agnetha!" zei ze.

Dat was voordat het huwelijk stukliep en de liefde uit de sterren in het stof viel. Toen mijn vader later over die episode vertelde, pakte hij de door jicht vervormde hand van mijn moeder, en kon je voelen dat er eens sterren waren geweest. Daarom lag er altijd een sprankje sterrenlicht op Agnetha, een beetje goudstof, alsof ze een dunne, onzichtbare goudstreng in het haar had. Terwijl ze niets stralends had, ze was altijd eerder een braaf, fantasieloos, vlijtig meisje dat mijn anarchisme en mijn mateloosheid niet kon waarderen. "Jij bent een stoomwals," zei ze. Natuurlijk vond ze me een ongeschikte vader, zodat ik haar het tegendeel wilde bewijzen.

Daarom was het moeilijk haar nu op te bellen. Over de viool zei ik niets. Ineenstorting – dat was genoeg.

"Doctor Meridjen," zei ze meteen. "We moeten Lea naar het buitenland brengen, weg van de pers, hij is goed, heel goed, en de kliniek heeft een uitstekende reputatie, bovendien moet ze dan Frans spreken, de taal van Cécile, ik denk dat dat belangrijk is."

Ze is klinisch psychologe en heeft met de Maghrebijn in Montpellier samengewerkt, ze heeft hem altijd bewonderd, misschien wel meer dan dat.

Ze had zichzelf goed onder controle toen ze Lea zag, maar ze was wel geschrokken. Ze wilde de medicijnen zien die de Zweedse arts had voorgeschreven en schudde geërgerd haar hoofd. Ik had haar al jaren niet gezien, mijn zus, en was verbaasd over de rijpheid en de deskundigheid die uit alles sprak. Ze wilde alles weten. Ik vertelde alleen dat het een waardevolle viool was geweest.

Lea sliep, we zaten in de keuken. Agnetha zag mijn uitputting na de lange rit; een paar uur in een motel was alles geweest.

"Begrijp je het?" vroeg ze.

"Wat weten we eigenlijk over die dingen!" zei ik.

"Ja," zei ze. Toen ging ze achter me staan, haar broer die met zijn arrogantie alles platwalste, en legde haar armen om mijn hals.

"Martijn," zei ze. Ze was later de enige die het voor me opnam.'

Wat weten we eigenlijk! Daarnet, als deel van het verhaal, waren die woorden ingebed geweest in de gecontroleerde distantie van de verslaggever. Nu barstten ze rauw en onstuimig uit hem los.

'Wat, verdomme nog aan toe, weten we eigenlijk! Ze doen allemaal alsof ze weten wat er gebeurd is. Agnetha, de Maghrebijn, zelfs van collega's heb ik die onzin gehoord. Niets weten we van die dingen! Níéts!'

Hij zat in een stoel. Nu boog hij voorover, leunde met zijn ellebogen op zijn knieën en liet zijn hoofd ver naar beneden hangen, als in een vacuüm. Een droog snikken deed zijn lichaam schokken, soms klonk het als hoesten. De vertwijfeling ontlaadde zich in een oncontroleerbaar, dierlijk schokken en stuiptrekken. Ik wilde iets doen zoals Agnetha, toen ze achter hem was gaan staan. Ik wist niet wat dat zou kunnen zijn. Maar het was onmogelijk niets te doen. Uiteindelijk knielde ik voor hem op de grond en trok zijn hoofd in mijn armen. Het duurde minuten tot het schokken minder werd en ten slotte wegebde. Ik trok hem aan zijn schouders omhoog tot hij rechtop zat. Ik heb veel zieke en uitgeputte mensen gezien. Maar dit – dit was iets heel anders. Kon ik het beeld van zijn hoofd, zoals dat tegen de rugleuning van de stoel viel, maar uitwissen.

27

Ik liet de verbindingsdeur op een kier staan en het licht aan. Daarna ging ik, net als de nacht tevoren, naar beneden naar de hotelbibliotheek. 'I have been one acquainted with the night./ ... I have outwalked the furthest city light./ I have looked down the saddest city lane.' Naast Whitman en Auden was Robert Frost de derde dichter geweest op wie Liliane me had gewezen. 'And miles to go before I sleep.' Het maakte haar woedend dat iedereen die zin in de mond nam als de afgezaagde regel van een popsong. 'Poetry,' had ze gezegd, 'is a strictly solitary affair; solipsist even. I ought not to talk to you about it. But... Well...' Een verpleegster die het woord solipsist kende. Waarom, Liliane, moest je verongelukken, je had het zweet toch ook in India van mijn voorhoofd kunnen wissen. Ik probeerde met haar door de winterse ochtendschemering van Boston te lopen en haar *grand* te horen, haar Ierse accent. Het lukte niet. Alles was kleurloos, zonder leven, ver weg. In plaats daarvan voelde ik Martijn van Vliet's hoofd in mijn armen en rook de bittere geur van zijn verwarde haar.

Ik was bang voor wat er nog komen moest. 'Ze was later de enige die het voor me opnam...' Toen hij voor de rechter moest verschijnen; anders kon je het niet opvatten.

En vervolgens Lea's dood. Was Stockholm niet al genoeg? Meer dan iemand kon verdragen? 'Dat was mijn laatste rit naar Saint-Rémy... Ja, ik denk dat het de laatste rit was.' Was de interpretatie nog steeds open?

Ik moest het verhinderen. Móést ik dat? Mócht ik dat eigenlijk wel? Bij ongeneeslijke ziekten – dan had ik een heldere, onwrikbare mening. Een kwestie van waardigheid. Maar hoe was het hier?

Het was bijna middernacht. Toch belde ik Paul op. 'Als iemand gewoon niet meer kan,' zei ik, 'gewoon niet meer kan...' Ik sprak in raadselen, vond hij. Of alles in orde was?

Waarom had ik geen vrienden? Mensen die zich zonder toelichting in mijn gedachtewereld konden verplaatsen en zonder uitleg begrepen? Wat zou Liliane hebben gezegd? I hate patronizing. Maar om bevoogding ging het hier niet. Waar ging het dán om?

Ik belde Leslie op. Ze had geslapen en wilde eerst koffie drinken. Ze had vermoeid geklonken, ik dacht dat het ergernis was. Maar toen ze terugbelde, klonk ze opgeruimd, en even dacht ik dat ze blij was met mijn telefoontje.

Als iemand gewoon niet meer kan, zei ze, moet je hem zijn gang laten gaan, hem zelfs helpen. Ze vertelde over patiënten, en het deed me goed dat we onafhankelijk van elkaar tot hetzelfde inzicht waren gekomen. Maar het ging hier toch om iets anders. Tragedie... nou ja, meende ze, je zou iemand kunnen helpen die te overwinnen... maar dat wist ik natuurlijk zelf ook wel...

Hoe had ik kunnen verwachten dat iemand er iets over zou kunnen zeggen wat verder ging dan platitudes? Iemand die Van Vliet's hoofd niet had vastgehouden?

Leslie was ongelukkig toen ze mijn teleurstelling merkte. 'Eergisteren die vragen over het internaat en het instrument, en nu...'

Ik was blij dat we weer wat vaker met elkaar spraken, zei ik.

28

Zonder Lea was de woning leeg, en in het trappenhuis kwam ze Van Vliet soms tegemoet, die leegte. Dan draaide hij zich om en ging eten. En drinken.

Ook de stilte kon hij nauwelijks verdragen. Toch luisterde hij naar geen noot muziek, een heel jaar lang. Films waren eveneens onmogelijk, die hadden ook muziek. De televisie zette hij meestal zonder geluid aan. De leegte en de stilte – dat voelde hij zonder dat hij het had kunnen verklaren – waren verwant aan het verbleken waarin Lea na haar laatste bezoek aan Marie was verdwenen en dat hij weer voor zich had gezien toen hij door het nachtelijke Cremona naar signor Buio liep. Soms verbleekte zijn werkkamer nu ook, meestal als de schemering inzette. Dat was gezien het licht helemaal niet mogelijk, maar toch was het zo. Als er op die momenten iemand binnenkwam, had hij wel kunnen schieten. Dat was maar een van de vele dingen waardoor hij van zichzelf vervreemdde. Langlaufen in de bergen deed hem goed. Maar hij ging er alleen heen als hij er zeker van was dat hij het niet zou doen. Het was uitgesloten Lea in de steek te laten. Ondanks de Maghrebijn. Ook vanwege hem.

Tijdens het ontbijt kon je aan Van Vliet niets meer merken van wat er 's nachts was gebeurd. Hij was fris geschoren, droeg een donkerblauwe zeemanstrui en zag er gezond en sportief uit, als een vakantieganger, licht gebruind. Helemaal niet als iemand die het stuur liever aan een ander overliet. Hij had het ontspannen gezicht van iemand die in diepe slaap zijn zorgen had kunnen ontvluchten. Ik wist niet of het slaapmiddel ook de herinnering aan de inzinking had weggespoeld. Of hij nog wist hoe ik hem had vastgehouden.

Later zaten we weer aan het meer. Vandaag zouden we vertrekken, dat voelden we beiden. Maar pas als hij met het verhaal in het heden was aangekomen. Over het meer lag een winterlicht zonder glans en de belofte van de Provence. Een licht, waar grijze leisteen in zat, koud wit en onbarmhartige nuchterheid. Richting Martigny begon het mistig te worden, eerst lichtjes, later compact, ondoordringbaar. Het benam me de adem als ik me voorstelde dat ik er doorheen moest rijden.

Van Vliet's zinnen waren nu kort, laconiek. Soms verviel hij in een analytische, bijna academische toon, alsof hij over iemand anders sprak. Misschien, dacht ik, deed hij dat ook om daarmee de nachtelijke inzinking, het verlies van alle contouren, te doen vergeten. Ik was er niet ongelukkig over. Maar er lag ook iets onheilspellends in die beheerstheid, iets beklemmends, dat bij de mist paste die steeds dichterbij kwam.

Agnetha had Lea naar Saint-Rémy gebracht. Hij was er blij om en hij was ongelukkig over dat gevoel. Haar ogen waren dof geweest en de oogleden zwaar toen hij haar ten afscheid over het haar had gestreken. Toen de auto begon te rijden, zat ze als een gipsen pop op haar stoel, de lege blik recht vooruitgericht.

Hij haalde Nikki uit het dierenpension. De hond was blij, sprong tegen hem aan. Maar hij miste Lea, wilde niet echt eten. Langzaam wende hij aan zijn nieuwe levensritme. Hij mocht naast Van Vliet's bed slapen. Maar de vele uren alleen kon hij niet verdragen, zodat Van Vliet hem meenam naar het instituut. Ruth Adamek haatte honden. Als ze iets te bespreken hadden, belden ze elkaar op. Een andere medewerkster daarentegen was helemaal weg van Nikki. Als de hond haar handen likte, ging er een steek door Van Vliet heen.

Na een half jaar ging hij naar Lévy in Neuchâtel en hoorde hoe Lea destijds had geprobeerd de Amati stuk te slaan nadat hij haar zijn aanstaande had voorgesteld.

Kort en bondig vertelde Van Vliet over Stockholm.

'Toen ging het om mij,' zei Lévy, 'maar nu...'

De twee zo van elkaar verschillende mannen tastten elkaar af. Van Vliet dacht aan de Oistrach-cadens.

'Ik heb geen leerling gehad die begaafder was dan Lea,' zei Lévy. 'Ik kon de verleiding niet weerstaan met haar te werken. Het gevaar… dat wilde ik niet zien. Gelooft u…?'

Dagenlang dacht Van Vliet erover na wat Lévy had willen vragen. Hij mocht de man nog steeds niet, vond zichzelf naast hem onbeholpen en onbehouwen. Maar hij was niet meer de vijand van vroeger. 'Je suis désolé, vraiment désolé,' had hij in de deuropening gezegd. Van Vliet had hem geloofd. Ze hadden naar elkaar gezwaaid, heel kort, bijna beschaamd. Op het perron had Van Vliet het wonderlijke gevoel gehad dat nu ook Neuchâtel leeg was.

Hij vermeed Krompholz. Maar op een keer kwam hij Katharina Walther op straat tegen. 'Mijn god,' zei ze steeds weer, 'mijn god.' Hij keek haar niet aan, sprak tegen haar schoenen.

'Ze hadden…' zei hij ten slotte.

'Maar dat kon toch niemand vermoeden!' onderbrak ze hem.

Ten afscheid omarmde ze hem, haar chignon streek langs zijn neus.

Veel later, lang nadat ze over de verduistering had gehoord, ontmoette hij haar weer. Ze verhinderde dat hij langs haar heen glipte. Het was een vreemde blik die ze op hem richtte, hij zou zich er lange tijd aan vasthouden.

'Toen ik het las… Mijn god, dacht ik, hij heeft alles voor haar gedaan, werkelijk álles. Ik… ik zou ook graag iemand hebben gehad die… Ik voel hem nu nog in mijn hand, de Del Gesù.'

'Ik ook,' had hij gezegd.

Daarna hadden ze elkaar pas op het kerkhof weer teruggezien.

29

Iets meer dan een jaar viel het nog te verheimelijken. Van Vliet rekte projecten, saboteerde experimenten, schoof aankopen op de lange baan en liet onbetaalde rekeningen liggen. Toen de geldschieters zich meldden, loog hij erop los. Als hij daarover vertelde, kreeg hij dat gezicht, dat ik inmiddels kende: de speler, de jongen die valsemunter had willen worden. Gerichte obstructie, gepland prutswerk – het was een dans aan de rand van de afgrond geweest. Tijdens de nachten liet de afgrond zich zien. Toch was het hem ook bevallen. Een vleugje van dat plezier zat zelfs nu in zijn stem. Toen ik het merkte, dacht ik aan de innerlijke lagen en plateaus bij Lea, waarover hij het eerder had gehad.

Had de speler in jou het maar gered, Martijn, en een platform in je aangelegd waarop je verder had kunnen leven.

Er was meer angst dan plezier in het spel toen Van Vliet merkte dat Ruth Adamek hem op de hielen zat. Toen hij een keer onverwachts haar kamer in liep, zag hij dat ze wachtwoorden voor zijn onderzoeksrekening uitprobeerde. IRENRAUG stond op het beeldscherm. Als scholier had hij alle records verbroken als het erom ging woorden achterstevoren te lezen. Vroeg of laat zou ze het ook met DELGESÙ proberen. Dat zou niet voldoende zijn. Maar eenmaal begonnen, zou ze de letters blijven verwisselen. Zo hadden ze het destijds gedaan, tijdens het eerste jaar van hun samenwerking, als het erom ging een vergeten wachtwoord te reconstrueren, waarvan ze alleen nog het uitgangspunt wisten. Het was zomer geweest, ze had met korte rok op de rand van zijn bureau gezeten. Het letterspel was een wedstrijd geworden die zij had gewonnen. Uit zijn ooghoek had hij gezien hoe ze langzaam haar tong langs haar lippen liet glijden. Nu of nooit. Hij had gespannen naar het beeldscherm gekeken, tot het moment voorbij was. 'Trouwens,' had ze de volgende dag gezegd, 'je bent een slechte verliezer.'

Hij veranderde het wachtwoord in ANOMERC, later ontstond daaruit CRANEMO, maar de klank daarvan lag te dicht bij Cremona, en dus werd het OANMERC.

'Waarom moest ik bij het thema blijven, waarom heb ik niet iets heel ongebruikelijks genomen! Of op zijn minst BUIO, OIUB of ZO, wat ze onmogelijk had kunnen verzinnen.'

'Wat we over dwanghandelingen weten,' zei Agnetha, 'is dat de bedekte wens eraan ten grondslag ligt dat het gevreesde werkelijkheid zal worden.'

Dat vond hij al te snugger. Maar hij bleef zich erover verbazen dat hij bij het verraderlijke thema was gebleven, alsof hij eraan vastzat.

Drie jaar geleden was dan de brief gekomen waarin de geldschieters een gedetailleerde afrekening eisten, anders zagen ze geen mogelijkheid de toegezegde gelden verder te laten stromen. 'Ik heb hem per ongeluk opengemaakt,' zei Ruth Adamek toen ze hem de brief overhandigde. Hij keek naar de afzender. Het was het moment van de waarheid. 'Leg hem daar maar ergens neer,' zei hij nonchalant en liep weg.

In het station stond hij een poosje op de plek waarvandaan ze naar Loyola de Colón hadden geluisterd. Vijftien jaren waren sindsdien verstreken. Met de trein reisde hij naar de bergen. Het zag eruit alsof het zou gaan sneeuwen, maar er viel niets. Op de terugreis vroeg hij zich af wat hij had gedaan. Ze was bij de Maghrebijn, achter het brandhout, wat was daar nu zo anders aan. De arts had hem zwijgend aangekeken toen hij vroeg of Lea naar hem had gevraagd. Die zwarte, verzegelde blik, die medische zelfgenoegzaamheid. Hij had hem graag op zijn smoel geslagen.

Hij meldde zich ziek en ging een week lang niet naar het instituut. Al zouden ze allemaal de brief lezen, het liet hem nu koud.

Tijdens die dagen ruimde hij het huis op, nam elk voorwerp in zijn hand. Hij haalde de foto tevoorschijn waarop Cécile's kamer stond, voordat ze er la chambre de musique van hadden gemaakt. Het verleden dat toen op hem afkwam, trof hem met onverwachte kracht. Voor het eerst vroeg hij zich af wat Cécile van de fraude zou hebben gevonden. *Martijn, de romantische cynicus! Ik wist niet dat die werkelijk bestond!* En nu was hij door half Europa gereden, niet naar zijn geliefde vrouw, maar met zijn zieke dochter naast zich. In het motel hadden ze gedaan alsof ze zijn geliefde was. Toen hij naast haar wakker werd, vermoeider nog dan tevoren, had ze rustig geademd, maar haar oogleden hadden onrustig getrild. 'Waar zijn we eigenlijk,' had ze gezegd, 'waarom heeft het agentschap geen betere kamer voor me geregeld, anders heb ik toch altijd een suite?'

Lea's kamer was de laatste die hij opruimde. Hij had het vermeden. Nu nam hij ook hier alles in de hand, als was het voor de laatste keer. Lagen van haar levensgeschiedenis. Pluchen beesten, haar eerste tekeningen, rapporten. Een dagboek met slot. Hij vond de sleutel. Hij besloot het niet te doen, schoof het boek helemaal achter in de la. De Maghrebijn had naar zoiets gevraagd. 'Absolument pas,' had hij gezegd.

LEAH LÉVY. Hij gooide het notitieboekje weg. Stapels portretten, ze was de laatste tijd veel gefotografeerd. Hij ging met de foto's aan de keukentafel zitten. LEA VAN VLIET. Achter de façade was het afbrokkelen begonnen, stil en onstuitbaar. Hij pakte foto's van vroeger en schatte de tussentijd. Die ene had hij vlak na Loyola's optreden in het station gemaakt. Lea zag er daarop uit zoals ze er had uitgezien toen ze zwijgend door de stad liep, gedreven door die nieuwe wil die later uitmondde in de vraag: Is een viool duur? De meeste foto's van Lea, de glansrijke violiste, gooide hij weg. Hij begreep niet waarom, maar hij deed Lea's kamer op slot en legde de sleutel in de keukenkast achter het zelden gebruikte servies.

Toen hij had besloten wat hij zou doen, vroeg hij Caroline naar hem toe te komen. Ze ademde zwaar en deed soms haar ogen dicht, terwijl hij vertelde. Iemand zou zich om het huis moeten bekommeren, zei hij. Ze knikte en aaide Nikki. 'Jij gaat met me mee,' zei ze. Ze had tranen in haar ogen. 'Ze mag het nooit te weten komen,' zei ze. Hij knikte.

Hij voelde dat ze hem nog iets wilde vertellen. Iets wat alleen vriendinnen tegen elkaar zeggen. Hij was er bang voor.

Er was die jongen geweest, Simon, twee klassen hoger, ondanks sigaretten de beste sporter van zijn jaar, een bluffer, James Dean in vestzakformaat, maar het idool van veel meisjes.

Van Vliet voelde paniek. Of hij, haar vader, in de weg had gestaan. Hij hing aan haar lippen.

Toen pakte Caroline, die meer dan dertig jaar jonger was dan hij, zijn hand. 'Nee,' zei ze, 'nee. U zeker niet. Het was haar ongenaakbaarheid, zogezegd. Het aura van haar talent en haar succes. Of het nu in het klaslokaal of tijdens de pauze was; er hing altijd dat koele lichtschijnsel om haar heen. Een beetje afgunst, een beetje angst, een beetje onbegrip, alles tezamen. Ze wist niet hoe ze uit dat lichtschijnsel had moeten stappen, naar Simon bijvoorbeeld. Het schijnsel volgde haar als een schaduw. En Simon – die keek haar nooit aan, maar keek haar na, er werd gegiecheld. Maar zelfs voor hem, de favoriet onder veel vrouwen, was ze buiten bereik, gewoon te ver weg. "Weet je," zei ze, "soms wil ik dat die hele glitter en glamour ineens zou verdwijnen; zodat de anderen normaal tegen me zouden doen, heel normaal."'

Van Vliet aarzelde. En Lévy? vroeg hij ten slotte.

'David – dat was iets anders, iets héél anders. Dat was het plukken van de sterren, zou ik zeggen.'

Van Vliet wilde nog iets weten, iets wat hij zich al langer afvroeg.

'Eerst was de muziek met Marie verbonden, daarna met Lévy. Die had steeds te maken met... met liefde. Hield Lea eigenlijk ook zo van muziek, ik bedoel, omwille van de muziek zelf?'

Dat had Caroline zich nog nooit afgevraagd. 'Dat weet ik niet,' zei ze, 'nee, dat weet ik gewoon niet. Soms... Nee, geen idee.'

Ze keek nog een keer voor zich uit alsof ze hem nog iets over Lea wilde vertellen wat hij niet kon weten. Maar toen keek ze hem aan en zei iets wat Van Vliet, denk ik, veel heeft bespaard: 'Ik vraag papa of hij uw verdediging op zich neemt. Juist in zaken als deze is hij goed, heel goed.'

Bij het afscheid omarmde hij haar en hield haar iets te lang vast, alsof ze Lea was. Caroline veegde de tranen uit haar ogen toen ze naar buiten ging.

De volgende ochtend ging hij naar het Openbaar Ministerie.

30

Over het onderzoek en het proces heeft hij niet veel verteld. Tussen de schaarse zinnen door gooide hij stukjes brood naar de zwanen. Een man als hij in de beklaagdenbank: daar schoot uitleg tekort. Terwijl hij de stukjes gooide, had ik het gevoel: hij zorgt ervoor dat hij niet in de ban van de herinnering raakt; dat hij er zonder kleerscheuren afkomt.

De onderzoeksrechter die de geloofwaardigheid van de bekentenis moest onderzoeken, zat met twee dingen in zijn maag: het motief en het feit dat noch de viool noch de kwitantie van de aankoop overgelegd kon worden. 'Er waren momenten dat hij me aankeek met een blik alsof ik een krankzinnige of een keiharde leugenaar was.' Lang weigerde Van Vliet om met de overblijfselen van de viool voor de dag te komen. Wat hij niet vertelde, ook niet voor de rechtbank, was de ware geschiedenis van zijn vernietiging. Hijzelf was er in het donker op gaan staan – dat was alles wat er uit hem te krijgen was.

Ik zie je in de rechtszaal zitten, Martijn – een man die de wereld zijn zwijgen kon voorhouden als een muur.

De onderzoeksrechter wilde Lea ondervragen. Toen moet Van Vliet zijn zelfbeheersing hebben verloren. Dr. Meridjen schreef een rapport. Van Vliet droomde dat de arts Lea daarover had verteld. Daarna zat hij op de rand van het bed en hamerde met zijn vuisten het besef in zijn hoofd dat geen arts zoiets zou doen, geen enkele.

Caroline's vader wist een mild vonnis te bereiken, ook omdat Van Vliet zichzelf had aangegeven. Achttien maanden voorwaardelijk.

De vrouwelijke rechter moet het makkelijker hebben gevonden het motief te begrijpen. Het was een van haar taken – moet ze gezegd hebben – te beoordelen hoe moeilijk het voor hem was geweest niet te doen wat hij had gedaan. Van Vliet zei één enkel woord: onmogelijk.

Op een gegeven moment moet de term psychiatrisch rapport zijn gevallen. Die twee woorden klonken hees toen Van Vliet erover sprak. Een gevaarlijke heesheid. Daarna bewoog hij zwijgend zijn lippen naar voren en weer terug, naar voren en terug. Een poosje vergat hij brood naar de zwanen te gooien en verkruimelde het tussen zijn vingers.

Natuurlijk verloor hij zijn leerstoel. De geldschieters kregen gedaan dat er beslag werd gelegd op de inkomsten die hem resteerden. Wat men hem liet, was voldoende voor de tweekamerwoning waarin hij nu woonde, en ook zijn auto kon hij houden. Caroline's vader hielp hem in zijn strijd met de verzekering, en uiteindelijk bereikte hij dat die de kosten voor Lea's verblijf in Saint-Rémy op zich nam.

De kranten schreven erover in grote letters, op elke straathoek kwamen ze hem tegemoet, vet en meedogenloos. Hij liep als in een droom door de stad en kocht alle exemplaren op, zodat Lea ze niet te zien zou krijgen.

'In die tijd heb ik tegen de oude man in Cremona gespeeld, telkens weer. Ten slotte vond ik een oplossing. Het probleem was: ik neem geen offer aan, houd elke gambiet van meet af aan voor een val waarover je verder helemaal niet hoeft na te denken. Zo was het toen ook. Ik had die verdomde loper moeten slaan, de oude man had zich verrekend, en ik ontdekte ook waarom. Ik had hem met de pion moeten slaan. Nu zette ik de pion vooruit en dacht: die ene beweging, twee, drie centimeter – en ik zou niet voor de rechter staan.

Moeder begon altijd te lachen als vader tijdens hevige zelfverwijten zei dat hij buiten zinnen kon raken; ze vond de uitdrukking dolkomisch. Nu schoot ze me te binnen, die uitdrukking: soms kreeg ik uit ergernis over mezelf echt de indruk bijna mijn verstand te verliezen. Het ergste was als ik tegen mezelf zei: je hebt het eigenlijk helemaal niet voor Lea gedaan, maar voor jezelf, je bent naar de oude man gegaan omdat de rol van kansspeler je goed beviel, uit eigenliefde dus.'

Hij wilde een stukje alleen lopen, zei hij en keek me verontschuldigend aan. Ik wist: daarna zou het zwaarste komen.

31

'Als klein kind was Lea onder de indruk van de bruine glazen potten met de handgeschreven etiketten die in de apotheek op de schappen stonden. Ze tekende die potten zelfs, ze moeten een geheimzinnige aantrekkingskracht op haar hebben gehad; misschien, omdat je achter het donkere glas licht poeder zag dat een verborgen indruk maakte, veelbelovend of ook gevaarlijk. Later zag ze een keer hoe Cécile in het ziekenhuis de kast met de speciale medicijnen afsloot. "Dat is de gifkast," legde Cécile uit. Dat woord moet diepe indruk op Lea hebben gemaakt, want tijdens het avondeten vroeg ze: "Waarom hebben ze in het ziekenhuis gif nodig?"

Daar dacht ik aan toen ik van haar dood hoorde. Ze heeft het tijdens de nachtdienst gedaan.'

Een jaar geleden was ze uit Saint-Rémy teruggekomen. Ze had niet hem gebeld, maar Agnetha. Dat had pijn gedaan; aan de andere kant was hij ook blij dat ze zijn armoedige woning niet zag. Hij had daarvoor verschillende verklaringen bedacht als hij wakker lag. Niet één klonk geloofwaardig. Maar uit zichzelf zou ze niet achter de waarheid komen. Met ontzetting stelde hij vast dat hij bang was voor de ontmoeting met zijn dochter.

Ze begon een opleiding als verpleegster en woonde in de verpleegstersflat. Die lag aan de andere kant van de stad. Hij woonde in de stad waarin zijn dochter ook woonde, en nog altijd had hij haar niet gezien. Agnetha gaf hem het nummer. 'Ik zou wachten tot ze wat van zich laat horen,' zei ze.

Uit angst haar tegen te komen, durfde hij zich de eerste weken niet in het centrum te vertonen. 'Ik heb geleefd alsof iets me ineendrukte, ik geloof dat ik alleen nog heel oppervlakkig ademde. Zoals iemand die zich alleen al schaamt voor het feit dat hij bestaat. Pas langzaam werd me duidelijk dat de schaamte over het bedrog en de veroordeling achter mijn rug in een schuldgevoel tegenover Lea was veranderd. Maar zo'n schuld wás er toch niet!

Ik werd woedend: op de Maghrebijn, die haar wie weet wat had aangepraat; op Agnetha, vanwege haar opmerking; zelfs op Caroline, die het beter vond de hond niet aan Lea terug te geven. En ik werd woedend op Lea, elke dag meer. Waarom, verdomme nog aan toe, liet ze niets van zich horen? Waarom gedroeg ze zich alsof ik haar iets had aangedaan?'

Het was afgelopen herfst dat ze elkaar eindelijk tegenkwamen. Een warme dag, de mensen waren luchtig gekleed. Daarom viel hem als eerste haar stijve, kuise kleding op, daarboven een hoofd met streng kapsel. Hij herkende haar pas na enige vertraging. Zijn adem stokte: sinds hij haar de laatste keer in Saint-Rémy door het glas had geobserveerd, waren er nog geen twee jaar voorbijgegaan, en ze zag eruit alsof er minstens twee keer zoveel tijd was verstreken. Heldere ogen achter een montuurloze bril, haar hele verschijning niet zonder elegantie, maar ongenaakbaar, vreselijk ongenaakbaar.

Langzaam liepen ze de laatste passen naar elkaar toe. Ze gaven elkaar een hand. 'Papa,' zei ze. 'Lea,' zei hij.

Van Vliet liep naar de oever, schepte een handvol water en liet het over zijn gezicht lopen.

Ik voelde hoe ik ineenkromp. Ik wilde niets meer over die rampspoed horen. Ik had er de kracht niet meer voor.

Ze waren samen naar het Münsterterrasse gelopen en hadden een poosje zwijgend naast elkaar gestaan.

'Ik kan het nooit meer goedmaken,' zei ze opeens.

Er viel een steen van zijn hart, voor het eerst sinds maanden kon hij diep ademhalen. Dáárom, alleen daarom had ze hem gemeden. En ze wist niets van het bedrog en de veroordeling, ze sprak alleen over de viool. Hij wilde haar omhelzen, stokte voordat het zover kwam. Haar stem had zoals altijd geklonken. Maar verder was ze als een vreemde voor hem, niet afwijzend, ook niet koud, eerder lauw; zoals iemand die op een laag pitje leeft.

'Het is toch goed,' zei hij, 'alles is toch helemaal goed.'

Ze keek hem aan als iemand die ter geruststelling iets geforceerds, ongeloofwaardigs heeft gezegd.

Op een bank zittend lukte het hun toch nog een kort gesprek te hebben over waar en hoe ze nu woonden. Hij moet hebben gelogen.

Of er destijds iets in de kranten had gestaan, vroeg ze. Het deed hem goed, want het gaf aan dat ze terug was in de ware wereld en de ware tijd. Hij schudde zijn hoofd.

'Stockholm,' zei ze, en na een poosje: 'Daarna duisternis, complete duisternis.'

Hij pakte haar hand. Ze liet het gebeuren. Later voelde hij haar hoofd tegen zijn schouder. Dat opende de sluizen. In een onbeholpen omhelzing verstrengeld, lieten beiden hun tranen de vrije loop.

Daarna wachtte hij op haar telefoontje. Het kwam niet. Hij liet de telefoon bij haar overgaan, steeds weer. Hij had graag geweten hoe Saint-Rémy voor haar was geweest. Opdat die tijd niet wit en leeg bleef, wat haar betrof. En opdat de beelden van haar achter het brandhout en op de muur, de armen om haar knieën geslagen, die voor hem tot iconen van eenzaamheid en vertwijfeling gestold waren, weer vloeiend konden worden en in episoden zouden kunnen veranderen die in het verleden vervaagden en hun gruwel verloren.

Het telefoontje van het ziekenhuis kwam in de vroege ochtenduren. Drie dagen ervoor had een leerling-verpleegster uit het studentenhuis haar de krantenberichten van destijds over het proces laten zien. Daarna was ze zoals altijd op haar werk verschenen, zwijgzaam, maar dat was ze eigenlijk altijd. Nu lag ze daar, haar witte gezicht onherroepelijk stil, net als destijds het gezicht van Cécile.

'Sindsdien,' zei Van Vliet, 'is alles leeg. Leeg en uitgebleekt.'

Hij wachtte, zonder te weten waarop. Uiteindelijk leende hij geld van Agnetha om deze reis te maken.

32

Tijdens de rit naar Bern dacht ik voortdurend aan de woorden die hij eraan had toegevoegd: 'En nu heb ik u ontmoet.'

Het kon een dankbare constatering zijn, verder niets. En het kon meer zijn: de aankondiging dat hij zich aan deze reddingsboei wilde vastklampen en verder leven.

Zoals al de hele dag was ik bang voor de aankomst. Zou die de beslissing tussen de beide verklaringen brengen? Zou ik de kracht en standvastigheid hebben om zijn boei te zijn? Ik voelde hoe ik Paul het scalpel had gegeven. Kon zo iemand de boei voor een ander zijn – voor iemand die zijn handen ook niet meer vertrouwde?

We stopten voor mijn huis. Zwijgend bekeek Van Vliet de elegante voorgevel. We gaven elkaar een hand. 'We horen van elkaar,' zei ik. Schrale woorden na alles wat er was geweest. Maar ook op de trap kon ik geen betere bedenken.

Ik trok de jaloezieën omhoog en opende het raam. Daarbij zag ik hem. Hij was een paar huizen verder gereden en had de auto geparkeerd. Nu zat hij zonder licht in de schemering. *La nuit tombe.* Hij hield van deze woorden, ze verbonden hem nog altijd met Cécile. Er waren geen vrachtwagens die hij moest vrezen. Hij wilde niet naar huis. Ik dacht eraan hoe de leegte op hem afgekomen was toen hij in de tijd na Lea's vertrek de trappen op liep.

Eigenlijk wilde ik toch graag zien waar hij woonde, zei ik, toen hij het raam naar beneden draaide.

'Het is geen woning als de uwe,' zei hij, 'maar dat weet u.' Toch schrok ik van de armoedigheid van de kamers. Hij had niet het geld gehad om ze opnieuw te laten schilderen, er zaten sporen van vroegere schilderijen op de muren. In de keuken buizen die uit de muur staken en er op een andere plek weer in gingen, afbladderende verf, een kachel uit het jaar nul. Alleen de zitmeubelen en het tapijt herinnerden aan de woning van een goed verdienende wetenschapper. En de boekenplanken. Ik zocht en vond ze, de boeken over Louis Pasteur en Marie Curie. Hij zag mijn blik en glimlachte flauwtjes. Vakliteratuur tot aan het plafond. Een rek met grammofoonplaten. Veel Bach met Yitzhak Perlman. 'Dat was voor Lea de maatstaf,' zei hij. De grammofoonplaat uit Cremona met de verschillende vioolklanken. Miles Davis. In een hoek een vioolkist. 'Daar hebben ze niet aan gedacht. Ik zou die weer aan de vioolbouwer in Sankt Gallen kunnen verkopen. Maar dan zou ik helemaal niets meer van haar overhebben.'

Hij stond als verlamd in zijn eigen woning, niet in staat om zelfs maar te gaan zitten. Toen hij Lea had gezien, hoe ze stil voor het raam van haar kamer in Saint-Rémy stond en naar buiten keek, had hij gedacht dat ze zich totaal vreemd voelde op deze planeet. Daar moest ik aan denken toen ik hem daar zag staan.

Ik zette Miles Davis op. Hij deed het licht uit. Toen de laatste toon was weggestorven, stond ik in het donker op, legde mijn hand even op zijn schouder en verliet toen zonder woorden de woning. Nooit heb ik een grotere verbondenheid gevoeld.

33

Twee dagen daarna belde hij op. We liepen langs de Aare, woordenloze herinnering aan het strand van Saintes-Maries-de-la-Mer en aan de oever van het meer van Genève. Hij stelde vragen over mijn beroep, over Leslie's werk in Avignon, en ten slotte vroeg hij, aarzelend, hoe het leven er nu voor mij uitzag.

De vragen zouden me plezier hebben gedaan als ze niet zo afstandelijk waren geweest. 'Detached' noemde Liliane dat. Zo waren ook zijn handdruk bij het afscheid en zijn afwezige knikken toen ik over een volgende wandeling sprak. Stond zijn besluit al vast? Of is dat alleen de schaduw die de latere kennis op de eerdere gebeurtenissen werpt?

In de bus naar huis stelde ik me de rijstvelden van de Camargue voor en de overtrekkende wolken. Waren we daar maar gebleven, dacht ik, en hadden we ons maar laten drijven, twee schaduwen in het tegenlicht. Ik drukte de foto's af en zette het portret van de drinkende Martijn tegen de lamp.

De dag erop sneeuwde het. Ik dacht aan zijn ritten naar de bergen. Ik was bang en belde steeds weer op, tevergeefs. De volgende morgen bladerde ik in de krant. Een rode Peugeot met een kenteken uit Bern was op een weg in het merengebied op de verkeerde weghelft geraakt en frontaal tegen een vrachtwagen gebotst. De bestuurder was op slag dood. 'Het was smal, hij moet hebben geremd om me te laten passeren, daarbij raakte hij in een slip,' had de bestuurder verklaard. 'Hij zat merkwaardig rustig achter het stuur, hij moet van schrik verlamd zijn geweest.'

De hele dag zag ik zijn handen voor me: trillend op de paardenkop, boven het stuur zwevend, op de beddensprei.

Bij zijn graf was ik alleen met Agnetha. 'Martijn maakt geen fouten tijdens het rijden,' zei ze.

Er zat koppige trots in haar stem, en die ging verder dan het autorijden. Hij hield van sneeuw, zei ze. Sneeuw en de zee, het liefst beide samen.

34

Van het kerkhof ging ik naar het huis waar Marie Pasteur had gewoond. Het koperen bord hing er niet meer, je zag alleen nog de sporen aan het smeedijzeren hek. Ik keek naar de straat die Lea na haar laatste bezoek bij vergissing had genomen en die in de geest van haar vader een eindeloze, verblekende rechte lijn was geworden.

De metalen punt van de trapleuning in Stockholm was met de snelheid van een razende zoomlens op Van Vliet afgekomen. De foto begon me te achtervolgen. Ik ging naar de bioscoop om hem te overwinnen. De filmbeelden hielpen, maar ik wilde die filmbeelden niet zien en ging weer gauw weg.

Daarna moest ik rijden, het rollen voelen, dat maakte het lichter. Ik reed in de bus kriskras door de stad, van de ene naar de andere kant en weer terug, vervolgens hetzelfde op de volgende route. Ik dacht aan *Thelma and Louise* en de twee vrouwenhanden die Van Vliet in hun roekeloze charme had liefgehad. Toen de bus leegstroomde, deed ik mijn ogen dicht en stelde me voor dat ik achter het stuur zat en naar Hammerfest en Palermo reed op zoek naar die beelden van een laatste vrijheid. Met elke bus raakte ik er minder van overtuigd dat ik alleen naar de beelden reed. Het leek er steeds meer op dat ik de bus naar de rand van de canyon stuurde.

Terwijl ik thuis tevergeefs op de slaap wachtte, voelde ik dat ik niet gewoon met mijn leven kon doorgaan. Er bestaat rampspoed van een omvang die zonder woorden niet te verdragen is. En dus begon ik in de ochtendschemering op te schrijven wat ik had meegemaakt sinds die heldere, winderige ochtend in de Provence.